GC NOVELS
転生したら剣でした9
"I became the sword by transmigrating" Story by Yuu Tanaka, Illustration by Llo
棚架ユウ
イラスト／るろお

転生したら剣でした9

"I became the sword by transmigrating" Story by Yuu Tanaka, Illustration by Llo

棚架ユウ
イラスト／るろお

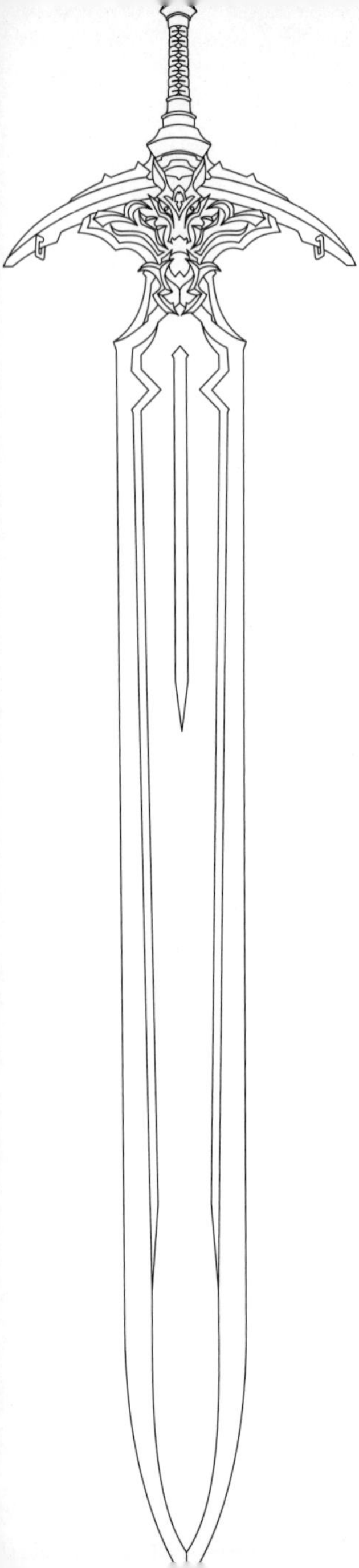

CONTENTS

"I became the sword by transmigrating"
Volume 9
Story by Yuu Tanaka, Illustration by Llo

第一章　金炎の子獅子

Side　サリューシャ

黒猫族の希望の星、黒雷姫《こくらいき》フラン様が北へと向かってから、どれくらい経っただろうか？

私たちは黒猫族の村であるシュワルツカッツェからグリンゴートへ避難するため、森の中を歩いていた。

夜闇の中の移動だから正確な時間はいまいち分からない。一時間も経っていない気もするし、とても長い時間歩いた気もする。

闇の中を怯《おび》えながら進むのはとても疲れることも、今日初めて知った。姫様や冒険者さんたちは、こんなに大変なことを日々続けているのだ。改めて、尊敬の念が湧いてくる。

子供や老人たちにはとてもつらい道行きだが、今は休むわけにはいかなかった。

北から、恐ろしい魔獣の軍勢が迫っているからだ。姫様がきっと倒してくれるけど、全部を食い止めるのは難しいと思う。何千匹もいるという話なのだ。少しでも、グリンゴートに近づかなければ。

村の外は怖い魔獣がたくさんいる恐ろしい場所だと思っていたけど、ここまで遭遇することはなかった。もしかして、私たちが怖がり過ぎなだけで、思ったよりも魔獣は少ないのだろうか？　村のみんなの間にも、どこか弛緩した雰囲気が漂い始める。

だが、外の世界がそんな生温《なまぬる》いわけがなかった。

気を抜いた私たちへの戒めなのだろうか。いつの間にか、私たちの周囲を邪人——ゴブリンの群れが囲んでいた。

「黒猫族はこっちで固まるんだ！」

「後ろからも来てるぞ！」

「ギョギャギャギャ！」

村の衛兵さんたちが、弱い私たちを守ろうと前に出て戦ってくれる。その中に黒猫族はいない。赤犬族や、白兎族の戦士たちだ。彼らの振るう武器がゴブリンたちを倒していくのが見えた。

もしかして、意外と弱い？

しかし、私たちの希望はすぐに打ち砕かれる。暗闇のせいで分かり辛かったが、想像よりも敵の数が多かったのだ。いくら獣人の戦士たちでも、十倍以上の敵に囲まれたら無事には済まない。

「ぎあっ！」

「モロス！　くそ！」

遂に、一人の衛兵さんがゴブリンの剣の餌食となってしまった。まだ死んではいないようだが、背中からたくさんの血が流れだしている。駆け寄った仲間の衛兵さんが、姫様から預かったポーションを使って助けようとしているのが見えた。でも、他のゴブリンが邪魔で、近付けない。

「くそ！　どけ！」

「ギャギャギャ！」

ゴブリンがニタリと笑うのが分かった。

ああ、あいつら、わざとモロスさんに止めを刺さないんだ。他の衛兵さんたちがモロスさんを助けようとして焦るのを待っているらしい。ゴブリンなんて獣以下の知能しかないと思っていたけど、悪知恵はしっかりと働くらしかった。

ゴブリンの恐ろしさを間近に見てしまった。背筋が寒くなるのが分かる。

「うわぁぁ！」

「ひっ！」

そんな中、背後から悲鳴が上がった。

私自身も小さな悲鳴を上げながら振り向くと、迂回《うかい》したゴブリンたちが近づいてくるのが見えた。

黒猫族の男たちが武装しているせいか、向こうも慎重になっているらしい。すぐに襲い掛かってはこない。でも、すぐに私たちが恰好だけのハリボテだと気付くはずだ。

そうなったら、私たちなんて……。

「！」

慌てて衛兵さんを呼ぼうとする。

でも、振り返った私は声を上げることができなかった。

衛兵さんたちだって、ピンチだったのだ。モロスさんだけではなく、他にも怪我人《けがにん》が出てしまっている。無事なのは五、六人だけだろう。

とてもではないが、私たちの手助けなんてできそうもない。

呼んだら来てくれるかもしれない。でも、それは彼らをより酷《ひど》い危機へと陥れるだろう。

「……！」

悔しかった。見てることしかできない自分が。

姫様がいてくれれば……。

涙が溢《あふ》れてくる。

姫様……！

「……ううん」

違う。見てるしかできない？　なんで？　なんで見ていることしかできないなんて思ったの？

視線を落とせば、私の手には槍《やり》が握られている。姫様が作ってくれた槍だ。一部が鉄で補強された、革の鎧《よろい》も着ている。

これで、戦えない？

ふと、最後に姫様とかわした会話が思い返された。


「私は一緒には行けない。大丈夫？」

「平気ですじゃ。姫様から頂いた武具もすでに配り終えておりますからな」

「これがあれば、この辺の魔獣程度なら何とかなります。安心してください。姫様」

「ん。皆をお願いサリューシャ」

「はい！」

「私は行く」


私は何をしているんだ！

姫様が北で命をとして戦っているというのに、たかがゴブリンに震えあがって！　守ってもらうばかりで、戦おうともしない！　これじゃあ、黒猫族が馬鹿にされるのは当たり前だ！　何て情けない！

「……うぁぁあああああ！」

「サリューシャ？」

急に叫び声を上げた私に、隣にいた村長が驚いた顔をしている。

でも、私には村長に応える余裕はなかった。

手に持った槍を握りしめ、目の前に迫っていたゴブリンに向かってガムシャラに突き出す。

不思議と、ゴブリンは避けようとしなかった。それどころか、目を見開いて私を見ているだけだ。

グニャッという気持ちの悪い感触と共に、槍がゴブリンのお腹を貫いた。

「ギャガーッ！」

「ああああああああっ！」

「ギョ……」

突き刺さった槍をそのままグリグリと押して、そのまま穂先をゴブリンに深く埋め込む。

甲高い悲鳴を上げていたゴブリンだったが、すぐにその声が聞こえなくなった。死んだのだ。

「ギャギャァ……！」

他のゴブリンたちが、怯えた様子で固まっている。

それを見て、理解できた。ゴブリンたちだって、武器を持った人間が怖いのだ。恐怖がないわけではないのだ。

そう思ったら、急に気分が楽になった。

相手も自分たちと同じ弱者。勝てない相手じゃない。

敵が弱い時だけ強気になるなんて、何て浅ましい。でも、それでも今は生き残らねば。

そのためには、私だけで立ち上がっても意味がない。

みんなで生き残る。それが姫様の願いでもあるのだから。

「みんな！　相手はゴブリンよ！」

私はみんなを振り返って、震える声で訴えた。情けないけど、仕方ない。だって、怖い物は怖いから。仲間たちもきっと同じ気持ちなんだろう。

「ラッキーよね！　だって、私たち、進化するために邪人をやっつけなきゃいけないのよ？　向こうから来てくれたんだもの！　姫様に、邪人を倒しましたって報告ができるわよ！」

完全なる強がりだ。でも、このくらい言わないと、自分を奮い立たせることができない。仲間を奮い立たせることもできない。

「今、手に持っているのは何？　ただの棒？　違うわよね！　私たちが持っているのは武器よ！　姫様が授けてくれた、戦うための道具！　それを持っていながら、戦うことができないの？」

誰も言葉を発しない。

でも、私の言葉はしっかりと聞いている。

その証拠に、さっきの私と同じように、男たちの視線が武器に落ちた。

そして、顔を上げた時、そこには今までのような怯えただけの弱々しい表情はなかった。勿論《もちろん》、恐怖心が消え去ったわけじゃない。でも、その表情には確かに違う何かが交じっている。

「そ、そうだよな……。俺たちは、武器を持ってるんだよな……」

「ああ……。姫様がくれた武器だ！」

「お、おう！　だな！」

「そうよ！　みんな！　私たちだって、戦える！」

戦う決心をしたらしい。全員が武器を構えて前に出ていた。でも、まだ震えている仲間もいる。

あと一押しが必要だ。

私は、仲間たちが絶対に奮い立つ――奮い立たないはずがない言葉を口にした。

「姫様は今もきっと戦ってる！　きっと、戻ってきたら英雄になるわ！　そんな姫様の同族の私たちが臆病者だったら、姫様まで馬鹿にされる！」

「た、確かに……！」

「そ、そうだ！　ゴブリンなんかに、負けてられないよな！」

弱いから、守ってもらう。

今までは当たり前だと思っていた。

でも、それだけじゃダメだ。私たちだって、戦わなければ！

あの黒雷姫の同族なんだと、胸を張って言えるように。

「みんな！　いくわよ！」

「「「おおおおお！」」」

万を超える魔獣の群れとの激闘。

その最中に現れた邪人の軍勢との死闘。

追い詰められた俺たちの前に現れたのは、先日知り合ったばかりの獣人の少女メアと、その従者クイナであった。

邪人の軍勢を率いるワルキューレを牽制《けんせい》し、フランを窮地から救い出す。

自らの愛竜であるリンドの上から戦場を睥睨《へいげい》するメアの圧力は、いつしか戦場全体を包み込んでいた。

赤き竜に跨《また》がる、白い肌と髪をした真紅の瞳の少女。その姿はただの冒険者にはない、気品のようなものさえ感じさせた。

邪人たちまでもが動きを止め、メアを見上げている。

「行くぞ！」

視線が集まっていることを悟ってか、妙に芝居がかった仕草でメアがリンドの上から飛び降りた。かなり高いが、一切よろめくことなく華麗に着地する。音が小さかったのは、猫科特有のしなやかさゆえであろうか？

正直、今のメアはかなり隙だらけだ。だが、フランが目の前で身構えているため、ワルキューレたちは動けなかった。

しかも、いつの間にかクイナの生み出した幻像ではなく、本体にすり替わっている。本当に気付けないな。幻影、幻像系の使い手は敵に回すと厄介だが、味方だと頼もしかった。

地に降り立ったメアが、赤い瞳を細めてワルキューレを睨《にら》んでいる。

「我がライバルを傷付けたこと、許さんぞ。もっとも、貴様らの目的を大人しく全て話すのであれば、許してやらんでもないが？」

「言う訳がないだろう」

「そうか、では本気で潰してやる！　準備は良いかフラン？」

「ん！」

フランもこの場で一対一にこだわるほど、愚かではない。それに、メアとのタッグというものに心《こころ》惹《ひ》かれるものがあるようだった。

先程までの追い詰められた表情ではない、やる気に満ちた顔で頷《うなず》く。

「クイナ、貴様はデュラハンを押さえろ」

「正直、あのような重装タイプは得意ではないのですが」

「いいから行け！」

「仕方ありませんね。いいですか？　フランさんに迷惑をかけないように」

「分かっておるわ！　さっさと行け！」

メアが叫ぶとクイナは優雅に一礼してデュラハンに向かって行った。一見普通に歩いているみたいなんだが、めっちゃ速い。特別な歩法のような物を使っているのだろう。やっぱメイドじゃなくて、暗殺者とか格闘家の方が似合ってるんじゃないか？

「リンドは邪人たちを適当に殲滅《せんめつ》しておれ。無茶はしなくてよいぞ」

「クオオオオ！」

空中のリンドは一咆《ひとほ》えすると、そのまま邪人たちに突っ込んでいった。邪人たちが一斉に放った矢を器用に躱《かわ》しながら、炎を吐き出す。

邪人はまだ意気軒昂《いきけんこう》に戦いを挑んでいるが、すでに統制の失われつつある魔獣たちは、リンドが向かってくるだけで逃げ散る始末だった。あれなら、雑魚どもはリンドに任せておけば問題なさそうだ。

「さて、では我らもやり合おうか？　我が国の領民たちを危機に陥れようというのだ。ただで済むとは思っておるまいな？」

「ほう？　冒険者風情が、まるで貴族であるかのような言い草だな？」

メアの言葉を聞いて、揶揄《やゆ》するように嘲笑《あざわら》うワルキューレ。

だが、メアはワルキューレの挑発などものともせずに、ニヤリと笑い返した。

「ふふん。どうせ全力を出せば正体も知れよう。ならば、先に教えてやる！」

メアが自ら外套《がいとう》をバッと跳ね上げながら、右手を天にかざす。

「ある時は旅の美少女剣士！」

何をするのかと思ったが、単に恰好いいポーズをしたかったらしい。

今度は左手を横に振って、違うポーズを取る。

「ある時は竜を操る謎の女！」

お次は二号ライダー変身のポーズだ。段々動きが激しくなるな。にしても、いちいちポーズを取らなきゃ喋《しゃべ》れんのか。

「しかしてその実態は……！」

最後は両手を腰に当てて、胸を張る。そしてそう宣言した瞬間、メアの背後でドーンと爆炎があがった。

火炎魔術で演出したらしい。

「獣王リグディス・ナラシンハが長女、ネメア・ナラシンハである！」

＊

私の名前はクイナ。獣人国に仕える、王宮侍女の一人です。

王宮の侍女育成所に入ったのは二歳の時。まあ、当時の事は覚えていませんが。

この育成所は孤児を集めて来て教育を施し、王宮侍女を育てるための機関です。

育てられた者たちは、適性のある者は侍女に、そうでないものは一定の年齢に達するとその他の部署に割り振られます。

訓練は非常に厳しいですが死なないギリギリの厳しさですし、成績が悪くても放り出されることはないので、孤児の受け皿としては悪くないでしょう。少なくとも、野垂れ死ぬよりはマシなはずです。

私はそれなりに戦闘面での才能があったらしく、運良く侍女になれました。

王宮侍女に必要なものは、まず第一に戦闘力ですから。そのまま先輩の下で修業を積み、お嬢様付きの専属侍女となったのが一四歳の時。

生まれたばかりのお嬢様に引き合わされた日の事は忘れません。

別に、その愛らしさに目を奪われたとか、自分の責任の重さに身が引きしまったとか、そういう事ではありません。勿論、それらの気持ちがゼロだったとは言いませんが。

お嬢様は、信じられない程に白かったのです。赤猫族の乳幼児であれば、赤みがかった金毛に黄肌が当たり前です。王族の方には赤みの薄い金毛の方もいらっしゃいますが、そこまで多くはありません。目は金、銀、青、茶が多いでしょう。

しかし、お嬢様は毛も肌も真っ白で、目が真っ赤だったのです。さらに、一瞬種族が分かりませんでした。目の前で見たというのにです。

私は教えられるまで知りませんでしたが、極まれに生まれる白神子《しらみこ》というものでした。生まれたお嬢様を見て、皆はとても喜んでいましたね。白神子は特殊なスキルや能力を生まれ持っていることが多いからしいです。

特にお嬢様は『白火《びゃっか》』という、非常に強力なユニークスキルを神から与えられていました。スキルの見極めを行った王宮の学者の言によると、使い方次第で金炎を上回るという話です。

期待するのは仕方ないですが、少々周囲がうるさすぎると思うのですよ。中には、お嬢様が成長したらその力でバシャール王国を滅ぼすなどと言っている者もいました。子供の力を当てにする前に、自分でやれと言いたい。

獣王様もお嬢様が周囲の期待に押し潰されないか心配されたようです。

あの方も脳筋なようでいて――いえ、脳筋なことは確かですが、脳筋なりに知恵を絞って色々と考えられたようです。宮廷雀の中には良からぬことを吹きこんだり、バシャール王国への悪意を吹聴する輩《やから》もおりましたので。

そう言ったお馬鹿さんたちであっても無暗《むやみ》に切り捨てられないのが、王という者の辛さなのでしょう。愚か者でも使わなければ、人材などあっという間に払底してしまいますので。

そこで王は影武者を用意し、お嬢様に王宮外での自由を与えたのです。王宮の外でのお付きは私だけという危険を伴った自由ではありますが。

ですが、王宮の中で心が殺されてしまうよりは余程良いと思うのです。

実際、健やかに成長されましたし。そもそも、白神子として加護を与えられたお嬢様の戦闘力はかなりの物です。それこそ、齢一三にしてダンジョンを滅ぼしてしまうほどに。

あの時は私も驚きました。

スキルの制御が完璧でなかったお嬢様が、無理をしてスキルを暴走させてしまったのです。そして、そのまま短時間でランクEダンジョンを殲滅してしまいました。

そう、踏破ではなく、殲滅です。

ある町の冒険者ギルドで、ダンジョンがスタンピードを起こしそうだという話を聞いたのが始まりでした。お嬢様は「国民を守るのが王族の役目だ」とおっしゃって、私がダンジョンに向かう準備をしている間に一人で突っ込んでいってしまったのです。

そして、最初の部屋で溢れ出そうとしていた魔獣の群れと出くわし、スキルを限界まで使用してしまいました。お嬢様が逃げ出したとしても、冒険者たちの迎撃部隊が間に合っていたので問題は全くなかったんですがね。まあ、やんちゃしたい時期だったんでしょう。

結果、無駄な無理をしたお嬢様の生み出した白い火が、ダンジョンを飲み込みました。

そう、お嬢様は最初の部屋から動かず、ダンジョンの内部にいる全ての魔獣を白火《びゃっか》で殲滅してしまったのです。そのダンジョンが全四階層の小型だったこともお嬢様に有利に働きましたね。暴走した白火《びゃっか》の前には、脅威度E、D程度の魔獣がいくらいようとも、耐えられませんから。

結果として誰も死にはしませんでしたが、ダンジョンコアは破壊されてしまい、ダンジョンは死んでしまいました。やはり、無駄な頑張りだったと言えるでしょう。

まあ、お嬢様はその時の暴走によって一気に経験値を稼ぎ、進化に到達したのですが。同時に称号も得ました。ダンジョン踏破者ではなく、暴虐者という称号だったところに神々のセンスを感じますね。

少々元気過ぎて人に迷惑をかけることもありますが、私がかけられる訳じゃないのでどうでもいいです。

唯一の悩みは、同年代のお友達がいないことでしょうか？　年齢の割に少々お強すぎる事と、王族故の無意識の威圧感のせいだと思います。これはと思う方に出会っても、結局は相手が離れて行ってしまうのですね。

そんなお嬢様に良き出会いがありました。

噂の黒雷姫とばったり出くわしたのです。噂を聞いた時から、お嬢様の友人になってくれるのではないかと期待していました。それなのに、いきなり喧嘩《けんか》を吹っ掛けるとは……。呆《あき》れて言葉もないとはこのことでしょう。

フランさんもお嬢様と同じ戦闘大好き人だったようで、仲良くなれたのは本当に良かったです。お友達と言うと怒られますが。強敵と書いて友と読むそうです。脳筋の人たちの考えることは意味が分かりませんね。

フランさんと別れた後は南へ向かい、バシャール王国との戦いに加わろうとしました。当然断られましたけどね。

獣王様がいない状況で、現場の指揮官が王族を危険な前線に出せる訳がありません。どんな戦況になったとしても責任問題は免れませんから。

それがフランさんと別れたその日の話です。いえ、別に前線まで赴いたのではなく、後方の物資集積拠点兼司令所で交渉したのです。

ふて腐れたお嬢様を宥《なだ》めるのは非常に面倒でしたが、フランさんに会いに行こうと告げると何とか機嫌を直してくれました。チョロイですね。今後はこの手を使わせてもらおうと思います。

フランさんを追って北へと向かった私達でしたが、全く追いつく気配がありませんでした。何やら道々で騒ぎに巻き込まれているようで足跡は確認できるのですが、どこへ行ってもすでに出発した後だと言われるのです。

最後の方はむきになって、覚醒して全速力で駆けるという荒業を使ったのですがね……。フランさんの従魔である狼の脚は、私たちの想像を超えていたようです。

ですが、遂にもう直ぐで追いつけそうだという、まさにそんな時でした。

あのような事になるとは……。

グリンゴートに到着すると、城砦内《じょうさいない》が非常に慌ただしい事に気付きました。領主に話を聞くと、何と北から魔獣の群れが迫っているというのです。

この時期に？　あまりにもタイミングが良すぎます。これは陰謀の匂いがしますね。

バシャール王国との繋《つな》がりが無いわけがないでしょう。

フランさんや、他の有力者が同時期に暗殺者に襲われたという話からも、両者に関わりがあることは明白です。あえてバシャール王国の仕業であるとバレバレの暗殺者を送り込むことで、有力な冒険者たちを北ではなく南へ向かわせようとしたのではないでしょうか？

我が国の冒険者は血の気が多い者ばかりですから、やられたらやり返そうと考えるはずです。その結果、多くの冒険者がバシャール王国との戦線へと向かってしまっており、人手不足となっていました。

はい、お嬢様が張り切らない訳がありません。

僅かな冒険者を含む有志が出撃したと言われましたが、お嬢様もその後を追って飛び出して行かれました。

しかし、敵は予想以上に強《したた》かであるようです。魔獣がいると言われた方角とは別に、魔獣の群れがいる気配を捉えていたのです。それも二ヶ所も。別動隊を組織する程度には、頭が回るということでしょう。指揮官となる個体がいるに違いありません。

その敵の別動隊ですが、片方にはすでに先遣有志部隊が襲い掛かっているようでした。少数精鋭の先遣隊の戦力は事前に聞いておりましたので、彼らに任せておいて全く問題ないでしょう。むしろ過剰戦力？　なので、私とお嬢様はもう片方の、少数の部隊に向かう事にしました。

ただ、驚くことに、相手は単なる魔獣の群れではなかったのです。それは邪人の群れだったのですが、全部が同じ装備で、同じ魔獣に騎乗していました。しかも指揮官であるデュラハンの命令に的確に従っており、非常に戦術的な動きを取るのです。

まあ、それでも私たちの敵ではありませんでしたが。最初にデュラハンを狩ってしまえば、残りを殲滅するのは簡単でしたね。

お嬢様と私はその群れを殲滅した後、背後関係を調べるためにさらに北上することにしました。お嬢様の成長に合わせてリンドも成長してくれたので、移動はとても楽ちんです。

しかし、本来は偵察だけのはずだったんですが、非常事態が発生してしまいました。何と、凄《すさ》まじい量の邪人の軍勢と、フランさんが一人で戦っていたのです。

当然、お嬢様が見捨てる訳もなく、私たちも参戦することとなってしまいました。まあ、それは仕方ないんです。最初からお嬢様が偵察だけで済ますとは思っていませんでしたから。

ですが、何で私の相手が重装備のデュラハンなんですか？　正直、このタイプの相手は苦手なんですよね。苦手と言うか、決め手に欠くのです。私は生物の急所を突いて暗殺する戦闘スタイルなので、防御力の高い死霊なんて、最悪の相性です。

ですが、お嬢様にやれと言われてしまいました。逃げる訳にもいきません。

「お嬢様に頼まれてしまったので、貴方は私が足止めをさせていただきますね？」

「――」

「はぁ。死霊の方は無口でつまらないですね」

「――」

「仕方ありません。たまにはお喋りなしで本気で戦いますか」

楽して手抜きが人生のモットーの私ですが、お嬢様の期待にだけは全力で応えると決めているのです。

＊

「獣王リグディス・ナラシンハが長女、ネメア・ナラシンハである！」

いや、まて。色々と突っ込みどころが多いが、獣王の娘？　ネメア・ナラシンハとか言ったな？

鑑定が遮断されたままなのだが、俺はその言葉が真実であると確信していた。

虚言の理を使った訳じゃない。間に合わなかったし。

だが、彼女の立ち居振る舞いを見ていると、間違いなく彼の娘であると確信できる。どこか獣王を思わせるのだ。顔立ちなどではなく、全体の雰囲気とでも言おうか。獣王の娘だと言われても、全く疑問には思わないのだ。それだけの説得力がメアの言葉にはある。

「我の力の一端を見せてやろう。覚醒――」

ワルキューレを睨みつけるメアは、不敵な笑みを浮かべると、自らの力を解放した。

メアの全身から陽炎と共に紅い炎が溢れ出す。炎はそのまま勢いを増し、轟々《ごうごう》と噴き上がった。

フランが覚醒した時と同じで、外見に大きな変化はない。いや、髪の毛が少しだけボリュームアップしたかな？　メアの短い髪の毛が、ピンピンと跳ねあがっている。ライオンの鬣《たてがみ》のようなイメージだ。まあ、メアは女性だけどね。さらに、牙と爪が少し伸びたかもしれない。

「メア、かっこいい」

フランが目を輝かせて、メアを見つめている。

王女だったとかどうでも良くて、メアの進化した姿を純粋に褒めているらしい。

「はっはっは！　そうだろう！」

対するワルキューレは苦々しい顔でメアを見つめていた。

「そうか……。獣王の娘に、生まれつき白い髪の娘がいるという噂があったが、あれは本当だったか」

「うむ。我の事だな。色々と目立つ故、情報を秘しておるのだ。まあ、人の口に戸は立てられぬ故、様々な噂が生まれてしまったようだが」

「なるほど、中々の魔力だ」

ワルキューレが言う通り、今のメアからはかなりの魔力が感じられた。閃華迅雷《せんかじんらい》を使う前のフランとためを張るかもしれない。

「くっくっく」

ワルキューレの呟《つぶや》きを聞いたメアは、不敵な笑みを浮かべている。そして、喉を鳴らして楽しげに笑った。

笑いながら、メアが自らの首にかけていた首飾りを引きちぎる。

「……っ！」

直後、フランが目を見開いた。驚いているらしい。

対するワルキューレは、不快気な表情で口を開いた。

「……何がおかしい」

「中々の魔力？　お褒めに与《あずか》り光栄だが……これが我の本気だと思っておるのか？」

「なに？」

「言ったであろう？　我が本気を見せてやると！」

メアはそう叫んで、再びビシィッとポーズを取った。今度はＶ３の変身ポーズにそっくりだな。地球からの転生者が仲間にいたりしないよね？

「金炎絶火《きんえんぜっか》！」

自信満々に叫ぶメアの纏《まと》う炎が、神々しい金色の光を放っていた。

赤猫族の上位種族である金火獅《きんかじし》の固有スキル、金炎絶火。金炎に包まれたその姿は、以前見た獣王リグディスにそっくりだ。

そう。何とメアもフランや獣王と同じ、十始族へと達していたのである。

フランが驚いていた理由はこれだろう。獣人同士であれば、どんな種族に進化しているのか分かるらしいからな。

多分、先程外した首飾りが、十始族であることを悟られないようにさせる魔道具だったのだろう。

それを外したことで、フランにも感じ取れるようになったらしい。

金炎絶火を使用したメアは、魔力も迫力も圧倒的だった。姿形以上に、リグディスの娘であるとハッキリと理解できる、王者の風格がある。

一般人であれば、今のメアを前にして立っていることさえできないだろう。その魔神を思わせる程の存在感の前に、平伏するか、腰を抜かすか、意識を失うか、まともな状態ではいられないはずだ。

簡単に言い表すならば、強烈な覇気を身に纏っていた。

「こうなってしまったからには、手加減もできんぞ？　死ぬ覚悟はできているかぁ！」

メアが咆哮《ほうこう》を発した瞬間、ゴウと音を立てて金炎が燃え上がる。金の炎を纏った獅子の放つ凄まじい圧力が、真正面からワルキューレに襲いかかっていた。

殺気と威圧感と魔力が一体となった、不可視のプレッシャーだ。

「くっ……！」

ワルキューレは思わずと言った様子で矢を番《つが》え、そのままメアに向かって放つ。

さすがワルキューレ。こんな状態であっても、その矢は神速を誇っていた。だが、メアはその場から動こうともしない。

「甘いわ！」

メアに突き刺さるかと思われた矢が、一瞬で消滅していた。魔獣十数匹を貫き通す威力を秘めた矢が、金色の炎の壁を突破できずに一瞬で燃え尽きる。

金炎絶火のオート防御機能だ。相変わらずえげつない能力だった。

ただ、衝撃が少し抜けたようだ。メアの白い頬が浅く裂け、赤い線が走っている。

やはり、獣王程圧倒的ではないようだな。それでも、全力を出した今のメアが、フラン並に強いことは確かだろう。心強すぎる援軍だ。

「さて、覚悟は良いか？　戦乙女よ？」

「ん！　覚悟！」

メアとフランが、同時に剣を構える。

「フラン、お主は我のサポートだ」

「……わかった」

メアの気遣いが分かったのだろう。フランがふっと息を吐いて、閃華迅雷を解除した。同じ十始族系統のスキルを使うメアには、フランがすでに限界を超えていると理解していたようだ。

助かったぜ。さすがにこれ以上フランが無理するようなら、俺から解除させるつもりだったからな。

そして、二人の少女と戦乙女の激戦が始まる。

「とあぁぁ！」

「はぁ！」

メアとフランがワルキューレに斬り掛かる。

「くそっ！　小娘どもが！」

ワルキューレはその攻撃を槍で捌《さば》きつつ、苦々しい顔で後退していた。槍スキルも相当に高レベルではあるが、フランたちを同時に相手にして互角に戦えるほどではない。

逃さじと襲い掛かるフランたちに押され、ワルキューレの被弾がどんどんと増えて行く。

俺はフランをサポートしつつ、他の邪人やデュラハンにも注意を払う。だが、デュラハンはクイナが押さえているし、リンドは上手く周辺の邪人を払ってくれていた。

飛行しながら戦うリンドの姿は、俺たちからもよく見える。敵じゃなくて本当に良かった。

まず、異常に速い。翼ではなく魔力やスキルで飛行しているんだろうが、加減速が物理法則を無視しているのだ。

トップスピードから突如急停止したかと思えば、予備動作なしで再び急加速する。どうやら火炎魔術のバーニアに似た能力を使えるようだが、それだけじゃないだろう。翼からも魔力を放出することで、あの動きを実現しているようだった。

しかも知能が高いおかげで、その動きは非常に戦術的である。

邪人たちの構えるパイクの範囲には絶対に入らず、ギリギリの場所を掠《かす》めながら弱い火炎を挑発するように吐く。さらに、矢の標的にならないように一ヶ所に留まらず、動きをあえて不規則にすることで的を絞らせないのだ。邪人や魔獣たちが立ち直りかけたところで、咆哮を放って混乱を誘発するような真似もしている。

攻撃の頻度は低いが、非常に堅実な立ち回りと言えた。殲滅ではなく、メアやクイナを援護するための足止めを主眼に置いているが故にできる戦法だろう。

だが、そのおかげでフランとメアは邪人に邪魔されず、心置きなくワルキューレとの戦いに専念できた。

「火炎剣！」

「カルテット・スラッシュ！」

攻撃のメインはメアだ。火炎に包まれた一撃必殺の攻撃が振り下ろされる。

フランはその補助をするように、剣を奔らせた。ワルキューレがメアの火炎剣を躱した場合、確実にフランの斬撃が当たるような嫌らしい攻撃の仕方である。

だからといって、火炎剣を正面から受ければ熱によってダメージを受けるうえに、衝撃で一瞬動きが止まる。つまり、フランにとって必殺の好機が生まれるということだった。

急増にしては、驚く程に息があった連携だ。

「くおおお！　ちょこまかとっ！」

「くく、下がお留守だぞ？」

「がぁ！」

「ん、遅い」

「ぐがっ……！」

二人の攻撃がどんどんワルキューレを追い込んでいくが、ダメージがやはり邪人たちに移ってしまう。

「ほほう。先程は傷が消えるのに面食らったが、やはり盾技を応用した戦法だったな」

「どういうこと？」

「盾技には仲間のダメージを肩代わりする技がある。盾聖技には仲間にダメージを移し替える技もあるはずだ」

「なるほど」

やはり盾技を使っていたか。だが、デュラハンや邪人たちが激しい戦闘中であるため、完璧には技を使えなくなってきたようだ。発動する頻度がどんどんと下がっていた。ずっと残ったり、移し替えにラグが生じる傷が目立ってきたのだ。

確実にフランとメアがワルキューレを追いつめていた。フランたちに張りつかれ、自慢の弓を撃つ暇さえない。

これならスキルテイカーを使うまでもないかな？

ワルキューレの弓術を奪うつもりだったが、それをしなくても何とかなりそうだ。

俺はスキルテイカーの使用を見あわせておくことにした。この後、ワルキューレたちの黒幕であるミューレリアという謎の人物も残っているし、温存できるのであれば温存したい。

「炎斬！」

「くぅあ！」

攻撃を続けるうちに分かってきたが、ワルキューレは明らかにフランの雷よりも、メアの炎を嫌がっている。雷は放置してでも、火炎を回避しようとしているのが見えた。

「どうやら、一瞬で終わる雷よりも、体に纏わりつき続ける炎の方が嫌であるようだな？」

ダメージ移し替えをする場合、火炎の方が厄介であるらしい。

「なるほど。さすがメア」

「ふはは！　もっと褒めていいのだぞ？」

「すごい」

「ふははは！」

自分の攻撃を躱しながら会話をするフランたちを見て、ワルキューレが怒りの表情を浮かべる。

「戦闘中に余裕だな！」

「それ程でもあるな！」

「ん、よゆう」

「くっ！」

ワルキューレの額に青筋が浮かぶのが見えた。相当苛立《いらだ》っている。だが、それさえもがフランとメアの作戦の内であった。

先程フランがやられたことをやり返そうというのだ。挑発されたワルキューレの攻撃は怒りのあまり雑になり、二人にとってはより避けやすくなる。フランたちの挑発はさらに続いた。

「ほらほら！　さっきまでは随分と多弁だったのに、口数が減って来たじゃないか戦乙女よ！」

「ピンチになったら、だんまり？」

「う、うるさい！」

まあ、こっちだって有利になったら急に多弁になってるんだけどね。ワルキューレはそのことに言及できないほどに追い詰められている。

「すきあり」

「がぁぁぁぁぁ！」

　そして、遂にフランの斬撃がワルキューレの左腕を断ち切っていた。その傷は消えることもなく、左腕が宙を舞う。ダメージを移し替え続けていた配下たちの消耗が、限界を超えたのだろう。

　その隙をメアは見逃さなかった。

「もらったぁぁ！」

「くあ――があぁぁぁぁっ！」

　飛び込んだメアの剣が、ワルキューレの胴を薙《な》ぐ。剣に纏った火炎が傷口を炭化させ、周辺をどす黒く変色させた。だが、それでもワルキューレは死んでいない。憎悪の籠った瞳でフランたちを睨みつけていた。

「さて、気は変わったか？　大人しく情報を渡せば、楽に死なせてやるが？」

「ぐぅ……」

「ミューレリアとやらの情報を吐け」

「ん。そいつがこいつらのボスって言ってた」

「……っ」

　勝てないと悟ったのだろうか。身に着けていた武装を全て解除して、ゆっくりと立ち上がった。次元収納などのスキルはないが、装備を自分の意思で出し入れ可能らしい。

　半裸の状態で、ユラリと立ち上がるワルキューレ。その状態だと、全身の傷がよく見えた。特に、炭化してボロボロと崩れ落ちている脇腹は痛々しい。その強靭《きょうじん》な肉体のおかげで致命傷ではないが、危険な状態に変わりはないだろう。

「話す気になったのか？」

「ああ、降伏――」

そう呟きつつ、ワルキューレが何かを取り出して構えた。

それは漆黒の槍だ。槍の全体から立ち上る漆黒の魔力。以前にも似た波長の魔力を感じたことがある。邪術師リンフォードや、半邪人となったゼロスリードと同じ波長である。

ワルキューレが構えた槍は、邪神石の槍と表示されていた。

「――するわけがねーだろうがぁぁ！」

ワルキューレが、ブチギレた。挑発の効果もあるだろう。見下していた相手に追い詰められたということも大きいに違いない。

だが、一番の理由は自らの主の期待に応えられなかった、自分への怒りのように思えた。

血走った眼でフランたちを睨みつけながら、怒鳴っている。

「うがあああぁぁ！　許さん！　貴様らはこの場で殺す！　鏖殺《おうさつ》してくれるわ！」

俺は剣の体であるにもかかわらず、肌がゾクリと粟立《あわだ》つような悪寒を感じていた。槍から発せられる邪気が、明らかに倍増していたのだ。

『フラン――』

注意の言葉を発しようとしたのだが、もう遅い。

ワルキューレの手に握られた漆黒の槍から、凄まじい邪気が迸《ほとばし》った。

「こいつは我でも制御できんぞ！　一度手にしたが最後、我が魂が食らいつくされるまで、破壊の限りを尽くすのだ！」

叫ぶワルキューレの顔は、先程までの美しい女性の顔が嘘だったかのように、悪鬼の如《ごと》く歪《ゆが》んでいた。

「があああああああああああああああああ！」

ワルキューレの放った獣のような咆哮に呼応するように、邪神石の槍から黒い光が立ち上る。

それは、可視化するほどに濃密な邪気だ。邪術師リンフォードが巨大化した時並の、莫大《ばくだい》な邪気が槍とワルキューレを包み込んでいた。

『フラン！　何かしてくる前に倒せ！』

「ん！」

「先手必勝！」

ワルキューレが邪神石の槍を構えた瞬間、フランとメアが飛び出す。

だが、二人の剣は、ワルキューレの周囲に張られた障壁に阻まれてしまっていた。これも見覚えがある。リンフォードの使っていた障壁だ。全く同じものかは分からないが、同種のものだろう。

「この力は、本来はグリンゴートで解放する予定だったのだが、構わん！　貴様らを葬った方が、この国に対するダメージは大きいだろう。せめて道連れにしてくれる！」

そう叫んだワルキューレの傷口が見る見る塞がっていく。だが、先程までのような、ダメージを配下に肩代わりさせた回復ではない。

何せ傷口がボゴボゴと蠢《うごめ》いて盛り上がり、肉で塞がれてしまったのだ。

しかも、再生した傷口は、黒いゴツゴツとした瘤《こぶ》のような物に覆われていた。まるでその部分だけが、ゴブリンの皮膚に変化してしまったかのようだ。

いや、実際鑑定をしてみると、ワルキューレの種族が半邪人に。称号に邪神の奴隷が新しく加わっていた。さらにステータスが軒並み上昇し、スキルに邪術も増えている。

邪神石の槍とやらの効果なのか？　邪神系の奴らは邪人もアイテムも、説明が不明になるから詳細が分からん。

分かるのは、あの槍と今のワルキューレが、先程とは比べ物にならないほどに危険な存在となったということだけだ。

「我が魂を食らい、全てを破壊しろ！　邪神石よぉぉ！」

ワルキューレの体から発せられる魔力が、邪気に塗り替えられていく。

「くっ。フラン！　もう一度だ！」

「ん！」

「――インフェルノ・バースト！」

「はぁっ！」

今度は中距離から火炎魔術と雷鳴魔術を放つフランたち。だが、その攻撃も障壁にあっさりと弾《はじ》かれていた。

「うがあぁぁぁぁぁぁぁぁ！」

今度はワルキューレが突っ込んで来る。その眼球は漆黒に染まり、口から漏れ出すのは呻《うめ》き声にも似た禍々《まがまが》しい咆哮だけ。もはやその表情に理性を感じることはできなかった。急速に邪人化が進んでいるようだ。

「があぁぁ！」

「なぁ！　こいつめ！」

フルスイングされた槍を剣で受けたメアが、大きくのけ反った。

パワーが遥かに増しているワルキューレの一撃は、メアの想定を大きく上回ったのだろう。

「メア！」

フランが援護のために攻撃を加える。どうやらワルキューレの障壁は邪術師リンフォードの使っていたようなオートガードではないようで、背後からのフランの斬撃はあっさりとワルキューレの背中を斬り裂いた。

その一撃は、上昇したワルキューレの防御力をものともせず、背骨と肉を深々と斬り裂いている。

しかし、一瞬で黒い皮膚が盛り上がり、傷口は塞がってしまった。全く痛みを感じていないかのように、動きを一切止めない。

「があ！」

「ぬぐわ！」

ワルキューレの放った前蹴りが金炎の防御を突き破り、メアを後方へと吹き飛ばした。

当然、ワルキューレの脚は炎で焼かれ、膝から先は完全に炭化してしまう。しかも、メアを蹴った衝撃で炭化した脚は完全に砕け散った。

これでこちらが有利になるかと思ったが、ワルキューレが足を失ったのは僅かな時間だけである。

先程と同じように、傷口から肉がボコリと盛り上がったかと思うと、グジュグジュという耳障りな音を立てて足がほぼ一瞬で再生してしまったのだ。

傷が治る度に、美しい女性の姿をしたワルキューレの肉体にゴブリンのような醜い体が混ざり合い、より異様な姿に変わっていく。

「うがあぁぁ！」

ワルキューレはその場で重い槍を片手でクルリと回して逆手に持ち替えると、背後にいるフラン目がけて突き出してきた。

だが、その程度の奇襲では俺たちの守りは貫けない。

『おらっ！』

俺の念動を併用して、その槍を受け流す。そのせいで体が流れたワルキューレは、大きくバランスを崩した。

そこに、フランが剣聖技で反撃する。同時にメアの火炎がその身を焼いていた。メアはワルキューレの前蹴りをギリギリ剣で防いだようだな。少し離れた場所で、ピンピンした様子で立っていた。

「こやつ、本当に厄介だな！　ダメージが通っている気がせん！」

攻撃しても痛がった素振りをせず、全て再生してしまうからだろう。メアが厳しい表情でぼやいている。

「ぐるおぁぁぁ！」

「ぬあ！」

火炎の方を厄介だと認識していた記憶は残っているのか、ワルキューレが再びメアに飛び掛かった。その拳に吹き飛ばされつつも、再び火炎がワルキューレの体を燃やす。ただ、その後の光景はさっきと同じだ。肘から先が一瞬で再生し、醜い肉体に変異する。

それを見て、メアはこのままではキリがないと判断したらしい。

「フランよ！　ちょいと大技を放つ！　少し任せていいか！」

「おっけー」

「うむ！」

チマチマ削るのではなく、必殺の攻撃で一気に決めようと考えたらしい。

メアが後ろに下がり、フランが前に出てワルキューレを引きつける。

閃華迅雷は使っていないものの、一対一なら何とかなる。ワルキューレはステータスが大幅に上昇してはいるが、邪人やデュラハンの邪魔が無いからな。

『はぁ！』

「ふっ！」

フランはワルキューレと打ち合いながら、少しずつその体が反転するように誘導していく。メアに背を向けるような位置だ。

戦闘力が上昇していても、思考能力が下がっているせいでこちらの誘導に簡単に引っかかる。

『なあ、何かこいつ速くなってないか？』

「ん。なってる」

気になるのは、ワルキューレの動きが段々速くなってきたことだ。明らかに速度が上昇し、攻撃も防御も滑らかになってきている。

もしかしたら邪人化したばかりで、調子が完全ではないのかもしれない。このまま力と肉体が馴染《なじ》み、調子が完璧になったら？　危険かもしれなかった。

メアの大技とやらで仕留められればいいんだが。

「インパクト・スラッシュ！」

次の瞬間、フランがワルキューレの繰り出した槍に剣聖技を合わせた。

剣と槍がぶつかり合い、力負けしたフランの体が大きく弾かれる。

だが、これはわざとであった。相手の攻撃を利用して、あえて距離を取ったのだ。

そこにメアが突っ込む。アイコンタクトでタイミングを合わせたらしい。

初めてタッグを組むとは思えない息の合いようだった。ワルキューレは背後のメアに反応できていない。

「はぁぁぁ！　金殲火《きんせんか》！」

メアの手には、光り輝く金色の剣が握られていた。先程まで使っていた竜剣リンドは、鞘《さや》に収められ、背負われている。

今のメアが構えている剣は、自らの金炎を圧縮した物であるようだ。メアの持つ金色の剣からは、周囲に陽炎を生み出すほどの熱が発せられている。触れれば、火傷《やけど》程度では済まないだろう。それこそ、皮膚は焼け爛《ただ》れ、灰と化すに違いない。それ程の熱量と、魔力量が秘められている。

フランの黒雷招来と同じような、金炎絶火状態でしか使えない奥の手なのだろう。

「ぬえやぁ！」

メアの突き出した炎の剣が、ワルキューレの背を貫いた。

「が……が……」

金色の炎が、ワルキューレの身をその内から焼く。そして、体内を荒れ狂う金炎は、目や口といった穴から体外へと噴き上がっていた。

「ぐぎゃおおおぉぉぉぉぉ！」

遂にはその炎は全身を包み込み、金色の火柱となって天に向かって立ち上る。

絶叫を上げながら蠢く黒い影が内側に見えていなければ、綺麗な光景なんだろうがな。

「ぐがぁぁぁぁぁ！」

（師匠！）

『おう！』

強烈な炎に身を焼かれるワルキューレに対して、フランがダメ押しの斬撃を放つ。

最初は剣王技・天断を放とうとしたのだが、無理だった。閃華迅雷状態のステータスでないと、発動さえできないようだ。

「はぁぁ！」

『うおおおぉぉぉぉ！』

形態変形で刀身を巨大化した俺を、フランが空気抜刀術で振り下ろす。

金炎に触れた瞬間、刀身がドロドロに溶かされてしまったが、火炎耐性のおかげで一瞬で蒸発することは避けられた。瞬間再生と組み合わせれば耐えることができる。やはり、メアの炎は獣王の金炎には及ばないらしい。あっちは気付いたらもう刀身が失われていたからな。

そして、ワルキューレを真っ二つに切り裂いた瞬間、魔石を吸収する感覚があった。力が俺に流れ込んでくる。

今度は、確実に食ったぞ！

『きたきた！』

無理をして追撃を仕掛けた甲斐があったぜ！

いくら邪人と化したワルキューレでも、魔石を食われてはひとたまりもないらしい。炎の中で蠢いていた影が、その動きを止めていた。

しばらくすると、メアの金燬火《きんせんか》によって生み出された金色の炎が次第に治まってくる。

完全に炎が消えた時、ワルキューレだった物がその場で崩れ落ちた。今の姿は、脳天から唐竹割りにされて二つに分断された、全身が炭化した黒い焼死体だ。

俺はその姿を横目に見ながら、ワルキューレの魔石を食って得られたスキルを確認していた。

弓聖技、弓聖術、混乱耐性、光魔術、士気熱狂、歩行補助、戦乙女をゲットできている。かなりレアなスキルばかりだ。

にしても、今日は相当数のスキルをゲットできているが、スキルのレア度を考えたら今回が一番凄《すご》いな。まあ、まだ全部をキッチリ把握する暇がないので、この戦いが終わったらチェックしないといけないが。

唯一の問題は、邪術だ。持っているだけで、邪神の眷属《けんぞく》と思われても仕方ないだろう。それに、迂《う》闊《かつ》に装備して、何らかのリスクがあっても恐ろしい。

ゲットしてしまったものは仕方ないし、装備せずに死蔵しておこう。

そう思っていたんだが……。

『邪術がどこにもない？』

ワルキューレの所持していた邪術が、俺に引き継がれていなかった。邪神系の称号がないからだろうか？　多分、条件を満たしていないってことなんだろうが……。いや、むしろいい事だ！　厄介なスキルを保有せずに済んだんだからな！　ここは素直に喜んでおこう。問題なし！

ただ、問題はもう一つあった。ワルキューレほどの大物を食ったのに、魔石値が異常に少なかったのだ。このレベルの魔獣の魔石だったら三〇〇は超えると思っていたのに、五しか手に入らなかった。邪人でも魔石値が多い奴は多いはずなんだが……。あまりにも力を消耗し過ぎて、魔石の力が弱まってたってことなんだろうか？　うーん、分からんことが多すぎる。

「やったか……？」

「ん……」

異常事態はそれだけではない。

メアの炎によって焼かれ、魔石を俺に食われ、確実に死んだはずのワルキューレ。

だが、未だにその体からは黒い邪気が立ち上っていた。

奥の手を放って覚醒が解けた状態のメアも、油断なくワルキューレの焼死体を睨みつけている。

（まだ、生きてる？）

『そんなわけが……。だが、ワルキューレから邪気が感じられる……』

いや、違うな。邪気の大本はワルキューレだったものではなく、槍だ。黒焦げになかったワルキューレが未だに握っていた邪神石の槍から、強力な邪気がワルキューレに向かって流れ込んでいるのだ。放置していては危険かもしれない。

『槍だ！』

「メア、槍！」

「なるほど！　分かった！」

『食らえ！』

「――ファイア・ジャベリン！」

「はぁ！」

俺とフランの放った雷鳴魔術と、メアの放った火炎魔術が邪神石の槍に直撃するが、槍の障壁に阻まれて破壊することはできなかった。やはり、槍その物が特殊な力を持っているらしい。

直後、邪神石の槍が強烈な黒い光を発した。

脈打つように断続的に放たれる黒光の間隔が、次第に短くなっていく。

それに反応したのが、ワルキューレの死体であった。

左右に分かたれたワルキューレの死体の切断面が、粟立つように盛り上がり始める。そして、触手のような物が無数に伸びたかと思うと、互いに絡み合って死体が繋ぎ合わさったのだ。

触手によって無理やり繋ぎ合わされただけのワルキューレの死体が、ギクシャクとした動きで立ち上がった。

黒く炭化した死体が、関節を無視した動きで蠢く様は、フランとメアが顔をしかめるほどに不気味だ。

嫌悪感に押されたのか、メアとフランが咄嗟《とっさ》に攻撃を放った。

「ファイア・アロー！」

「はぁ！」

フランたちの魔術は、やはり障壁に弾かれてしまう。元ワルキューレには全く傷が付いていなかった。

「ガガ……ガ……」

大きく開かれたワルキューレの口から、ラジオのノイズのような耳障りな音が発せられる。

直後、ワルキューレの死体がボコボコと内側から膨らみ始めた。内側で謎の生物が蠢いているかのような動きで、一部分だけが急激に盛り上がっていく。

それと同時に、その体からは強烈な邪気が発せられ始めた。

フランは眉間に皺をよせ、邪気に当てられたメアは青い顔でワルキューレだった物を見つめている。

最早単なる邪気と言うよりは、瘴気《しょうき》と言った方が良いのかもしれない。

鑑定してみると、すでにその名前はワルキューレではなく、邪神石となっていた。種族が邪神人、状態が邪神化だ。称号には邪神の力を与えられし者となっている。

これはバルボラで戦った、巨大化した邪術師リンフォードと全く同じであった。

その内から発せられる邪気は秒を追うごとに強くなっていく。

「ガガガガ――」

『フラン、出し惜しみなしだ！　全力でやるぞ！』

「ん！　メア、本気でやる！」

「わ、分かった！」

メアも俺たちと同じように感じていたらしい。フランと共に邪神石から大きく距離を取ると、集中力を高めた。

障壁がどれほどの物かは分からない以上、最大威力の攻撃をぶつけるしかない。

「閃華迅雷！」

「白き炎よ……！」

『おおぉ――――！』

メアは金殲火《きんせんか》という奥の手を使ってしまったせいで、覚醒が解除されている。しばらく再覚醒はできないだろう。だが、どうやら他にも攻撃の方法があるようだな。

先程までの金色の炎ではなく、見たこともない白い炎がメアの体を取り巻いていた。メアから発せられる雰囲気がガラリと変化し、威圧感と共に神聖ささえ感じさせる。

金火獅の能力なのか？　それとも、メア自身のスキルによるものなのだろうか？　まあ、感じることのできる膨大な魔力を考えれば、かなり強力なスキルなのだろう。攻撃力も期待できる。

『行くぞ！　はぁぁぁ！』

俺も大盤振る舞いだ。カンナカムイを連発してやろう。

全てを出し尽くすつもりで、俺はカンナカムイを同時発動するべく集中を開始した。

術式を安定させるため、魔力を限界以上に練り上げる。これほどの魔力を一度に集中させるのは、初めてかも知れない。しかし、生半可な攻撃は通用しない以上、考え得る限り最大の攻撃を放たねばならないのだ。

ゾクリ。

背筋をナニか冷たいモノが撫でた気がした。剣の俺に、背筋などないのにな。そう感じてしまうほどの悪寒に似た何かが、俺の精神を襲っていた。

最強魔術の同時発動は、さすがに無理し過ぎているんだろう。だが、ここで無理をせずに、いつ無理をするというのか。

半ば暴走しそうになる魔力を無理やり押さえつけ、俺は術を完成させた。

『やっちまえぇぇ！』

「黒雷招来！」

「我が敵を滅せよ！　白火《びゃっか》！」

俺のカンナカムイ二連発と、フランの黒雷。そしてメアが打ち出した白い火炎が邪神石を直撃した。

さすがの邪神の障壁も、この超威力の同時攻撃は防ぎきれなかったらしい。

一瞬だけカンナカムイを受け止めたのだが、その直後に着弾した黒雷、白火《びゃっか》に飲まれて、溶けるように消えて行った。

そのまま俺たちの攻撃が、ワルキューレに直撃する。

そして、ＳＦ映画で見るような凄まじい爆発が、着弾地点を中心に起きた。

炎と音ではなく、閃光と衝撃と熱が撒《ま》き散らされるような、一段上の爆発だ。

「ぬおお？」

「ん……！」

かなり離れていたはずなんだが、メアとフランは爆風によって吹き飛ばされそうになっていた。

全力攻撃を放った後で体勢が整っていないというのもあるだろうが、吹き付ける風はまさに台風並だ。それも瞬間風速がニュースになるレベルの。

俺は咄嗟にウィンド・ウォールを重ね掛けして、風と瓦礫《がれき》を防いでやった。

数秒ほど経って、爆心地の様子が見えてくる。

先程まで邪神石がいた場所には、巨大な穴が開いていた。カンナカムイを撃った時にできるクレーターの、倍以上はあるだろう。

「す、凄まじい爆発だったな……」

「ん」

「我ながら恐ろしい威力だった」

フランたちがクレーターの縁に近づく。

「どうだ？」

「いない？」

『気配は感じないな』

ワルキューレの気配も、邪気も全く感じられなかった。どうやら倒すことができたらしい。下手に暴れ出す前に仕留められて良かったぜ。

「あの悍《おぞ》ましい魔力は一体何だったのだ……。未だ鳥肌が立っているぞ」

「邪神石の槍のせい」

「邪神石……。なるほど、邪神に関係のある道具であったか」

そんな事を話しているフランとメアだったが、俺はある事実を思い出していた。

『なあ、デュラハンが装備してた剣。あれ、邪神石の剣て言う名前だったんだが……』

「！　それは危険」

「どうしたのだフラン？」

「クイナの援護に行く」

「うむ、そうだな。クイナが負けることは無かろうが、早く仕留めるに限るからな」

クイナたちの様子を確認すると、彼女とデュラハンは未だに戦闘を続けていた。

ここから見る限り、邪神石の剣におかしな様子はないが……。ともかく、早めに援護に入った方がいいだろう。

『いいか、迂闊に剣に触るなよ？』

「ん！」

戦いを繰り広げるクイナたちの下へと向かいながら、デュラハンを鑑定する。

その手に持っているのは、間違いなく邪神石の剣となっている。だが、その種族は死霊だ。スキルなどにも邪神系統のスキルは見られない。

なぜだ？

ワルキューレは邪神石の槍を装備した直後、名前も種族名も邪神を冠する物へと変わっていたのに。

ワルキューレの口ぶりからすると、手に持っただけで魂が食われて、暴走するような感じだったんだが……。

剣と槍では効果が違う？　いや、邪神石に限らず、邪神に関係するものには他者を暴走させる効果があることが多い。だとするなら邪神石の剣も油断はできないだろう。

ただ、デュラハンに暴走する素振りはなかった。一切喋らず、黙々とクイナと戦っている。

でも、それは死霊だからだろうし……。あれで暴走してるのか？

待てよ。デュラハンの種族が死霊だから、邪神石の剣に魂を取り込まれないのかもしれん。そもそも魂が無いわけだし。

以前、浮遊島のダンジョンでネクロマンサーのジャンから死霊についてのレクチャーを受けたことがある。その時に、魂についても少しだけ教えてもらったのだ。

魂に関する事は神の領域であるため、人が操ることは普通は無理であるらしい。生物が死ねば、その魂は神の御許《みもと》へと召される。言ってしまえば、天国へと昇る訳だ。

死霊魔術などは一見すると魂を操っているように見えるが、そうではないらしい。残留魔力に残った強い念や、死んだ魔獣の想いが残った死骸を操って、死体を操作しているだけなのだ。

俺たちの前にいるデュラハンにも、魂は入っていないはずだ。死霊術師が造り出した疑似魂魄《こんぱく》か、魔石のどちらかで動いているはずだった。

魂がなければ邪神石に食われることもなく、暴走もしないのだろう。

『ということは、フランたちがあの剣で斬られたらヤバいのか？』

手にしただけでワルキューレがああなったんだぞ？　斬られたら、邪気が体内に入ったり、魂に何か悪い影響が出たりするんじゃなかろうか？

それとも、邪神石を受け入れてなければ、支配されることはないのだろうか？　いや、それは希望的観測だったらしい。

(師匠……)

『フランも感じたか』

クイナから僅かに邪気が感じられる。クイナの鑑定結果には、邪気酔いと表示されていた。クイナの肩に付けられた、本当に僅かな傷口が黒く染まっているのが見えている。

俺は邪神石の剣に斬られるとマズいのではないかという推測をフランに聞かせると、注意するように伝えた。

『フラン、絶対に邪神石の剣の攻撃は受けるなよ！　ワルキューレみたいに、邪神石に体を蝕《むしば》まれるかもしれん』

（わかった）

邪気なんて、回復魔術や浄化魔術でどうにかなるのかも分からないのだ。

俺の言葉を聞いたフランは、メアにも注意を促した。ただ、クイナがすでに邪気の影響を受けているという部分は伝えない方が良かったかもな。

「何！　クイナがすでにあの剣に？　ぬおお！　今行くぞクイナ！」

『あー、行っちまった』

仕方ない。ここは俺たちが援護せねば。

『フラン。さっき見たところ、メアの攻撃力はかなりの物だ。攻撃は任せて、俺たちは防御と援護に回ろう』

フランはかなり消耗してしまっている。邪神石を倒す時に閃華迅雷を再度使用してしまったし、これ以上の使用はできるだけ避けたいのだ。

「わかった」

自身でも体の不調が理解できるのだろう。フランはやや悔し気ながらも、コクリと頷いた。

走るフランの前方で、メアがクイナとデュラハンの間に割り込んでいる。

「クイナ、加勢するぞ！」

「お嬢様、あの剣にご注意を。斬られる度に、体に違和感があります」

「分かっておる、お前は我の援護だ！」

「はい」

メアの言葉を聞いたクイナが素直に後ろへ下がった。この辺が、単なる王女と護衛の関係ではないんだよな。自分などが守らなくても大丈夫だと、メアを信頼しているのだ。

「死霊なだけあって、痛みを感じないようです。幻影は通じますが、生きた相手ほど引っかかりはしないですね」

「なるほど。お主とは相性が悪いか」

「最初からそう言っているではないですか」

「と、とにかく、援護に回れ！」

「分かっております」

さすがに主従なだけあって、二人の息はピッタリと合っていた。メアが火炎攻撃を仕掛け、クイナはデュラハンの背後からチクチクと攻撃をしている。メアの攻撃は決してクイナの邪魔をせず、クイナによってバランスを崩されたデュラハンの攻撃は、メアに届かない。

二人の猛攻はさらに続いた。

「どりゃぁ！」

「――」

メアの放った火炎を盾で防いだデュラハンに、クイナが忍び寄る。そして、自分よりもはるかに巨大なデュラハンをあっさりと投げ飛ばした。

こっちから見たら、片腕を掴《つか》んで軽く捻ったただけに見える。それでいながら、デュラハンの体がふわりと浮き上がり、地面に叩《たた》きつけられていた。まるで、バトル漫画に登場する達人みたいな技量である。

そこにメアが追撃を仕掛け、火炎魔術で爆炎を叩きつけてデュラハンをさらに吹き飛ばした。

クイナを巻き込んだのかと一瞬ヒヤリとしたが、すでにクイナは爆炎の届かない場所へと退避している。本当に息が合っているコンビだ。

だが、デュラハンにダメージが入っているか、分からない。血も流れず、呻くこともしない相手だ。無言のままスッと立ち上がる姿からは、まるで無敵であるかのような印象さえ受けた。

いや、ダメージがない訳はないと思うが、痛みや疲労を感じない相手である。それで、動きが鈍ることはないのだろう。

戦闘力ではワルキューレに劣るものの、頑丈だし、邪神石の剣も所持している。こいつも一斉攻撃で葬る方が安全だろう。

メアも同じことを考えたようで、すでに白い炎を身に纏わせながら、フランとクイナに指示を出した。

「先程と同じだ。今できる最大攻撃を叩き込む。良いなフラン？」

「ん！」

「クイナは奴の盾を封じるのだ」

「分かりました」

やることは先程と一緒だ。メアは白火《びゃっか》。フランはカンナカムイ。最後の止めは俺たちの必殺技、剣王技の天断だ。そう思っていたら——。

「フランよ」

「ん？」

「こやつの止めは我がもらうぞ？　そなたはさっきワルキューレを持って行ったのだし、良いじゃろ？」

そう言えばメアも強くなるために経験値を求めているんだった。マンティコアも素材より経験値を欲しがっていたほどなのだ。

だが、デュラハンに止めを刺したいのは俺たちも同じである。正確には魔石が欲しいのだが、魔石を俺が食えば倒せるのだから、同じような事だろう。

倒した後に魔石をもらってもいいが、フランやメアの本気の攻撃を受けて、魔石が残るとは思えなかった。

「止めを刺した方が経験値がもらえるの？」

「分からん！　だが倒した方がたくさんもらえそうではないか！」

「……あっちにたくさんいる魔獣と邪人はあげるから、こいつはちょうだい？」

「なぬ？　お主中々に強欲じゃな！　まあ、良いが。ここで言い争っていても仕方がないからな」

「ありがと」

「よいよい。年下の我儘《わがまま》を聞いてやるのも、年上の者の務めだ」

お姉さんぶりたいお年頃なのかもしれない。それに助けられたようだ。

フランとメアがそんな会話をしている内に、クイナがデュラハンの手から盾を弾き飛ばした。幻像魔術で翻弄してから隙を作り、盾を掴みながらデュラハンをぶん投げたのだ。

「お嬢様！」

「うむ！　では行くぞフラン！」

「ん！」

「おおぉぉ！　我が敵を滅せよ！　白火《びゃっか》！」

「たあぁぁ！」

メアの白い炎にやや遅れて、フランがカンナカムイをあわせる。

頭痛を我慢しながら、かなり無理をして一発だけ放った魔術だ。俺のカンナカムイに比べると半分ぐらいの威力だろう。

いや、先程まで戦っていた邪神石がおかしかっただけで、普通の敵なら完全にオーバーキルの攻撃である。止めをもらうなんて約束したが、その前にこの攻撃で魔石ごと蒸発しちゃったりしないよな。

まあ、それはいらぬ心配であったようだ。

邪神石の剣はやはり油断ならない存在であった。盾を失ったデュラハンを守るように障壁を展開したのだ。

ただそれでも、カンナカムイと白火《びゃっか》のコンボを耐えることはできなかったが。

障壁は破壊され、デュラハンが大爆発に巻き込まれる。

吹き荒れる爆風の中、フランが前に出た。その目は真っすぐに、激しく立ち上る爆炎を睨んでいる。

「はぁぁ！」

飛んでくる礫《つぶて》は障壁で弾き、一切速度を緩めずに前傾姿勢で駆け抜けるフラン。白い爆炎が収まりきらぬ内に、肩に担いだ俺を振り抜いていた。

『剣王技・天断』

「――」

先程はメアの白火《びゃっか》で刀身を焼かれてしまった俺だが――。

今回は炎ごとデュラハンを叩き断っていた。白い炎も、デュラハンの分厚い鎧も、全く問題にならない。豆腐を斬ったのかと思うほど、あっさりと両断できてしまった。これが剣王技の威力か。

ただ、デュラハンを斬った直後、俺の刀身に蜘蛛《くも》の巣状のヒビが入り始めてしまった。技によって刀身にかかる負荷は、凄まじいものがあったらしい。

正直、メアの白火《びゃっか》に溶かされて瞬間回復した方が、ダメージが少ないんじゃないかと思うほどだ。

俺だからこの程度で済んでいるが、そこらの剣だったら技が相手に当たる前に粉々に砕けてしまっているかもしれない。

先程、フランがワルキューレに対して天断を放った時とは、俺の消耗が比べ物にならない。

あの時は耐久力が半減する程度だったが、今回は刀身破壊の危機だ。

多分だが、俺の剣王技への熟練度が足りないせいだろう。自分の体なのに、フランの方が上手く扱えるというのもおかしな話だが。

ビキビキと不吉な音を立てて、刀身のヒビが広がっていく。それでも俺は、デュラハンの魔石を砕いた感触を確かに感じていた。

デュラハンの魔石を食ったおかげで、凄まじい力が流れ込んでくる。ワルキューレと違って、莫大な魔石値だ。やはりワルキューレは邪神石の槍に魂を食われたせいで、何か異変が起きていたんだろう。

魔石値も進化直前まで一気に溜まったうえ、スキルもゲットできた。邪人たちを倒していたおかげではほとんどは所持しているスキルだったが、精神異常耐性が手に入ったのはでかいだろう。こういう耐性系のスキルは所持しているだけでフランを守れるからな。

「では、残った奴らを掃討していくとしよう。フラン、今度こそ我が糧とさせてもらうぞ？」

「了解」

「よし、では援護を頼む」

「ん」

「しばらく覚醒はできんが、あの程度の相手であれば問題は無かろう」

「お嬢様。こちらを」

「おお、これは覚醒ポーションか？」

「はい。こんなこともあろうかと、準備しておりました」

クイナがメアに差し出したのは、どうやら魔法薬のようだ。今、どこから出した？　見間違いじゃなければスカートの中だが……。メイドのスカート、謎だぜ。

「それはなに？」

「覚醒ポーションだ」

何と、覚醒を連続で使うことができるようになるポーションらしい。肉体を大きく変化させる覚醒は、肉体に著しい負荷がかかる。故に、連続での使用はできない。消耗した状態では、覚醒そのものが発動しないのだ。だがこの覚醒ポーションを使うと、その負荷を軽減し、覚醒を可能とするらしい。

無理矢理覚醒が使えるようにするとか、副作用がヤバそうじゃない？　メチャクチャ危険な香りがする。

「副作用は？」

「一本程度なら問題ない。明日から数日、ちょいと鼻が利かなくなったりする程度だ」

獣人にとったら十分にまずい副作用じゃね？　いや、それで覚醒を連続で使用できるようになるなら安い物か。

「魔獣どもはかなり散ってしまったな」

メアの言う通り、統制のとれた邪人たちは逃げずに戦っていたが、魔獣は相当逃げ散ってしまった。できればこれ以上は逃さず、殲滅したいところだった。

避難民たちに護衛部隊が向かってくれたとは言え、魔獣を減らしておくに越したことはない。

『まずは足を止めよう』

「ん！」

「何か策があるのか？」

「任せて」

俺たちがグレイト・ウォールで作り上げた城壁は、まだ無事な姿で残っている。ワルキューレによって幾つか大きな穴は開けられているが、補修はすぐにできるだろう。

この城壁を利用して、魔獣を殲滅することにした。

邪人や魔獣をあえて外して攻撃魔術を放ち、俺たちが魔獣を食い止めるために利用していた隘路《あいろ》に逆に追い込んでいく。当然、隘路の出口は塞いであるのだ。

統制が失われた魔獣たちはあっさりと俺たちの誘導にひっかかり、城壁に挟まれた狭い通路へと追い込まれていった。こちらの思惑通りだ。

そもそも、魔獣たちは相当に混乱していたし、怯えてもいるようだ。俺とフランに散々攻撃された後にリンドに追われ、指揮官であったワルキューレ、デュラハンを倒した凄まじい攻撃を目の当たりにしているからな。

邪人たちも、メアとフランの魔術で追い立てられ、魔獣たちと一緒にグレイト・ウォールで作られた壁の方へと追い詰められていく。

ハの字型の通路に大量の魔獣が詰め込まれ、その入り口にメアやフランが立ちふさがっている状態だ。

「いいぞフラン！　これで大分殲滅しやすくなった！」

そして、メアによる殲滅が始まった。

目を爛々《らんらん》と輝かせた白猫が、魔獣の群れに突っ込んでいく。近くの敵は剣で葬り、中遠距離の敵に対しては火炎魔術の砲撃だ。フランと俺のコンビと、かなり似た戦い方だった。

そこに、上空から援護を行うリンドも加わっている。

「クオオォ！」

次々と焼かれていく魔獣たちの断末魔が、隘路に響き続けていた。

『俺たちはどうするか……』

（メアの援護）

『そりゃそうなんだが、全く倒さないって訳にはいかないだろ？』

やり過ぎたらメアに怒られるだろうが、目ぼしい魔獣の魔石を少し頂くくらいはしておきたい。まあ、魔獣の殲滅が優先なのは変わらないが。

まだワルキューレの主であるミューレリアとかいう奴もいるし、俺たちの勝利が確定した訳ではないからな。魔石を吸収して、回復もしておきたいのだ。

壁側に追い込んだ魔獣たちを囲むように、俺たちはさらにグレイト・ウォールを発動させた。魔力的にはかなり無理をすることになるが、今は魔獣を追い込む方が大事だ。

「はぁぁぁ！」

『形態変形！』

俺たちは近くの魔獣は魔石を食らい、遠くの敵には魔術を放つ。そうやって魔獣をグレイト・ウォールの檻《おり》へと追い立てながら、生命強奪、魔力強奪を使って失った力を回復させていく。

『よーし、これで完成だ！』

「ん！」

多少時間はかかったが、邪人と魔獣たちの軍勢を、グレイト・ウォールでぐるりと取り囲むことに成功する。あとはメアが全て叩き潰すのを援護するだけだ。

いや、それすら必要ないかもしれない。魔獣たちのひしめく巨大な長城の檻の中央で、凄まじい魔力が立ち上るのが確認できた。

メアが金火獅の固有スキルである、金炎絶火を使用したらしい。それだけではない。メアの体から噴き上げる炎は、金と白の入り混じった美しい色をしていた。詳細は不明だが、白火《びゃっか》も同時に使用したのだろう。

仲間の放つ炎だというのに、危機察知スキルからの警告が止まらない。それに、スキルなどなくても、あの白金炎の恐ろしさは十分に感じ取ることができた。そこに練り込まれた魔力の量が、とんでもないことになっているのだ。

『あれはヤバいな……』

「巻き込まれる？」

呟いたフランの危惧は当たっていたらしい。

クイナがグレイト・ウォールを垂直に駆け上ってくるのが見えた。軽快な動きで巨壁を登りきったクイナは、魔獣たちを見下ろす俺たちの真横に降り立ち、そのままさらに駆け抜けていってしまう。

「巻き込まれますよ？　私も逃げます」

そんな警告と一緒に。

さっきまではメアのそばで、一切巻き込まれることなく一緒に戦っていたクイナが逃げなくてはいけない程の大技が放たれるということなんだろう。リンドも上空へと退避していくのが見えた。

『フラン、俺たちも逃げるぞ』

「ん！」

クイナの後に付いて俺たちも慌てて逃げ出す。その直後だ。

グレイト・ウォールの向こう側から、巨大な火柱が立ち上る。ちょっと離れた場所から見たら、噴火が起きているかのようにも見えるかもしれない。

あまりにも強力なメアの攻撃に壁も耐え切れなかったようで、土がブクブクと沸騰しながら凄まじい速さで溶けだしていく。こんな異様な光景、初めて見た。

『うわー……』

あの側にいたら爆炎に巻き込まれるか、グレイト・ウォールが溶けて生み出された溶岩に飲み込まれていただろう。

「今日は張り切っておられるようですね。想定以上の攻撃です」

「やりすぎ」

「はい。私もそう思います」

クイナと共に走りながら、未だに立ち上り続ける金と白の火柱を見守る事しかできない。

魔獣の気配はもうしない。当然だ。

あの劇的な熱量の渦巻く壁の向こうで、魔獣も邪人も生き残っているわけがないだろう。文字通りの殲滅だ。未だに一〇〇〇匹以上残っていた魔獣たちが、たった一発の攻撃で全滅である。

「メアは大丈夫なの？」

「問題ありません。少々お疲れでしょうが、自分の炎で自爆することはありませんから。ただ、そのせいで周辺への気遣いがいまいち足りないのが困りものです。自分が全く平気なものですから、ちょっとくらい巻き込んでも平気だろうと本気で考えているフシがあります。これはあとで教育的指導が必要ですね」

クイナの呟きには、深い怒りが込められているように思えた。フランもそうだが、無表情タイプの人間の怒りは恐ろしいのだ。

ただ、巻き込まれかけた俺たちとしては、クイナにはしっかりとメアを教育してほしいものである。

まあ、とにもかくにも、これでこの場での戦いは終了だろう。ようやく一息つけそうだな。

Side　サリューシャ

「くそ！　追いつかれる！」

「だが、我らであの軍勢には……！」

何とか死者を出さずに、ゴブリンの軍勢を退けてから数十分。

意気揚々と再出発した私たちは、すぐに冷や水を浴びせられるような事態に遭遇していた。

平原を通り抜ける最中に、再び邪人の群れに出くわしてしまったのだ。

しかも、ただの邪人ではない。何と馬に乗り、騎士のような鎧で身を固めた、まるで軍隊のような邪人たちだった。その中にはゴブリンだけではなく、オークやミノタウロスまでいるらしい。

それどころか、人間らしき存在まで交じっていた。

焦った様子の衛兵さんたち曰《いわ》く、普通ではないらしい。もしかしたら、バシャール王国の陰謀かもしれないとも言っていた。

だとしたら、バシャール王国は邪術師と手を組んだっていうの？　人類の敵と？　なら、北から迫っているという魔獣の軍勢もバシャール王国が？　姫様は大丈夫なの？

いいえ、姫様ならきっと平気。それよりも、今は自分たちに降りかかっている危機をどうにかしないと！

「ど、どうにかならないんですか！」

「無理だっ！」

私の問いに帰ってきたのは、短くもハッキリとした回答だった。

「相手は騎馬！　しかも高位の邪人までいる！」

「森の中なら何とか逃げれたかもしれないが……」

相手と出会った場所が悪かったらしい。平原では身を隠す場所もなく、走って逃げきる以外に道はない。だが、相手の方が圧倒的に速いのだ。

何百メートルもあったはずの距離が、あっという間に縮まっていた。

ハッキリとした姿を確認できる距離になると、その恐ろしさに改めて身が竦《すく》む。巨大な魔獣に跨った邪人たちは、ゴブリンたちなどとは比べ物にならないほどに迫力があった。

そんな恐ろしい軍勢が、はっきりと私たち目がけて駆けてくるのだ。子供たちの中には泣き出している者も多い。誰もが分かっているのだ。

あの邪人たちが絶望を運んでくるのだと。もう、助かる可能性がないのだと。

それでも、衛兵さんたちは私たちを庇《かば》うように前に出る。鍛え抜いた彼らであれば、私たちを囮《おとり》にすれば逃げ切れるかもしれないのに、勇敢に立ち向かおうとしていた。

「黒猫族を先に行かせろ！」

「俺たちが少しでも時間を稼ぐ！」

私たちは、結局足手まといなの？　やる気になっても、所詮は黒猫族なの？

私たちも戦う！　そう言うのは簡単だ。でも、役に立てるとは思えない。盾にさえなれず、蹴散らされるだろう。だったら、彼らの言う通り私たちだけでも逃げた方が――。

逃げると決意しようとした瞬間、かつてない程の悔しさが胸の内に湧き上がった。その悔しさに、気付かされた。私は、死ぬのが怖いんじゃない。弱いまま死ぬのが怖いのだ。

「そうよ……ダメよ」

「サリューシャ、どうしたんだ？」

「ダメよ！　ここで逃げて、何になるっていうの？」

また、弱さを言い訳にして逃げるところだった。

「どうせ、私たちの足じゃ逃げ切れない。そうでしょ？」

「そ、それは……」

衛兵さんが言い辛そうに口籠った。彼らだって、自分たちが盾になったとしても、黒猫族が逃げ切るのは絶望的だと分かっているんだろう。

「このまま背を向けて逃げて、狩りの獲物みたいに狩られるのはごめんよ！　最後くらい、戦士として戦ってやる！」

私はその場で槍を構えた。衛兵さんたちは逃げろとは言わない。むしろ、笑って私を迎え入れてくれた。それを見た仲間たちも、逃げる足を止めて各々の武器を取り出す。

「またサリューシャにいいところをもってかれたな」

「そうだな」

全員笑っている。それが虚勢だと分かる。私だってそうだからだ。

でも、それでも、泣き喚《わめ》きながら死んでいくよりはいくらかマシだ。

「一矢報いるわよ」

「おう！」

「だな！」

ごめんなさい。姫様。せっかく守ってもらったのに、私たちは……。

「邪人共よ！　ケダモノどもを皆殺しだ！」

人間の騎士が、そう叫んだ。今の言葉。やはりこいつらは、人間至上主義のバシャール王国の軍隊だったらしい。

「きなさいよ！　黒猫族の意地を見せてやる！」

私が、自らを奮い立たせるためにそう叫んだ直後だった。

「いい覚悟と気合だ。それでこそ、我が同胞よ！」

「オン！」

「え？」

どこかで聞き覚えのある女性の声と、犬の鳴き声。慌てて振り返ると、そこには見知った顔があった。

「ど、どうして……」

驚く私を余所に、さらに驚きの光景が繰り広げられる。

「ライトニング・ボルトォォ！」

「ガルウウウォォ！」

白髪の女性が放った電撃と、大きな黒狼の放った闇の球が、邪人たちを蹴散らしたのだ。先頭にいた五匹が、乗騎諸共弾け跳ぶのが見えた。

間近まで迫っていた死が、英雄たちによって打ち砕かれた。暗雲のように私たちを覆っていた絶望が、あっさりと晴れた瞬間だ。

「キアラ様……」

「うむ！　後は私たちに任せておけ！　行くぞ、ウルシ！」

「オンオン！」

なぜ、キアラ様がここに？　王都で臥《ふ》せっておられると聞いていたのに……。

それに、ウルシがキアラ様と一緒にいるのはどうして？　姫様と一緒にではないの？　それに、ウルシは全身傷だらけなのはどうしたのだろう？

私たちが驚きと疑問で固まってしまっている間にも、キアラ様たちは邪人たちを薙ぎ倒していった。

一〇分もせずに、邪人たちは全滅してしまう。

「す、すごい……」

これが私たちの英雄……。何て誇らしいのだろう。

「ふははは！　新たな力の試運転にはちょうど良かったな！」

「オンオン！」

「む？　ああ！　騎士共が逃げ出しておる！　追うぞウルシよ！」

「オン！」

「え？　キ、キアラ様！」

「済まぬな！　私は奴らを追う！　なに、すぐにグリンゴートから冒険者たちがやってくる。そいつらに保護してもらうと良い！」

「いえ、私たちのことよりも、姫様の……フラン様のことを……！」

「それも任せておくがいい！　元より、フランの加勢に向かうつもりだからな！」

「オン！」

良かった。これできっと、姫様も助かる。

だって、英雄と英雄が、力を合わせるのだ。

ウルシに跨ったキアラ様が、凄い速さで遠ざかっていく。向かう先は、北。姫様のいる戦場だ。

「キアラ様、姫様……ご武運を」

第二章　邪なる猫

「ふははは！　我にかかればざっとこんなものだ！」

魔獣と邪人を圧倒的な火力で殲滅し、意気揚々とフランたちの下へと駆け寄って来たメア。

しかし、彼女を出迎えたのはフランたちの歓声ではなく、クイナの極寒の視線であった。

「お嬢様」

「え？　クイナ？　なんか顔怖い……」

怒っているクイナに対し、メアは目を白黒させる。

まさか本当に心当たりがないというつもりか？

「我々を巻き込みかけたことに対して、何か言い訳はございますか？」

そんなメアに対し、クイナが静かに苦言を呈《てい》する。まあ、お説教とも言うな。

「いや、その……。お前たちなら問題なく逃げ切れると信じておったのだ。ほれ、現に怪我もなく、ピンピンしておるではないか！」

「そうですね。まあ、危うく溶岩の波に飲み込まれかけましたが」

「いやその……」

「そもそも、あれ程の威力の攻撃を放つ必要はございましたか？　フランさんがせっかく閉じ込めてくれたのですから、もっと効率の良い方法があったはずでは？」

「そ、それはだな……」

「それに、こちらをご覧ください」

クイナが自分の頬を軽く指差す。何だ？　別に普通の頬っぺただと思うが。

メアもクイナが何を言いたいのか分からないようで首をひねっている。

「ふむ？」

「よーくご覧ください」

メアがあらゆる方向からクイナの頬を観察し、改めて首を捻る。

「いや、見ているが……」

「ちょっと埃《ほこり》が付いてしまったではないですか！」

「知るか！　戦闘中に汚れるのは当たり前だろうが！」

「敵ではなく、味方の不注意で汚されたというのが重要なのですが」

「ええい、細かい奴め！　ともかく、今は今後の行動をどうするかだ！」

メアが誤魔化すように叫ぶ。クイナもメアがあたふたするのを見て、ある程度満足したのだろう。

大人しくその言葉に従った。

「ではお茶でも淹《い》れましょう」

「おいおい、戦場だぞ？」

変わり身早すぎるだろ！　というか戦場でお茶って！　メアでさえちょっと驚いているぞ。だが、
クイナは冷静に言葉を返す。

「戦場であるからこそ、休憩できる時に休憩しておくべきだと思いますが」

「ふむ……一理あるか」

「はい」

納得しちゃったよ！　やはりメアも変人だった。しかしお茶というのはどういう意味だ？

俺が見守る前で、クイナの準備が進んでいく。何かスゲー色々出てきたな！

しかし、これが異様な光景であった。思わず二度見してしまったのだ。

クイナがどこからともなく取り出したテーブルの上に、ティーカップを手際良く並べる。そこにティーポットから熱々の紅茶を注ぎ、お茶菓子を並べれば準備完了だ。

「お嬢様、どうぞ」

「うむ」

クイナが再びどこからか取り出した椅子に、メアが悠然と腰かける。

俺の戸惑いを余所に、クイナがお茶の説明をし始めた。

「こんなこともあろうかと、こちらのお茶は覚醒負担軽減効果のある魔法茶となっております。獣神花の蕾《つぼみ》だけを使った、最高品質の物です」

「ほう。それは助かるな。さすがだ」

「フランさんもどうぞ？　スコーンもありますよ？」

和やかな二人に対して、フランは厳しい顔のままだ。メアの攻撃に巻き込まれかけたことを、怒っているのではない。そうではなく、未だに残る同胞たちへの脅威が心配で、力を抜く余裕もないのだ。

「ごめん。別動隊を倒しに行く」

フランはメアたちの申し出をやんわりと断ると、踵《きびす》を返した。

しかし、その体は連戦によりボロボロだ。歩き出して数歩でフラリと体が傾いてしまう。

『お、おい。フラン、大丈夫か？』

「ん」

そう頷きはするが、顔色は悪かった。戦場の緊張感と、仲間を救いたいという意思力で疲労を忘れてはいるが、そろそろ限界が近いらしい。

俺が気付くべきだったな。

『フラン、ここは休むべきだ』

「そのまま戦っても、上手くはいかんぞ」

「この紅茶は疲労回復効果のある霊草を配合しているので、ぜひどうぞ。再覚醒に必要な時間も短縮できますよ？」

まるで俺の言葉を援護するかのようなタイミングで、メアたちも口を開いた。フランの気持ちが揺らいでいるのが分かる。

『フラン、少しだけ。一〇分だけでいいから休憩しよう。俺も少し疲れた。な？』

「……ん。わかった」

渋々ながらも、フランは俺の提案に頷いた。

クイナがササッとフランにも椅子を引いてくれる。

「こちらをどうぞ」

「ん」

休憩すると決めたら、お茶とお菓子が気になるらしい。クンクンと興味深げにスコーンの匂いを嗅《か》いでいる。

砕けて炭化した魔獣の死体が散乱し、未だに溶岩の熱がくすぶる戦場で唐突に始まったお茶会。狂気さえ感じてしまうのは俺だけなのだろうか？　フランもメアもクイナも、当たり前のようにティーカップを傾けている。

改めて、この椅子やテーブル、お茶類はどこから出したのか気になった。俺の目が確かならスカートの中から取り出したように見えたが……。ポーションの瓶を出すのとはケタが違う。とてもではないが、これらを仕舞って置けるスペースなどないだろう。

「クイナ、どうやって仕舞ってた？」

フランも気になったらしく、カップを持ち上げて底を確認してみたり、テーブルクロスをペラッと捲《めく》ってみたりしている。だが、不審な点はどこにもない。

「スキルですよ。達人女中の固有スキル、『メイドの嗜《たしな》み』の効果です」

何でも、次元収納に似たスキルであるらしい。ただし、仕舞える物には制限が付く。女中の仕事に不可欠な物という縛りがあるそうだ。しかも、その判断は使用者の意識によるという。逆に言えば、どんな物でもそれが仕事に関係あると使用者が認識してさえいれば、仕舞う事が可能であるらしい。クセが強いスキルである。しかも次元収納があれば必要ないしな。

そう思ったが、利点もあった。時空系ではない系統のスキルであるらしく、時空魔術を妨害するような結界の中でも問題なく使用できるんだとか。

「王宮の達人女中の間では、どれだけ先々の事を考え、道具を仕舞い込んでおけるかが腕の見せ所と言われております。こんなこともあろうかと、と主に言うのが我ら女中の生きがいですので」

い、生きがいって。メイドという職業の業の深さを垣間見《かいまみ》てしまったぜ。

「そう言えば、まだ正式に名乗っていなかったな。ネメア・ナラシンハだ。一応、この国の王女と言う事になっている。ランクD冒険者にして、金火獅だ」

「ん。私は黒猫族のフラン。ランクC冒険者で黒天虎《こくてんこ》」

「そして、我の従者クイナと、我が相棒リンドだ」

「クオオオ！」

ちょうどリンドが降りて来る。改めて近くで見ると大きいな。体はウルシよりも小さいが、翼も合わせたら遥かに巨大だ。以前、蠍獅子《さそりしし》の森で出会った時は小型だったのに。

こんな竜を生み出せる竜剣リンドって、普通の魔剣じゃないんじゃないか？

そんなことを考えていたんだが、メアも全く同じことを考えていたらしい。

「なあ、フランよ」

「ん？」

「そ、その剣は、どのような謂《いわ》れの剣なのだ？」

メアの熱い視線が、フランの背負う俺に注がれている。

「単なる魔剣ではないな？　銘は？」

「ん？」

「も、もしや神剣ではあるまいな？」

どうしよう。適当に嘘をついておくか？　でもフランの友人になってくれそうな相手だし、できるだけ誠実に対応したい。フランの沈黙を逡巡《しゅんじゅん》と考えたのだろう。メアがさらに言葉を紡ぐ。

「いや、待て。そちらに聞いてばかりではいかんな。我の秘密も教えてやろう！　故に、そちらの秘密を明かす。これでどうだ？」

「秘密？　王女様？」

「そんなつまらん秘密ではない。もっと凄い秘密だぞ？」

（師匠……）

『いや、そう言われてもな……』

フランは、メアに俺の秘密を打ち明けたい様子だ。よほどメアを気に入ったらしい。王族であるメアに俺の事を話したら、獣王にも知られてしまう恐れがあるんだが……。

（師匠、ダメ？）

『……はぁ。仕方ないな』

（ありがと）

フランにそんな声で懇願されたらダメとは言えないじゃないか。そもそも俺が自分の正体を隠したいのは、フランが注目されたり、狙われたりしないようにするためだ。だから、フラン自身が教えてもいいと感じたのであれば、反対する理由はない。

「わかった。それでいい」

「おお！　感謝するぞ！　では、まずは我の秘密からだな！」

「お嬢様。本当によろしいのですね？」

「当たり前だ。フランは信用に足る！」

「まあ、お嬢様の勘は当たりますから。そう思われたのであれば反対しませんが」

そう言ってため息をつくクイナを見て、シンパシーを感じてしまった。それにしても、王女と言う正体がつまらないと言わしめるほどの秘密か。気にならないと言えば嘘になるな。

「この竜剣リンドなのだが……」

「ん」

メアも剣に関する秘密だったらしい。だからこそ、俺が気になっていたんだろう。

背中の竜剣リンドを抜いて、テーブルの上に載せる。

改めて見ると、やはり美しい剣だ。だが、それだけではない。むしろ、美しさ以上に、迫力があるだろう。

人を斬るために作り出された、剣という存在特有の物騒な気配。そして、その剣呑さをより一層高める、真紅の竜の装飾。近くで見れば、その内に秘める凶悪な魔力を否応なく感じることができた。

ただの魔剣ではないと思っていたが、やはり何か曰くや秘密があるようだ。

「かっこいい剣」

「そうだろう！　この剣は竜剣・リンド。このリンドの依代《よりしろ》となっている魔剣だ！」

「クオォォォォ！」

フランが褒めると、メアとリンドが嬉しそうに声を上げる。

「しかーし！　それは世を忍ぶ仮の姿！」

「クオォ！」

メアがシャキーンとポーズを取ると、リンドも翼を広げてアピールだ。メアだけではなく、リンドもノリがいいらしい。

「仮の姿？」

「うむ！　この剣の本当の銘は暴竜剣・リンドヴルム」

リンドヴルム？　覚えがあるぞ！　確か――。

「――世に名高い神剣の一振りだ」

「！」

メアがあっさりとフランに告げたのだった。

いや、多少もったいぶったが、神剣の正体を明かすにしてはあっさりし過ぎじゃなかろうか？　ドラムロールを鳴らせとは言わないが、もうちょっと溜めてくれても良かったんだけどな。

「ふふん。驚いたか？」

「ん！」

フランが高速でコクコクと頷く。

いやいや、それにしてもまじか？　鑑定には竜剣リンドとしか表示されないぞ？　俺には鑑定できないほど、高位の相手という可能性もある。むしろ、神剣であれば当然だろう。

自らの手にする剣が疑いようもなく神剣であると、確信を持っているらしい。メアは自信満々だ。

「本当だ」

しかし、すぐにその表情を曇らせてしまう。

「だが、使い手の技量不足のせいで、力が解放されていないのだ」

神剣というのは、生半可な力で扱える物ではない。それ故、メアではリンドヴルムの力を引き出しきれていないんだとか。

そんな話を聞きつつも、俺はメアの話をどうしても信じ切れていなかった。

だって神剣だよ？　これまでも散々、超兵器だの、国を揺るがすだのと聞いていた、あの神剣である。この世界における戦略兵器級の存在である神剣が、目の前のテーブルの上にポンと置かれているのだ。信じられる訳がない。

そもそも、能力だってそこまで凄まじくはない。呼び出すことが可能なリンドも、単騎で国をどうこうできるほどの力はないだろう。精々が、戦場一つの勝敗を左右できる程度か。いや、それだって魔剣として考えれば破格の性能なのだろうが、噂に聞く神剣に比べたら可愛《かわい》い物だった。

「本当ですよ。何せ神級鍛冶師に直接見てもらいましたから」

クイナがそう補足する。そういえば、この国には神級鍛冶師がいるんだった。

王族であるメアであれば、神級鍛冶師と繋がりがあって当然である。そして、神級鍛冶師が本物の神剣であると認めたのであるなら、間違いないだろう。

『ま、まじか……！』

（凄い！）

確かに、王女の身分などよりもよほど重要な情報だったな。何せ、神剣は世界的な軍事バランスとかに係わる存在なのだ。

むしろ、こんなに簡単に教えられたのが驚きだ。それだけフランを信じてくれているということなんだろう。

『これは、こっちもちゃんと応えないとダメだろうな』

「ふむ？　何だ？　今、誰かの声がしたか？」

どこからともなく聞こえた俺の声に、メアが驚いている。クイナは表情が読めんが。

そんな二人に対し、フランが俺にだけ分かるドヤ顔で口を開いた。

「今のは、師匠が喋った」

「師匠？　お主の師匠という事か？　どこにいるのだ？」

「姿を消しているのですか？　全く気配を感じません……。本当だとしたら凄まじい手練《てだ》れです」

「師匠はここにいる」

フランがメアと同じように、俺を引き抜くとテーブルの上に載せた。リンドの横に並んで置かれた形だ。そして、改めて俺を紹介する。

「この剣が師匠」

「剣が、師匠なのか？」

当然の如く意味不明なのだろう。メアが腕を組んで首を捻っている。

このままだと、フランが不思議ちゃんと思われてしまう。きっちり自己紹介をさせてもらわんとな。

「インテリジェンス・ウェポンの師匠。とてもすごい剣」

『どうも。ご紹介に与った、師匠という者だ。喋る剣と思ってくれればいい』

「おおおお！　ほ、本当に目の前の剣が喋っておるのか？」

「驚きです」

目を真ん丸に見開き、立ち上がって興奮してくれるメアと、相変わらず口では「驚いた」と言いつつも一切驚いた様子がないクイナ。

『まあ、よろしく頼むぜ？』

だが、メアの驚き方は俺の予想を少しばかり超えていた。

「凄い！　凄いなクイナ！　何とインテリジェンス・ウェポンとな？　ははは！」

興奮した様子で立ち上がると、目をこれでもかと見開いて俺を見つめている。頬は上気し、鼻息は荒かった。まるで、大好きなアイドルに町中で急に出会ってしまった、オタクファンのようだ。

『いや、驚いてくれるのは嬉しいが、神剣持ちが大げさすぎじゃないか？』

確かに珍しい存在である自覚はあるが、神剣を所持している人間にこうも驚かれるとね……。なんか恥ずかしくなってくるんだけど。

「何を言うか！　あのインテリジェンス・ウェポンだぞ？　お伽噺《とぎばなし》の存在なんだぞ？」

いやいや、神剣もそうだろ？　むしろ、神話級の超兵器のはずだ。だが、そういう事ではないらしい。

「確かに神剣は凄い。だがな、数本しか実在が確認されていないとはいえ、世界に二六振りもあると言われているのだぞ？　だが、インテリジェンス・ウェポンは存在そのものが未確認だったのだ！それを考えれば、むしろ師匠の方がレアと言えるだろう！」

まあ、そういう見方もできるのか。俺自身は性能面で上回る神剣に対して、引け目みたいな物があるから、「俺の方がレアだぜ？」とはどうしても言えないけど。

「ん。師匠は凄い」

メアの言葉を聞いたフランが、嬉しそうに頷く。

「うむ。あのクイナが驚愕している程だからな」

「はい。正直、フランさんにお会いした時よりも驚いていますね」

相変わらずの無表情だが、ちょっとだけ頬が赤いか？　マジで興奮しているらしい。

「それで、師匠との馴れ初めはどのような感じなのだ？」

「私が奴隷だった時――」

フランが、俺との出会いを語って聞かせる。

闇奴隷として運搬されている最中、魔獣から逃げるための囮にされたこと。死にかけている最中に、地面に刺さっている俺と出会ったこと。そして、それからはずっと一緒に旅をしていること。

ウルムットで出会った女神様は運命なんか存在しないと言っていたが、あの出会いこそ俺とフランの運命だったのだと、改めてそう思った。あの時出会わなければ、俺は狂っていたかもしれないし、フランは命を落としていただろう。運命でなければ、奇跡だったのだ。

あの時の話や、自分の過去なども、フランは特に隠すことなくメアに教える。

淡々とした語り口が、むしろフランの過去の悲惨な姿をリアルに想像させるのかもしれない。メアが感動した様子で、大号泣していた。

「そうかそうか！　お前らは出会うべくして出会ったんだなー！」

「お嬢様、こちらを」

「うむ！　ズビー！」

クイナに渡されたハンカチで涙と鼻水を拭っている。

「素晴らしいコンビだ！　感動した！」

「ん！」

メアの褒め言葉にテンションが上がったフランが、さらに俺の能力や素性を語った。神剣に見合う情報かどうかは分からないが、俺たちにとっては最高機密と言える情報だ。フランも、それだけメアたちに誠実に向き合いたいってことなのだろう。

俺が魔石を吸収して強くなること。自分のルーツを知らないこと。神級鍛冶なら何かを知っている可能性があるということ。順番に教えていく。

「なるほど！　だからか！　マンティコアの魔石が綺麗に抜かれていて、疑問だったのだ」

「師匠さんが吸収したのですね」

『そういうことだ』

「しかし、さすがインテリジェンス・ウェポンだな。成長するとは」

「リンドも成長してる」

フランの言葉に、メアが首を振った。

「リンドは我の成長に合わせて、力が解放されているだけだ。厳密には成長した訳ではない。だが、師匠は本当に成長しているのだぞ？　今でさえあの強さだ。その内本当に神剣を超える日が来るのではないか？」

そりゃあ神剣は目標ではあるが、さすがに超えるというのは難しいんじゃないか？　それこそ今回のように、魔獣の群れを殲滅するようなことを繰り返さないと不可能だろう。

だが、フランは自信満々でメアに言い放つ。

「当然。師匠は最高の剣。いつか最強にもなる」

「ふははは！　では競争だな！　我がリンドの真の力を発揮できるようになるのが先か、フランが神剣を超える剣に師匠を育てるのが先か！」

「ふふん。当然私たちが勝つ」

「我とて負けぬ！　いつかは伝承にあるような、城を叩き潰すという巨竜としてリンドを召喚してみせよう！」

城を叩き潰す？　それって何百メートルの竜なんだよ。だって、船よりもちょいとデカいサイズの水竜でさえ脅威度Bだったんだぞ？　そのサイズの竜なんて、確実に脅威度A以上だ。それを自在に呼び出せるようになったら、凄まじい戦力だろうな。さすが神剣。一筋縄じゃいかない。

だが、フランが俺は神剣を超えると断言したのだ。だったら、俺がやる前から諦めるわけには行かない。フランの望み通り、いつかその域にまで辿《たど》り着いてみせよう。新たな目標だ！

「メアはリンドをどこで手に入れたの？」

「我はお主たち程、劇的な出会いであったわけではないぞ？　単に腕試しとして、発掘済みの遺跡を探索していたところ、未発見だった隠し部屋を偶然発見してな。そこにリンドが安置されていたという訳だ」

「その後、少々特殊な剣であるという事から神級鍛冶師に鑑定してもらい、神剣であると判明したのですよ」

いや、それって神剣に呼ばれてない？　メアは偶然に手に入れただけの幸運者だと思っているようだが、選ばれたんじゃないか？

クイナもそう思っているようで、誇らしげに――は見えないが、神剣を入手した時の話をフランに聞かせている。さっきまで邪気酔いなんていう状態異常だったのに、元気だね。

『ん？　いや、待てよ。クイナ、大丈夫なのか？』

「何がでしょう？」

『さっき、邪気酔いになってたはずなんだが……？』

給仕しながらお喋りなんかしてて、平気なのだろうか？

「おお！　そう言えばそうだった！　すっかり忘れておった！　大丈夫なのか？」

「はい。問題ありません。それにしてもあれが邪気酔いですか。話には聞いていましたが、初めて体験しました」

どうやらクイナは邪気酔いについて知っているらしい。

「邪気酔いは、強い邪気を発する相手と長時間戦闘している場合などに起こるそうです。まるで二日酔いのような状態になるんだとか。お酒は嗜みませんが、あれが二日酔いなんですね。あのような苦しい状態に自らなるのですから、やはり酒飲みというのは馬鹿なのでしょう」

酒飲みだって二日酔いになりたくてなる訳じゃないんだよ？　ただ、お酒が美味しすぎて、少し飲み過ぎてしまうだけなのですよ！　飲まずにはいられない日だってあるし！　今の俺は、酒に酔うことができないけどね！

「放っておくと危険らしいですが、邪気の元を断てば沈静化するそうです。お嬢様とフランさんがデュラハンを倒した時点で、違和感は全て消えました」

そう言えば、メアの白火《びゃっか》とフランのカンナカムイによって、邪神石の剣も消滅していた。邪神石の槍よりも大分脆《もろ》い気がするが……。魂を吸っていないからだろうか？

俺が邪神石の謎について考えていると、メアが不意に口を開いた。

「そう言えば、師匠はなぜそのような場所に刺さっていたのだ？　森の中なのだろう？　作った鍛冶師がそこに置いたのか？」

『いや、違う』

俺はメアたちに、台座で目覚めてから、枯渇の森に刺さって身動きが取れなくなるまでの話を掻《か》い摘《つま》んで聞かせた。念動で飛びつつ、魔獣を少し倒して遊んでいる内に、枯渇の森に刺さってしまったという話を適当にしただけだが。

一応、俺が転生者という事はぼかしてある。ここまで来たら明かしてしまっても良い気がするけど、転生やら異世界なんて話を信じてもらえるとも思えないしな。

「魔狼《まろう》の平原の台座か……」

『何か知らないか？』

「知らん！」

『さいですか』

クイナにも聞いてみたが、やはり知らないらしい。クランゼル王国に行ったことがないというし、仕方ないが。

「それにしても、調子に乗って身動きが取れなくなるとは、師匠さんは非常に人間くさいですね」

おっと、クイナは鋭いな。いや、ちょっと考えればすぐ疑問に感じるか？　インテリジェンス・ウェポンとはいえ、イコール人間くさいとも限らないのだから。むしろ、考えて喋る武器と言われたら、もっと無機質な、それこそアナウンスさんみたいな存在を想像するだろう。

自分で言うのもなんだが、俺は無駄に人間くさ過ぎる。インテリジェンス・ウェポンを作れる人間だって、あえてこう作ろうとは思わないんじゃなかろうか？

「師匠は元人間だから、人間くさいのは当たり前」

あ、フランさん？　それもバラしちゃうのね？　いや、異界からの転生という部分は曖昧にして、単に人間の魂を剣に封じたということにすればいいか。

俺が元々人間だったと聞いたメアたち、が非常に驚いている。

メアなどは目を見開いて、再び椅子から立ち上がっているほどだ。

「そ、それは本当か？」

「ん」

「魂とは神の領域です。つまり、人間の魂を剣に封じるという行為は神、もしくはそれに準ずる存在にしか不可能な行いです」

「うむ！　やはり師匠はただの魔剣ではないな！」

なるほど、言われてみたらそうかもしれん。しかも俺は異世界から転生している。本当に神の意志が介在しているのか？　まあ、こんなこと考えておいて、実は偶然でしたって言われたら、最高に恥ずかしいけどね。だって「俺の誕生には神の意思が関わっているかもしれん。キリッ！」とか、どんだけ自意識過剰なんだっていう話だ。

「もしや師匠は、フランにスキルを与えるだけではなく、自分でもスキルを使えるのではないか？」

『どうしてそう思った？』

「スキルとは魂の力であると聞いたことがあるのでな。人としての魂を持っているのであれば、念話や念動といった剣に付随しているスキル以外も使えるのではないかと思っただけだ」

『まあ、使えるけど』

「やはりか！　思えば、フランの魔術やスキルの使用間隔は異常だったからな。何か秘密があるとは思っておったのだ」

俺たちの場合、フランが剣技を発動している間に、俺が無詠唱で魔術を連発したりしている。高速思考に並列思考がないと――いや、それらがあっても人間では無理な速さだろう。

メアもフランの戦闘を見て、違和感を覚えていたらしい。だが、特殊なスキルの恩恵なのだと思っていたようだ。

「それ故、あの連撃速度か。もしや、極大魔術も使えるのか？　というか、あれは師匠のスキルなのか？」

『ああ』

「それは凄まじいな！　一見してフラン一人。しかしその実、師匠とフランで極大魔術を連発できるとなれば……。正直言って、現時点でも準神剣とさえ言えるかもしれん……」

『あ、でもメアとの模擬戦では俺は手出ししてないよ？　スキルは貸したけど』

「それは分かっている。我らは似た者同士だからな！　たとえ師匠が手助けをすると言っても、フランが聞き入れまいよ」

分かっていらっしゃる。戦闘狂は戦闘狂を知るって事かな？

「我とフランは似ている。齢も近く、種族も獅子と虎。強力な剣を所持し、戦いを求めている。フランもそうは思わぬか？」

「ん。思う」

メアの言う通りだ。だからこそフランも彼女に親近感を覚えているのだろう。

「で、あろう？　なればあれだ。その、あれなのだ！」

「ん？」

メアが歯切れの悪い物言いで、何やら訳が分からないことを言い始めた。急に顔を赤くして口ごもり始めたメアの様子に、フランも首を傾《かし》げている。

「わかるであろう！」

わからん。何が言いたいんだ？

そんなメアをフォローしたのは、できるメイドのクイナである。

「お嬢様、恥ずかしいのは分かりますが、もっとはっきり言わないと、フランさんも分かりませんよ？　自分たちは似ているから、友達になろうとお伝えしませんと」

「な、なあああ！　何を言っておるか！」

そういうことか。メアがモジモジしていた理由が分かった。短い付き合いだが、メアの性格では気軽にその手の事は言えないだろうというのは分かる。

そして、クイナは絶対わざとだろう。メアをからかいつつ、あえてばらしてしまう事で援護もしたのだと思われた。六：四でからかい優先な気もするが。

だが、メアが再び口を開く前に、フランが口を開いていた。

「私たちは一緒に戦ったからもう友達」

「フ、フラン……！」

友達というか、戦友？　いや、戦友も友達の範囲内か。

「そうじゃよな？　わ、我らは友達じゃよな？」

「ん」

「ああ、遂にお嬢様がボッチ卒業ですね」

メアとクイナが異常に感動している。無表情のクイナが、喜んでいると理解できるレベルだ。まじでボッチだったらしい。

フランも友人と呼べる相手が多いとは言い難いし、その部分も似た者同士ってことだな。

だが、フランの大真面目な顔を見て、急に恥ずかしくなったらしい。メアが早口で今後の予定を口にした。

「さて、そろそろ体力も回復したことであるし！　行動に移るとしようか！」

「ん。別動隊のところに行く」

「あちらはグリンゴートの者たちに任せておいて問題ないとは思うがな。領主のマルマーノは信頼できる男だぞ？　それよりも、魔獣が現れた北を調べた方が良くはないか？」

だが、フランは静かに頭を振った。

「それは後で良い。みんなの安全が一番」

敵を倒すことよりも、仲間を守ることの方が大事なのだ。

メアたちもフランの想いを分かってくれたらしい。

「ふむ。そうか。ではまずは邪人の別動隊を片づけるとしよう」

「では、少々お待ちください」

クイナがテーブルなどを手品のようにスカートの中に仕舞って行く。次元収納に近いスキルであれば、普通にその場で収納できると思うんだけどな？

『わざわざスカートの中に仕舞うように見せるのは何でだ？』

「それがメイドの嗜みですので」

分からん。でも、何かこだわりがあるというのは分かった。

「行くか。頼むぞ、リンド！」

「クオオオォォ！」

「今のリンドであれば三人同時でも乗せられよう！」

「クォ！」

高速飛行ができるリンドの背に乗せてもらえるのであれば、かなり早く移動できそうだな。

「もう戦闘が終わっていてもおかしくはないがな――っ！」

「っ！」

『なっ……！』

騎乗するために、メアがリンドを伏せさせた直後であった。

俺たちは全員で同時に北の空を仰ぎ見た。凄まじい魔力を感じたのだ。離れていても分かる強大な魔力が、超高速で接近してくる。それこそ、リンド並の速さだろう。

「何か来るぞ！」

「ん！」

その魔力の主は、あっという間に俺たちの頭上へと到達していた。

肌を突きさすような、攻撃的で威圧的な魔力が辺り一帯を包み込んでいる。

『おいおいおいおい……。ワルキューレが可愛く思えるレベルじゃねーか……』

フランとメアも息を呑んで固まってしまうほどの、超魔力だ。フランたちは認めないだろうが、二人が魔力の持ち主に対して僅かな恐怖を抱いていることは間違いなかった。

この段階でも信じられない魔力だったのに、次の瞬間にはその魔力がさらに強大な邪気へと塗り替わった。そう、俺たちが圧倒的だと感じていたその魔力でさえ、抑えているレベルだったのだ。

まるで邪神本体でも現れたのかと思うほど、深く悍ましく邪な気配である。

過去出会った中で最も強力な邪人は、バルボラで戦ったリンフォードだ。だが、奴が発していた邪気が大したことなかったように思えてしまうほど、俺たちを覆う邪気は濃密だった。

邪気を感じた瞬間、メアとフランの耳がピーンと立ち、尻尾の毛がブワーッと総毛立っている。

その邪気の主は、上空に悠然と佇《たたず》んでいた。

左右には従者と思しき影が複数付き従っている。

だが、俺たちが驚いたのは、発散される邪気の凶悪さだけにではない。その邪気を発しているのは、可愛らしい少女だったのだ。

年齢は一〇代後半くらいだろう。長い黒髪と、布を重ねたようなゆったりとした白い服は一見清楚だが、身に着けている装飾品は凄まじく趣味が悪い物だった。まるで苦悶《くもん》の表情で喘《あえ》ぐ亡者のような、不気味な顔が彫られた腕輪。立ち上る瘴気を意匠化したような黒いペンダント。丸い球体を捻じったような形のイヤリング。どれも薄気味悪かった。

しかも、見覚えのある外見をしている。

「……黒猫族」

そう。フランが呟くように、邪気を撒き散らす謎の少女は、黒猫族の外見的特徴を備えていた。

黒い猫耳と尻尾に黒髪。どう見ても黒猫族だ。

「僅か三人にやられてしまうとは、使えない者たちね。もういいわ。せめて私の糧となりなさい」

少女が妙によく響く声で、そう宣告した次の瞬間。周囲に散らばっていた魔獣たちの死骸が光り輝く。そして、光が収まった後には、魔獣たちの死骸は影も形も残っていなかった。

膨大な魔力が少女に流れて行ったのが分かった。どうやら、少女が何らかの方法を使って、魔獣や邪人の死骸から力を吸収したらしい。その身に纏う邪気が、僅かに力を増したのが感じられる。

元々膨大な力を秘めているため「僅かに」という表現になってしまったが、俺たちからすれば凄まじい量の魔力であろう。一〇〇億円持っている人が一〇〇万を手に入れても大したことがないと思うかもしれないが、庶民からしたら大金。喩えるならそんな感じだ。

俺が吸収した魔石や、次元収納に仕舞ってる素材などは少女の影響を受けなかったらしい。それだけが不幸中の幸いかもな。

見えないエレベーターにでも乗っているかのように、空中からスーッと降りてくる少女。少女の左右は妙齢の美女が固めていた。その後ろには全身鎧を着込んだ巨漢の騎士が二体控えている。少女の力が膨大過ぎて気付かなかったが、従者たちも強大な力を秘めていた。

それはそうだろう。

女性従者二人はワルキューレ、騎士二人はデュラハンだったのだ。

俺はそいつらの鑑定結果に戦《おのの》いていた。なぜなら、俺たちが激戦を繰り広げたワルキューレよりも、この二人の方が強かったのだ。デュラハンの能力はほぼ互角だろう。人数で言えば僅か五人。だがその戦力は、俺たちが殲滅した魔獣と邪人の軍勢を併せたよりも、さらに上である。

フランが意を決して口を開く。フランが言葉を発するのにここまで躊躇《ためら》うのは珍しい。だが仕方な

いだろう。相手の魔力はそれ程強大なのだ。

「……誰？」

獣王と出会ったことで強者への耐性は付いているが、目の前の黒猫族の少女は規格外すぎた。パニックにならないフランを、褒めてやりたいほどである。

「私の名前はミューレリア。知らないかしら？」

「知ってる」

「あら？　本当に？」

知ってるも何も、ワルキューレから聞かされた親玉の名前じゃないか！　こいつがミューレリア？

鑑定をしてみたが、ステータスを見ることはできなかった。

「うふふ。お行儀が悪いわね？　鑑定はダメよ？　効かないようにしてあるから」

鑑定察知を持っているうえ、鑑定遮断も所持しているのか？　しかも天眼を無効化するレベルの？

本当に何者なんだ？

「どこで私の名前を聞いたのかしら？」

「ワルキューレが言ってた」

「ああ……そっち」

どうやらフランの答えはミューレリアのお望み通りの答えではなかったらしい。明らかに落胆している。だが、メアたちは驚愕した様子で、ミューレリアを見つめていた。

「黒猫族のミューレリアだと？」

「あら？　そちらのお嬢さんは私の事を知っているようね？」

「本人か？」

「さて、あなたがどのミューレリアの事を言っているのかにもよると思うけど？」

「……邪神に魅入られた王女」

「大正解。当たりよ」

そう言ってニコリと微笑《ほほえ》んだ。

その笑いを見るだけでゾクリとする。その目はまるで深く深く掘られた空井戸のように、底なしとも思える闇と空虚さを湛《たた》えていたのだ。

「誰？」

「奴は――」

ろくでもない相手なのは確かだろう。そう思っていたが、メアの説明によってそんな感想では生温い相手だということが理解できた。

「奴は、五〇〇〇年前、黒猫族が神による天罰を受けるきっかけを作った人物だ」

五〇〇〇年前って言ったか？　じゃあ、この少女はそれだけ昔から生きているのか？　獣人族の寿命は、たとえ覚醒に至っていたとしてもそこまで長くなかったはずだが……。

「知ってるのなら、その子に教えてあげてちょうだい？　私の偉大さを」

ミューレリアが偉そうに顎をしゃくった。

「……嘘か真かは分からぬが――」

メアがそう言って、ミューレリアの伝承を語る。わざわざ嘘か真か分からないと言ったのは、あくまでも伝承であり、伝聞であるからだ。

それでなくとも黒猫族に関する伝承や書物は現獣王家によって消去され、残っているものに関してもその信憑性《しんぴょうせい》はかなり低いからな。

「黒猫族が神罰を与えられた理由は分かるか？」

「邪神の力を利用しようとした」

俺たちも全てを知っているわけではないが、種族全体に邪神の加護を得ようとしたって聞いたな。

「そうだ。それは知っているか。当時、獣王だった黒猫族の長が、邪神の力を黒猫族に取り入れ、種族全体を邪人化しようと画策した。そのきっかけが、ミューレリアだと言われているのだ」

五〇〇年前、当時の黒猫族を束ねていた獣王が邪神の力を利用しようとした時、何も最初から種族全体を邪神に差し出そうとした訳ではないらしい。

最初は自分たち獣王家の支配を盤石にするため、王族だけに邪神の力を取り込むつもりだったのだ。その時に王の野心に火を付けたのが、ミューレリアであった。元々ランクB冒険者として雷帝という異名を得ていたミューレリアは、邪神の加護を得ることでランクA冒険者に匹敵する力を得たのだという。それどころか、一部の能力は人の範疇《はんちゅう》を大きく超えていたとさえ言われていた。

そして、ミューレリアの変貌を目の当たりにした獣王は味をしめ、他の黒猫族にも邪神の力を与える事を画策したという。ミューレリアは王の尖兵《せんぺい》としてその力を振るい、黒猫族たちに邪神の力を受け入れることを強要していった。また、王家に逆らう黒猫族を処刑するとともに、他の種族を弾圧し始めたのだ。

「今でもミューレリアの名は、特に残虐で危険な人物として王家にのみ伝わっている。ある意味、黒猫族が神罰によって力を失った後、他種族に見限られる原因を作った人物とも言えるな」

つまり、邪神の力を得て神の怒りを買った王族の一人であり、色々な悪行の伝説を残した人物って事ね。そんな奴が何でこんな場所にいるんだ？

ミューレリアはメアの話をずっとニコニコと聞いていた。確実に悪口のはずなんだが、気にならないらしい。だが、途中で不意にその顔から表情が抜け落ちた。そして、メアの話を聞き終えた直後に、口を開いた。

「私の話はちょっと違うけど、そこはまあいいわ。それよりも、あなたは赤猫族の族長家筋の人間なのね？」

「うむ、そうだ」

メアもその口調に何かを感じたのだろう。やや身構えた様子で答える。いや、考えてみたらミューレリアがメアに対して良い感情を抱かないのは当然だろう。

片や、欲望のままに邪神の力を利用しようとし、神の怒りを買って歴史から存在を抹消された黒猫族の王家。片や、前王家を最終的には追い落とし、存在を歴史の表舞台から消し去り、その座を奪った現王家。友好的であるわけがない。

互いの威嚇のし合いが殺気のぶつけ合いになるまでに、そう時間はかからなかった。

「そうなのね……うふふふ」

「お前は、本当にあの雷帝ミューレリアなのか？」

「そうよ。私は獣王家が第二王女、雷帝のミューレリア」

「もはや、お主らが王族であったのは遥か昔の話だ」

「認めないわ！　あのクズどもの末裔《まつえい》が、現王家？　許せるわけがない！」

まあ、こうなるよね。しかもミューレリアの発言からすると、メアの先祖と因縁があるようなのだ。

メアと睨み合うミューレリアに対して、フランが質問をする。

「なんで、こんなことをした？」

「あなた、言葉が足りないってよく言われない？　まあ、何が言いたいかは分かるけど。勿論、邪魔者たちを消し去り、黒猫族の威信を取り戻すため――」

『なに？』

邪気を発しているし、伝説は碌《ろく》な内容じゃない。勝手に悪人で敵なのだと思っていたが……。

もしかして、黒猫族の苦境を救うために動いているのか？　今回の騒動でシュワルツカッツェの住民は避難を余儀なくされたが、もしかして最初から襲うつもりはなかった？

だが、そんな俺の考えを嘲笑うかのように、ミューレリアが冷たい表情で口を開く。

「――なんていう下らないことのためじゃないわよ？」

やはり、善い奴なわけがなかった。

「何で？　そんなの、復讐のために決まっている！　私を蔑み、貶《おとし》め、裏切った糞どもを、絶対に赦《ゆる》しはしないわ！」

そう叫んだミューレリアが、人が変わったように哄笑《こうしょう》を上げる。

「あはははは！　この国の全てを破壊しつくしてやるわ！　全部全部全部全部！　ぜぇぇんぶ、壊して、殺して、この世から消し去ってやるっ！」

その声を聞けば、嫌でも理解できる。この少女は壊れている。邪気の影響なのか、復讐心故かは分からないが、正常でないことは確かだった。

そんなミューレリアに対して、メアが質問をぶつける。

「この国には、お前の同胞たる黒猫族も暮らしているぞ？」

「だから？」

「お前が破壊を望むのならば、同族も巻き込まれると言っているのだ！」

これは、獣人にとってはかなり大きな問題なはずだ。フランも、同族である黒猫族には甘いと思えるほどに気を使っているし、他の獣人たちも大なり小なり同じ気持ちがあるはずだった。

しかし、ミューレリアは心底見下した顔で、言い放つ。

「くだらない！」

「なに？」

「あんな！　誇りを失って、他者に媚《こ》びて生きるような脆弱《ぜいじゃく》な蛆虫《うじむし》ども、同族だなんて認めないわ。むしろ汚らわしいくらい！　ついでに皆殺しにしてやろうと思ってたのに！」

「な……」

「むしろ、奴らこそ！　黒猫族どもこそが！　私を裏切った張本人……！　殺し尽くして、ダンジョンの糧にしてやったらさぞ気持ち良かったでしょうね！　逃げてしまったようで、ざーんねーん！　あはははははははははは！」

期せずしてダンジョンの関係者であるという証言がとれてしまった。しかも今の言い様。単なる使い走りではなさそうだった。もしかして、ダンジョンマスターなのか？

「……わざと、シュワルツカッツェを襲わせようとした？」

フランが殺気を隠そうともせずに、狂ったように笑うミューレリアに問いかけた。すると、間髪容れずにミューレリアが頷きを返す。

「ええ、そうよ！　でも、あなたは別！」

ミューレリアがそう言ってフランを指差した。

「進化してるみたいだし、私の下僕として使ってあげるわ」

メアとフラン、クイナからの殺気をぶつけられても、全く動揺していない。自分がこの場で負けるなどとは全く考えていないのだろう。

そんな、超上から目線のミューレリアに対し、フランが冷たい声で言い返した。

「死んでもごめん」

すると、ミューレリアの表情が一変する。

「はあ？　あなた何を言っているか分かってる？　この私が奴隷にしてやろうと言っているのよ？　それを断る？　正気なの？」

「お前の奴隷になるくらいなら死んだ方がマシ」

「小娘、今すぐひれ伏して謝るなら、奴隷として生かしてやるわよ？」

ミューレリアが怒気を叩きつけてくる。

それだけで、全方位から壁が迫ってくるかのような圧迫感があった。フランの顔から血の気が引き、膝が微かに震えている。

並の冒険者であれば、泣きながら命乞いをしているだろう。

だが、フランは震える声で、しかしハッキリと言い返した。

「お前なんかの、言いなりには、ならない！」

これだけ強大な力を持った相手の怒りだ。凄まじい恐怖を感じているだろう。

だが、村の皆を殺すと言われた今のフランは、怒りの方が上回っているらしい。憤怒《ふんぬ》の感情を力に変え、震える自分を叱咤《しった》しながらミューレリアを睨み返していた。

そんなフランに反応したのは、ミューレリアの両脇にいたワルキューレたちだ。

「随分と強気ね？」

「あのできそこないに随分と苦戦したくせに」

「ほんと。雑魚の虚勢ほど見苦しい物はないわね」

「あなた。謝るなら今のうちよ？　愚妹に苦戦した程度の力で私たちに勝てるわけないでしょう？」

「そうそう。今謝れば、三日間の拷問くらいで許してあげるわよ？」

三日の拷問て……。こんなヤバそうな奴らにそんなことされるくらいだったら、フランが言う通り死んだ方がマシかもしれん。この女ども、どう見てもサディストだしな。

にしてもできそこないの妹ね。それってもしかして、俺たちが激戦を繰り広げたあのワルキューレのことか？

「魔獣を率いてた、ワルキューレ？」

「ええそうよ。主から名前さえ与えられていないできそこない」

「あんなのが姉妹だなんて、寒気がするわね！」

「主に直訴して軍を預かったというのに、こんな小娘にあっさりと滅ぼされてしまうし？」

「私たち三姉妹の面汚しよね？」

言われてみると、こいつらには種族名だけではなく、個体名が存在していた。ジークルーネとロスヴァイセ。名付けが済んだ個体、つまりウルシと同じということか。

ミューレリアレベルの主が名付けたんだ、相当力が底上げされているだろう。

だが、出会い頭の鑑定では、ざっとしたステータスと幾つかのスキルをチラッと見ただけだった。あのワルキューレとどれほど違うのかと言われると、正直詳しくは比べられない。本当は再度確認したいが、ミューレリアは鑑定察知を持っているようだ。迂闊な真似をして刺激はできなかった。

分かるのは、先程倒したワルキューレよりもステータスが高く、スキルも多かったように思えるという事だけだ。戦乙女スキルを持っているのは確認したんだがな……。

「まあ、手駒にはちょうどいいわ。このまま下僕として使いましょう。自分の手で黒猫族を皆殺しにさせるのも面白そうだし」

非道な事を笑いながら語るミューレリアが、右手をフランに向けた。直後、その手から黒い光が発せられる。

「このまま私の支配下に置いてもいいのだけど……」

「お前には、無理！」

「生意気な羽虫には、お仕置きも必要よね？　ふふふ。特別に私の力を見せてあげる！」

ミューレリアがそう言うと、唐突に詠唱を開始した。

詠唱破棄や無詠唱は持っていないらしい。ただ、この詠唱には覚えがある。俺も何度か唱えたことがある呪文だからな。だからこそ看過できなかった。

『フラン！　メア！　止めろ！　こいつ、カンナカムイを詠唱してやがる！』

「ん！　カンナカムイは撃たせない！」

「ぜあああっ！」

　フランも気付いていたらしく、俺が叫ぶ前にすでに動き出していた。メアも一瞬遅れてミューレリアに斬り掛かる。未だに凄まじい威圧感を向けられている中で、これだけ即座に動きだせたのはさすがだ。

「あら、主が何をしようとしているのか、分かっているの？」

「思ったよりも魔術への造詣が深いのかしら？」

「でも、主の邪魔をするのはダメよ？」

　詠唱を止めさせようと飛び出した二人だが、すぐにワルキューレの姉妹とデュラハンに阻まれてしまった。さすがにフランたちも、こいつらを一瞬で突破することはできない。

　だが、それでも構わなかった。二人を囮にして、クイナがミューレリアに迫っていたのだ。俺すら一瞬見失うほどの幻像魔術を使った奇襲である。しかし、一筋縄でいく相手ではなかった。

「くっ！　障壁ですか！」

　クイナがミューレリアの周囲に張られた障壁を突破できず、跳ね返されるのが見える。極大魔術を詠唱しながら、触れたクイナの腕が焼け爛れて大ダメージを受けるレベルの障壁を張れるとは……。

　そして、ミューレリアの口から紡がれていた詠唱が完成してしまう。

「――カンナカムイ！」

　ミューレリアの力の籠った叫びに呼応して、天を裂いて白い雷光が降り注いだ。

　だが、少し変だ。

　着弾地点が俺たちから離れているのは構わない。考えてみれば、力を見せると言っていたのだ。こちらに当てずに、脅しとして使うということなんだろう。

問題は、その白雷が妙に細く見える事だった。ミューレリアは確かにカンナカムイを発動させたはずだ。だが、俺の知るカンナカムイとは全く違う見た目をしていた。

俺がカンナカムイを放つと、極太の白い雷が降り注ぐ。しかし、ミューレリアのカンナカムイは俺の発動させた物よりも半分以下の細さだった。

最初は、込めた魔力が少ないのかと思った。俺は毎回魔力を最大まで込めているからな。だが、あれだけの魔力を誇るミューレリアに限って、そんなことありえるのか？

混乱している俺を他所に、俺たちから一五メートルほど離れた場所に、白い雷の帯が突き刺さる。

ドオオオオォォォォォ！

落雷の閃光と共に、大爆発が起きた。起きたんだが――。

『俺のとは全然違うじゃないか……！』

やはり魔力の差などではない。その爆発の仕方を見れば分かる。これだけ近距離にカンナカムイが着弾したというのに、爆風が想定よりも圧倒的に少なかった。軽く構えていれば、踏ん張れてしまう程度だ。

だが、威力が低いわけではない。着弾した跡を見れば、よーくわかる。

あの細く見えた白雷は、ミューレリアによって収束させられたものだったのだ。

その結果が、大地に穿《うが》たれた深い穴だった。その穴が衝撃を纏める役割を果たし、爆発が上空へと逃がされたのだろう。

俺のカンナカムイと比べて、巻き込む範囲は一〇分の一以下だが、着弾地点にいる敵に与えるダメージは格段に上だろう。俺が下級魔術を使う時に行っている、数を増やしたり威力を高めたりといった術のアレンジを、極大魔術でやってのけたのである。

術を放つだけで精一杯の俺には無理な技だ。そもそも誰が考えるだろう？　極大魔術だぞ？　それを改変しやがったのだ。

ファイア・アローを収束させて威力を上昇させるのとはわけが違う。二重発動よりも、さらに難易度が高いだろう。魔術の制御力が桁違いでなくては不可能だ。それに、雷鳴魔術に対する習熟度も。

「どう？　私の凄さを少しは理解できたかしら？」

これだけの事をやってのけたというのに、ミューレリアは息も乱さず、胸を反らせて傲然とした口調で言い放つのだった。

着弾地点を見て、フランが息を呑んでいる。

「ふむ。今のを見て、私が何をしたのか分かる程度の実力はあるみたいね？」

「……」

「どう？　ここで死ぬか、奴隷になるか、選びなさい？　ああ、そっちの簒奪者《さんだつしゃ》の一族とメイドはここで殺すから。見苦しく命乞いなんてしないでね？」

フランに対しては笑顔を見せる余裕があるのに、次の瞬間にはメアたちに向かって殺気の籠った視線を送る。この変わり身の早さがより不気味だ。何をしでかすか分からない、精神的な不安定さを感じさせる。

まあ、フランに対する態度も、もう一度ミューレリアの申し出を拒絶すれば変わってしまうだろう。それこそメアたちに向けるのと同じような目を向けられるはずだ。

フランもそれが分かっている。だがその答えは変わらなかった。

「さっきも言った、死んでもお前には従わない」

従うふりをして時間稼ぎをしたり、隙を狙ったりしても良いとは思うんだが……。演技でも嫌なんだろう。

フランの返答を聞いたミューレリアの目がスッと細くなる。その内からさらなる殺気が溢れ出るのが分かった。ついに完全な敵と認定されてしまったのだ。

「そう……じゃあ死になさい」

ミューレリアがそう言い放った直後、ワルキューレとデュラハンが一斉に動いた。

そもそもミューレリアに命じられる前から、フランのミューレリアに対する態度に腹を立てていたんだろう。ワルキューレ姉妹からは殺気がだだ漏れだった。

きっと頭の中でフランを殺す算段を立てていたに違いない。彼女たちがフランに襲い掛かる動きは素早く、淀《よど》みがなかった。もう敵対は確定だし、鑑定してしまっても構わないだろう。

「ミューレリア様の慈悲を解せぬ愚か者め！　殺す！」

「後悔しながら死ね！」

ワルキューレというともっと高潔なイメージだったんだがな。どうしても小物臭がしてしまう。まあ、魔獣なわけだし、主がミューレリアである。仕方ないか。

ジークルーネ、ロスヴァイセともに、ワルキューレ・ネメシスランサーという種族名だった。レベルは67と、さっきのワルキューレよりも1高いだけだ。だが、全てのステータスは100以上高く、特に敏捷は200も上回っていた。

スキルに弓聖術はないが、槍聖術、槍聖技がそれぞれある。レベル6ともなれば達人と言ってもいいだろう。暴風魔術も所持し、光魔術のレベルも上だ。総じて、不必要なスキルを排除し、より特化が進んだ形である。

称号はジークルーネが天罰の戦乙女、ロスヴァイセが殲滅の戦乙女。それぞれ個人戦闘力を上昇させ、配下を狂化させる称号であるようだった。

でも、さっきのワルキューレと比べてこいつらの方が圧倒的に優秀か？　個人の戦闘力は確かに高いが弓術も低レベルだし、軍団指揮能力はむしろ低い。局面によっては、こいつらの方が使えないいんじゃなかろうか？　多分、単純な戦闘力で判断しているんだろうが。

デュラハンたちに目を向けると、こちらはさっき戦ったデュラハンとそう変わりがないステータスだ。ただ、スキルが斧《おの》と剣となっていた。やはり攻撃重視のスキル構成なようだ。

フラン、メアがワルキューレと向き合い、クイナ、リンドがデュラハンと対峙している。ちょうど一対一の状況だった。

一番ヤバいミューレリアは後ろに下がって観戦モードである。どうやら自分の手で処分を下そうという意思はないらしい。むしろ高みの見物を決めるようだ。

かなり舐《な》められている。どうなろうとも、自分が介入すれば簡単に戦局をひっくり返せるという自信があるのだろう。

だが、これはチャンスでもある。俺だって、さすがにミューレリアに勝てるとは思わない。この世には、頑張ってもどうしようもならない相手ってのがいるのだ。正にミューレリアがそれだった。

どうにか逃げるチャンスを窺《うかが》うのだ。まずはワルキューレたちと戦いながらミューレリアと距離を取り、ディメンジョンゲートでさらに距離を取る。あとはリンドに乗って逃げれば、振り切れる可能性はゼロではないはずだ。

そう考えていたんだが――。

「ああ、そうそう。逃げられないようにしないとね」

ミューレリアがそう言って、軽く腕を振る。すると、半径一〇〇メートルはありそうな、半透明の黒い巨大なドームが生み出されていた。

「時空魔術で逃げられたら厄介だものね。ああ、安心して。阻むのは転移だけだから。だからこうすると――」

ミューレリアがどこからか取り出した槍を、軽い様子で投擲《とうてき》した。直後、空気を切り裂く鋭い音が響き渡り、槍が障壁を突き抜けて彼方へと消えていった。その飛距離は下手したらキロ越えだろう。奴は身体能力も化け物じみているらしい。

「見た通り物理的な物は遮らないから、走って逃げることはできるわよ？　それができたらだけどね」

それにしても、わざわざ転移だけを阻む結界を張ったのはなぜだ？　ミューレリアは俺たちのステータスが見えているのか？　だとすると、俺がインテリジェンス・ウェポンだというのもばれている？　ミューレリアの顔色を窺うが、その視線がどこを向いているのか分からん。

でも、俺のステータスが見えているなら、全く注目しない訳がないと思うんだが……。いや、それは自意識過剰か？　ただ、転移の羽などであっさり逃げられることを封じただけかもしれない。明らかにフランたちを甚振《いたぶ》って楽しもうとしているからな。

『ともかく、ワルキューレたちをどうにかして、結界の外に逃げる。そして、転移で逃げるしかないか……』

ミューレリアの邪魔が入らない一対一の状況であれば勝機はある。

実際、フランとメアはワルキューレを押し始めていた。フランはスキルレベルで上回っているうえ、俺の支援もある。ワルキューレの槍を捌きつつ、逆にダメージを与えていった。

メアはスキルレベルで負けているせいで、武器での戦いではやや不利なようだ。だが、金炎と白火《びゃっか》による防御でワルキューレを削っていっている。ワルキューレは、自身も槍も再生させることができるようだが、再度攻撃してもまた焼かれて溶かされてしまう。この状態ではメアが圧倒的に有利だ。

クイナも、デュラハンと互角以上に渡り合っている。リンドは堅い相手にかなり苦戦はしているものの、空を飛べるので決定的なピンチには陥っていない。あっちも大丈夫だろう。

「くっ！　この異常な力は何なの！」

「私の槍が……！　この小娘！」

ワルキューレたちが悔し気に叫ぶ。どうやらミューレリアにとっても想定外だったらしい。柳眉をひそめて各戦闘を見つめている。だが、すぐに不敵な笑みを浮かべる。

「へえ？　なかなか……。火炎耐性のあるロスヴァイセの槍を溶かすなんて、中々やるじゃない。それにそっちの娘の剣……ちょっと本気で見てみないといけないかしら？」

そう呟いた直後、ミューレリアの目に魔力が集中した。何かスキルを使っているのは確かだろう。分かる。今度は確実に俺を観ている。まるで魂の底まで見透かされているかのような、鋭く深い眼光が俺を見つめていた。

その直後だった。ミューレリアが興奮したように叫んだ。

「何これ！　インテリジェンス・ウェポン？　しかも時空魔術だけじゃなくて次元魔術までもっているじゃない！」

鑑定遮断仕事しろ！　どうやら全部見られてしまったらしい。目を爛々と輝かせたミューレリアが、俺たちに向かって邪気を込めた手の平を突き出す。

『フラン！　俺のことがミューレリアにバレた！　何かしてくるぞ！　注意を払え！』

「ん！」

転移が使えない今、フランの超反応が頼りなのだ。だが、次の瞬間に起きたことは、俺たちの想像の埒外《らちがい》であった。

「来なさい」

『なっ……！』

気付いたら俺はフランではなく、ミューレリアに握られていた。何が起きたのか分からない。多分、何らかのスキルだろう。無詠唱を持たないミューレリアが一瞬で発動したところを見るに、魔術ではないということは分かった
「！　師匠！」

「師匠？　ああ、この剣の名前ね。変な名前」

俺を一瞬で奪われたフランが、激しく動揺してしまっていた。

それこそ、一瞬完全無防備になってしまうほどに。

『フラン！　隙を見せるな！』

「くっ！」

フランがワルキューレの蹴りで吹き飛ばされた。

咄嗟に障壁で防いだようで大ダメージではないが、さらに攻め込まれている。

「ほらほら！　どうしたの！」

「くっ！」

ワルキューレの攻撃を躱しながら、その意識はワルキューレに向いていなかった。

どうしても俺が気になってしまうのだろう。

『フラン！　これはチャンスだ！』

強大な力を持ったミューレリアがわざわざ自分から俺を引き寄せてくれたんだ。近づく手間が省けたというものである。

『わざとミューレリアに装備させて、隙を作ったところを攻撃する！　だから心配するな！』

（……分かった）

俺の言葉に何とか自分を納得させたのか、フランは剣を取り出して構えると、ワルキューレと向かい合った。

「動きが急に悪くなったけど！　魔剣が無ければ戦えないのかしら！」

「うるさい」

フランの手数が減り、被弾が増え始めた。まだスキル共有は生きているが、俺の援護が無くなってしまい、先程までのように余裕がある戦いはできないだろう。だが、この千載一遇のチャンスは逃せない。俺はフランを信じて、ミューレリアの隙を窺った。

「ふーん。さて、どう――」

バリバリィィ！

ミューレリアが何かをしようとした瞬間、その体を電撃が包んだ。俺を装備しようとしたらしい。

これこそ俺の待ち望んでいた展開だ。これで隙を見せた瞬間、魔術と念動カタパルトで攻撃してやる！

だが、ミューレリアに隙は生まれなかった。何と、何事もなかったかのように俺を握ったままなのだ。

「あら？　何かピリッとしたかしら？」

それだけである。まさかそれだけとは。覚醒しているわけでもないのに、雷鳴無効があるのか？　黒猫族である以上、雷鳴に対する高い耐性があってもおかしくはない。それとも、こいつが強すぎて全く効いていないのだろうか？　どちらもあり得る。

ただ、こいつは俺を装備しようとした。つまり、俺に興味を持っているという事だ。このレベルの相手を倒しうる機会というのは、絶対に逃すべきではない。分の悪い賭けだったとしても、僅かでも勝機があるのであれば乗るべきだ。

『……俺を装備するつもりか？』

「あははは！　凄い！　喋った！　喋ったわ！　今の口調、まるで人じゃない！　魂を持っているのは見えたけど、これほどとは思わなかった！　欲しい！　この剣欲しいわ！　これがあれば、あの子もきっと喜ぶ！」

『あの子？』

「この剣は私のものよ！　決めたわ！」

まるで子供のようにはしゃぐミューレリア。誰がお前のものだ！　俺は生涯フランのもんだ！

だが、この性格であれば俺の誘いに乗るかもしれない。

『認められていない者が俺を装備しようとしたら神罰が下る。一回目の雷の比じゃない。まあ、お前なら神罰にも耐え、俺を装備できるかもしれないがな』

自尊心をくすぐりつつ、装備を促す。神罰の情報もさり気なく教えてやった。これでミューレリアが俺を装備しようとすれば、罰が下るはずだ。雷撃に関しては防がれたが、神罰はいくらミューレリアでも防げないであろう。最悪、ダメージを与えるだけでもいい。

しかし、俺の言葉を聞いたミューレリアの顔から、表情が消えた。

「……へえ？　でも、神罰でしょ？　私だって学習しているわ。そう言われて、装備するわけないじゃない」

ちっ。思った以上に冷静に、物事を考えていたらしい。勢いで装備すると思ったんだが……。

仕方ない、作戦変更だ。

『何だ、怯えているのか？　期待外れだな。前言撤回だ。お前如きでは俺を装備することはできないだろう』

今度はミューレリアを挑発してみた。こいつは妙なプライドがあるようだし、挑発に乗ってくる可能性はあるはずだ。

「ムリムリ。神罰はもう懲り懲りだもの。神は嫌いだけど、もう奴らを甘く見たりはしないのよ。それにしても神罰ね……」

『……ああそうだ』

「もしかして神剣？　それとも神の眷属？　いえ、神罰と謳っているだけで、実際は単なる防衛機構という可能性が一番かしら……。何か特殊な能力があるのは確かみたいね……」

挑発も失敗したか。やはり、何も考えていないように見えて、かなり慎重であるらしい。

「まあいいわ。そんなことより少しお話ししましょう？　インテリジェンス・ウェポンと話すなんて初めてよ」

だが、まだ装備させるチャンスはあるはずだ。今は機会を得るために、ミューレリアの言葉にあえて乗ってやろう。

どこまで本気なのかは分からないが、俺と会話をしたいというのは本当であるようだ。今はこいつらの情報も欲しい。

『話す？　俺と？　何を話すつもりだ？』

「そうねぇ？　誰に作られたのか知りたいわ？　神級鍛冶師？　それとも他の人間？」

『俺にも分からない。その記憶はないからな』

「ふぅん？　じゃあ——」

『まて、今度はこっちの番だ』

「あら？　面白いわね。何が聞きたいのかしら？」

『お前は、ダンジョンマスターなのか？』

「違うわよ？」

『何？　じゃあ、どうして——』

「ダメ。今度はこっちの番でしょ？」

『……わかった』

フランは落ち着きを取り戻し、ワルキューレと互角に戦っている。まだ余裕があった。だったら、ここは情報収集を進めよう。うまい具合に交互に質問をするという展開に持ち込めたからな。

「製作者は分からないと言っていたけど、どこまで覚えているのかしら？」

『俺の記憶は、つい最近からのものしかない。装備者であるフランと出会う直前からだ』

あえて嘘をつかないのは、ミューレリアが嘘を見破るタイプのスキルを持っているかもしれないからだ。さっきの誰に作られたのかという質問に対して、製作者が分からないと言った時に疑いもせず納得したことからも、嘘看破系スキルを所持している可能性は高かった。

こいつ相手に信頼云々というのもおかしな話だが、嘘をついたとばれてしまったら質問が続けられない可能性が高い。だったら、多少こちらの情報は与えることになっても、向こうの情報を引き出せる方が良いだろう。

「ふうん。造られたばかりなのかしら？　それとも封印が解かれたばかり？」

『次は俺の番だ。ダンジョンマスターじゃないと言ったな？　では何者だ？　ダンジョンの力を利用できるようなことを言っていたが……』

「知りたい？　まあいいけど。私はダンジョンサブマスター。マスターの権限の一部を利用できるのよ？　ポイントを利用したりね」

『サブマスター？　ポイント？』

「順番を守って。次は私。あなたのふざけた名前は何なの？」

ふざけたって……。まあ、仕方ないか。今は慣れて、むしろ愛着もあるが、俺だって最初は変な名前だと思っていたからな。

『フランが付けてくれた名前だ。俺には名前がなかったからな』

「へえ？　名前が無かったの？　やはり神剣ではないか……」

『俺の質問だ。ポイントっていうのは、何のことだ？』

ミューレリアが呟いた言葉だが、妙に気になった。まあ、俺も自己進化ポイントを利用するしな。

「そんな事が知りたいの？　別にいいけど、どうせ喋れないだろうし。ポイントっていうのは、ゴッデスポイント。通称GPと呼ばれるポイントのことよ。ダンジョンを適切に運営していると、忌々しい混沌の女神から与えられるの。そのポイントをダンジョンコアを通じて使用することでダンジョンを拡張したり、魔獣を召喚したりすることができるわ――え？」

どうしたんだ？　説明を終えたミューレリアが、なぜか自分で驚いているんだが？　だが、ミューレリアの言葉は止まらない。

「ポイントを得る方法は色々とあるわ。例えば、ダンジョン内で生物を殺すこと。しかもより強く、経験を多く積んだ個体の方がもらえるポイントが高いの。ダンジョンマスターがわざわざ冒険者を呼び込む理由がそこね。他には地脈から魔力を吸い上げてポイントに変換することもできるけど、あまり効率は良くないわね」

そこまで説明して、ミューレリアが驚いたように目を見開いていた。いや、実際にかなり驚いているらしい。

「やっぱり！　やっぱり喋れるわ！　あはははははは！　なんで？」

ミューレリアが今度は喜びに満ちた表情で、哄笑をあげた。まじで意味が分からん。

「ねえ、あなたは何者？　ダンジョンの関係者なの？」

『なに？』

「神剣かと思ったら違うようだし……。混沌の女神の眷属？」

『いや、俺こそ知りたいんだが』

前に混沌の女神と邂逅《かいこう》した時に眷属だと言われたが、結局詳しい説明はなかった。

『なぜ、そんな事を聞く？』

「ダンジョンの眷属は、ダンジョンに縛られる。そのせいでダンジョンについて、他者に語ることはできないわ。制限なく話せるのは他のダンジョンの眷属くらいかしら？」

そういえばルミナがそんなことを言っていたな。でも、こいつは俺に対して普通に喋れてるぞ。それとも、この程度では制限に引っかからないってことか？　だが、かなり詳しい話だったが。

それにルミナからはその制限とやらのせいで、ダンジョンの詳しい話は聞けなかった。ただ、考えてみるとあの場にはフランもウルシもいた。二人が制限にかかってしまっていたのかもしれん。

「私は元々ダンジョンに属する存在じゃなかった。数年前にダンジョンの力と邪術師のリンフォードという男の力を合わせて、邪神様の御許から召喚された存在だわ。リンフォード！　あの忌々しい爺！　たかが邪術師が、邪神の巫女たる私を支配したの！　そして、今になってダンジョンのサブマスターなんかにされた！　私たちを滅ぼした憎むべき神々の眷属にさせられたのよ！　あの盗賊上がりの雑魚にも、マスターというだけで逆らえない！　ダンジョンの誓約にも逆らえない！　何もかも忌々しい！　でも、あなたとは喋ることができる！　この理由が分かれば、私はダンジョンの支配から抜け出すことができるかもしれないわ！」

　待て待て。何やら狂喜しているようだが、俺にとっても聞き逃せない名前が出てきたぞ！　何て言った？　リンフォードって言わなかったか？　邪術師の老人で名前がリンフォード。そんな存在が複数いるはずがないだろう。

『お前の言う邪術師とは、リンフォード・ローレンシアのことか？　一〇〇歳を超えた、化け物みたいな爺さんだった』

「あらあら？　知っているのかしら？」

『奴なら他の大陸で死んだぞ？』

「ああ！　やっぱり！　私を現世に縛る力が急に弱まったから、何かあったと思ったのよ！　あははは！　ざまあみろ！」

　ここに来てリンフォードの名前を聞くことになろうとは思わなかった。つまり、奴がバルボラに来る前に、この国で悪巧みをしていたってことなんだろう。

『いったい、お前らは何なんだ？　目的は復讐って言っていたが、リンフォードの目的もそうだったのか？』

「ふふふ！　いいわ！　気分がいいから、特別に教えてあげる！」

　上機嫌な様子のミューレリアが語りだす。俺はフランたちの様子を確認したが、さっきとほぼ変わらない。もう数分は会話をしている余裕はあるだろう。

「始まりは邪術師リンフォードがこの地にやってきたこと。あの爺はどこからか聞きつけたのか、獣人国に邪神の欠片《かけら》が封じられていると知ったらしいわ」

『この国に邪神の欠片があるのか！』

「ええ。我が王家が利用していた欠片がね。リンフォードはその欠片を通じて邪神と交信することを狙っていたようね」

だが、発見には至らなかった。当然だ。ミューレリアたちの事件以後、神によってさらに厳重に封印を施されたのだから。だが、リンフォードは諦めずに獣人国内だけではなく、過去には獣人帝国の版図であった現在のバシャール王国の中も虱潰《しらみつぶ》しにしていったらしい。

「リンフォードは邪神の封印は発見できなかったけど、違う物を発見したわ」

『違う物？』

「境界山脈のバシャール王国側で、生まれたばかりのダンジョンを見つけたの」

生み出されたばかりのダンジョンなんて、リンフォードたちならあっさりと踏破できてしまうだろう。

「糞爺たちはそのダンジョンを制覇して、ダンジョンマスターを脅して支配下に置いたわ。目的は、ダンジョンが溜めこんでいた魔力を利用する事」

生まれたばかりの雑魚ダンジョンであっても、そこはダンジョン。それなりに魔力を溜めこんでいる。それを利用すれば、それなりの儀式を行えるらしい。リンフォードが行ったのは、召喚の儀式だ。英霊召喚という、過去の英雄を一定時間呼び出す召喚術があるが、それの邪術版だった。過去の邪人や邪神信者のような、その魂が邪神に捧《ささ》げられた者たちを呼び出すことが可能なのである。

「その召喚儀式で呼び出されたのが他でもない。この私よ。完全体ではなかったけど」

その時は意識の一部が召喚されただけだったらしい。リンフォードを上回る力を持ったミューレリアを完全に召喚して支配するには、力が足りないからだ。

そうやって僅かな時間だけ召喚された精神体のミューレリアから必要な情報を聞き出したリンフォードは、遂に邪神の封印の場所を探し出す。しかし、神々の封印を突破することはできなかった。さすが神の施した封印ということなんだろう。

「でもリンフォードは諦めなかった」

そしてリンフォードは思いつく。膨大な量の魂を邪神に捧げ、その封印を弱めることを。封印が弱まった状態であれば、邪神の巫女であるミューレリアを通して上手く交信できると考えたようだ。

リンフォードには、元々邪神を復活させる意図はない。奴は、邪神から力を授けてもらい、より強くなることが目的だからだ。それには、ただ封印を破壊するだけではダメらしい。

『だから戦争なのか……？』

「そうよ。魂を確保するためには、それが一番手っ取り早いもの」

都合良く、邪神の封印が隠されていた獣人国と、隣国のバシャール王国は犬猿の仲。しかもリンフォードが邪術で調べたところ、バシャール王は表向き穏健派でも、裏では獣人排斥派だった。彼はバシャール王国と接触し、協力を取り付ける。

「獣人と仲良くするよりも、邪人と手を組んだ方がマシっていう人間がかなりの数いたらしいわよ？まあ、過去の獣人たちのしたことを思えば当然だけど」

内心でどう思っていようとも、利害が一致して手を組むことになったリンフォード一派とバシャール王国。

「バシャール王国全軍と、リンフォードが発見したダンジョンを利用しての挟撃作戦。それが彼らの計画だったわ」

今回の戦争は何年も前から仕組まれていたのだ。バシャール王国があっさりとリンフォードの口車に乗ったのは、一国では獣人国に到底敵《かな》わないという事も大きいらしい。両国の戦力には大きな開きがあり、バシャール王国単独では勝負にならないのだ。

現国王が獣人排斥派であるにもかかわらず穏健政策を選択せねばならなかったのも、軍事力の差が大きすぎて小競り合いすら命取りになりかねないからだった。だが、そのことでバシャール王国の民は余計に抑圧され、むしろその内部では反獣人の芽が大きく育ってしまったらしい。

「今じゃ獣人嫌いと人間至上主義が行き過ぎて、ちょっとおかしくなってるみたいよ」

よって、獣人国を滅ぼせる可能性はバシャール王国の上層部を歓喜させた。長年の悲願が叶《かな》うのだから、当然だろう。

「溜めこんだダンジョンの力と、バシャール王国に提供させた奴隷の魂を利用することで、私の完全召喚が行われたのもこの頃よ」

普通では支配不可能な程に強大な力を持ったミューレリアなのだが、数百の魂を邪神に捧げて完全な召喚儀式を行ったリンフォードであれば、ある程度支配することが可能だった。完全支配ではないというところにミューレリアの凄まじさが現れているが、それでも構わなかった。

ミューレリアの召喚にはダンジョンの力も併用していたので、リンフォードが支配しきれなかった部分はダンジョンのサブマスターとすることで支配を完全な物にしたのだ。ミューレリアがどれだけ強かったとしても、混沌の女神の力を受け継ぐダンジョンの支配からは逃れることができなかった。

あとは戦争を起こして魂を収集し、邪神に捧げればいい。活性化した邪神とミューレリアを通じてコンタクトを取り、加護を与えてもらう事も可能なはずだ。

『混沌の女神様……。またミューレリアをどうにかしてくれないかな？』

そう思ったが、どうだろうな？　そもそも神罰は下されて、実際に邪人となった黒猫族はミューレリアも含めてきっちり殲滅されている。しかも現在はダンジョンのサブマスターだ。ダンジョンマスターがゴブリンなどの邪人を召喚して使役するのと同じと言えるのではないだろうか？　そう考えると、神様が降臨してミューレリアを再び滅ぼすという展開は期待できそうもなかった。

「ダンジョンのサブマスターにされたせいで、マスターにもリンフォードにも逆らえなくなってしまったわ……」

ただ、ミューレリアには支配して命令するだけではなく、きちんと飴《あめ》も提示されていたらしい。それがダンジョンの力を利用して、ミューレリアの望みを叶えるというものだった。

「……私のことを裏切った獣人共を滅ぼすため、私はリンフォードの提案を呑んだわ」

自分のことを無理やり支配するリンフォードたちへの怒りよりも、獣人への憎悪が勝ったらしい。ミューレリアの勝手な思い込みからくる逆恨みなのか、本当に獣人たちが何か酷い仕打ちをしたのかは分からない。だが、ミューレリアが凄まじい復讐心を抱いていることは確かだろう。

ただ、ミューレリアの召喚に力を使ってしまったせいで、ダンジョンの力は大きく減じてしまっていたようだ。そのままでは単なる弱小ダンジョンだ。ダンジョンを拡張して境界山脈の獣人国側へと延ばさなくてはいけないし、戦力も召喚して充実させなくてはならなかった。

魔獣はポイントを消費して召喚するか、ダンジョン外の魔獣を支配して増やすらしい。特に指定しなくてもいいのであれば、一定間隔でランダムに魔獣を召喚する魔法陣などを設置することもできるという。

そのためにも、ダンジョンを成長させ、強化する必要があった。やり方は簡単である。国内外から買い集めた数百もの奴隷をダンジョンの中で殺害して、その力を吸収させるだけでいい。ダンジョンマスターは元盗賊の小男で、リンフォードとバシャール王国に逆らう気概などなく、唯々諾々とその作戦に従った。

そしてリンフォードは、邪神封印の弱体化を完全にするための方法を研究すると言って、ダンジョンの世話をミューレリアに任せると、どこかへと旅立ってしまう。

その後は俺が知っている。バルボラでゼライセとともに様々な研究を行い、最終的にはフランたちに滅ぼされたのだ。もしかしたら、数撃ちゃ当たる方式で方々で似たような陰謀を仕掛けていたのだろうか？　それにしても、奴がバルボラで邪神の加護を得て獣人国に戻っていたらと思うと、冷や汗が出るな。もっと酷い事態になっていただろう。

「くふふふ。爺の支配が弱まったからもしかしてと思ってたけど、あの爺が本当に死んだのね！」

リンフォードを倒せて改めて良かったとは思うものの、この女を喜ばせているのかと思うと複雑だ。

元々、ダンジョンマスターはミューレリアに直接命令を下すことは少なく、リンフォードが死んでその支配が弱まった今、ミューレリアはかなり自由に動けているらしい。

ミューレリアが哄笑を上げながら叫ぶ。

「糞爺の支配は解けた！　あははは！　あとはダンジョンの、混沌の女神の支配さえどうにかすれば私は自由よ！」

『自由になって、どうするつもりなんだ？』

やはり復讐なのか？

「まずは獣人国を滅ぼす！　粗野で愚鈍な獣人どもを皆殺しにしてやるっ！」

やっぱりそっちか。静かに消えたいとか言うはずないとは思っていたが……。こいつは絶対に自由にさせちゃいけないだろう。

「だからあなたの力は私が使わせてもらうわよ？　そもそも、これだけ色々な事情を聞いておいて、拒否が許されると思う？」

『お前が勝手に話したんだろ！』

「ふふふ。逃がすつもりがなかったからに決まっているでしょう？」

どうする？　ここで明確に拒絶したら、すぐにでもミューレリアは俺やフランたちを攻撃するだろう。

だったら、ここは少し含みを持たせてみるか？　そのまま装備するように仕向けるとか――。

そんなことを考え、悩んでいる時だった。ミューレリアの手から黒い魔力――邪気が凄まじい勢いで噴き上がった。そして、まるでクラゲの触手のように、邪気が俺の刀身を這《は》い上がってくる。

「ふふふ」

『ちぃっ！』

咄嗟に全力の念動でミューレリアの腕を振り払おうとしたが、ビクともしない。どんな腕力してやがる！

『離しやがれ！』

「あははは！　無駄無駄！」

雷鳴魔術、火炎魔術を発動するものの、それも防がれた。やはり雷鳴無効があるようで、雷鳴魔術に至っては防御さえしなかった。火炎魔術も、最も威力が高いインフェルノ・バーストを連打したが、ミューレリアの障壁を突破することはできない。

時空魔術も発動しなかった。次元収納は使えたことから考えるに、ミューレリアの生み出した結界の中では時空魔術の発動だけが阻害されてしまうらしい。

そうこうしている内に、俺の全身が完全に黒い触手に覆われてしまっていた。危機察知などは反応していないが、どう見ても害がないわけがない。

『くそっ！』

「うふふふ。苦しいでしょう？」

ミューレリアがサディスティックな笑みを浮かべながら、そう言ってくる。

「苦しくて、痛くて、恐ろしい？　解放してほしいかしら？」

え？　別に苦しくも痛くもないが……。耐久値も特に変化はない。だが、俺が悩んでいる間にも、ミューレリアは返事も待たずに、勝ち誇った顔で喋り続けた。

「この苦痛から解放されたい？　なーんてね。もう拒否するわけがないけどね！　くくく。魂を持つものは何人たりとも邪神の支配から逃れることはできないのよ！」

どういうことだ？　何かされたのか？

明らかに、邪気の触手が俺に何らかの影響を及ぼしていることを疑っていないようだ。でも、俺に何も変わりはない。それとも体の支配権が奪われたとか？

「さあ、私を称《たた》えなさい！」

『……』

別に命令された通りに動いてしまうとかもなさそうだ。普通に拒否できる。精神が乗っ取られた感じもない。

「どうしたの？　私を称えなさい！」

何が起きているのか分からないが、ここはミューレリアに支配されていると思わせておいた方がよさそうだな。

『えーっと、ミューレリア様？』

「それだけ？　魂があると言っても所詮は剣ということなのかしら？　まあいいわ。自分で飛びなさい。念動があるのだから、自分で動けるのでしょう？」

『はい』

俺は言われた通り念動で浮かびつつ、軽く体を動かしてみた。やはり体も思う通りに動く。左右に動かしたり。あえて念動を切って数秒間だけ自由落下したりもしてみた。

なぜかは分からないが、ミューレリアの支配は本当に失敗したらしかった。だが、俺を支配したと思い込んでいるミューレリアが、勝ち誇った顔で俺に命令してくる。

「何か狙ってたみたいだけど、私の下僕になった状態では何もできないでしょ？　ああ、支配無効スキルを持ってるみたいだけど、そんなもの無駄よ？　邪神の力の前には無意味だもの！　あはははは！　あの子に良いお土産ができたわね！」

また「あの子」だ。一体誰のことなんだ？

ミューレリアが俺を支配したと思っている今なら、教えてもらえるか？

『あの子とは？』

「ロミオ。私の愛《いと》しい子……。あなたはちょうどいい護衛役になるわ！」

息子がいるのか？　だが、リンフォードに呼び出された、元死人に子供？

訳が分からん！　精神状態がまともそうには見えないし、存在していない可能性さえあるだろう。

『そのロミ――』

「質問はそこまでよ。そろそろ遊ぶのにも飽きたし、終わらせるわ。自分の相棒であるインテリジェンス・ウェポンに攻撃されたら、あの娘はどんな顔をするかしら？　あははは！」

これ以上はダメか！

「さあ、行きなさい！　あの小娘を刺し貫くのよ！」

そう言ってミューレリアはフランを指し示す。明確な命令だったが、特にその通りに体が動いてしまったりはないな。

ただ、ミューレリアはまだ俺を支配できたと思って油断しきっている。これはチャンスだ。この幸運をどう生かすか、俺は様々なパターンをシミュレーションした。このままミューレリアを攻撃するか、支配された振りをしてフランの下に戻るか。

だが、フランの下に戻ったとしても、またさっきの引き寄せ能力で奪われたら同じことだ。むしろ無防備な今こそ、千載一遇のチャンスと考えるべきだ。

ではどうやって攻撃をする？　雷鳴無効を持っている可能性が高いので、カンナカムイはダメだ。念動カタパルトでは仕留めきれるか分からない。さっきから探っているんだが、魔石の位置が分からないのだ。いや、そもそも魔石があるのかも分からなかった。

元々黒猫族であり、現在は邪人となっているようだが、もしかしたら魔石が無い可能性もあるだろう。だとすると頭や心臓が狙い目なんだが、それで殺しきれるか？　それすらも怪しかった。

どうする？　考えろ！

高速思考と同時演算をフルに発揮して考える。何秒も時間をかけていたら怪しまれる。早く決めないと！　最適な攻撃方法は何なんだ？

雷鳴魔術以外の魔術をカンストさせて、極大魔術を放つか？　そもそも、ミューレリアにダメージを与えられそうなのが、その選択肢しかないのだが。

剣王技が何らかの条件を満たしておらず進化させられない以上、物理的なスキルでダメージを与えるのは難しかった。剣王技・天断は、フランの助けなしに使ったところで、ミューレリアに通じるかも分からない。俺だけではまともに発動させるのさえ難しいしな。

ならば魔術となる訳だが、残りの自己進化ポイントは一一だ。これでカンストさせられるのが火炎魔術か大地魔術である。

他に使えそうな魔術が無いか再度確認したところ、光魔術だけでなく樹木魔術、砂塵魔術も習得していた。気付いていなかったが、ミューレリア配下の魔獣たちの中に、このスキルを所持していた個体がいたのだろう。だが、現状ではレベルが1なので選択肢には入ってこない。

いや、待てよ。フランを攻撃する振りをして、ワルキューレを攻撃できないか？　操られているせいで思考能力が低下して、ワルキューレも巻き込んで攻撃してしまいました的に。うまくすれば、自己進化できるところまで魔石値が溜まるかもしれない。自己進化ポイントを再度得ることができれば、複数の魔術をカンストさせる事もできるだろう。

だが、それで警戒されてしまったらもう二度とミューレリアに近づけるか分からなかった。魔術を幾つカンストさせたところで、ミューレリアが本気で防御しようと思ったら防がれてしまう可能性が高い。だとしたら余計な真似はせずに、このまま隙をついて攻撃をした方が良いだろうか？

『くそっ、どうする……？』

その時だった。その間も何か有効なスキルが無いかと自分のスキルを検索していたのだが、奇跡的にあるスキルを発見したのだ。

それは、鑑定遮断や魔獣知識などのように、ポイントを消費することで新たに得られるスキル一覧の中にいつの間にか追加されていた。多分、俺のランクが15に達したからだろう。

破邪：邪神の眷属に対して、与ダメージ倍化。邪気封印効果あり。

『破邪……。邪人特効スキルか！』

イチかバチか魔術のレベルをカンストさせるよりも、有効な手段に思える。

『ここは破邪スキルしかない！』

俺は状況を打破するべく、スキル一覧の中から破邪スキルを取得することにした。このスキルをゲットして、ミューレリアを攻撃する。そして、隙をついてフランたちを連れて逃げ出すのだ。

どんな術が出るかも分からない魔術にポイントを振るよりは、効果があると分かっている破邪スキルの方が確実だろう。自己進化ポイントを5消費して、破邪スキルを入手する。

《破邪スキルを獲得しました》

アナウンスさんの声と共に、自身に新たな力が宿ったことが分かった。しかし、まだ弱い。

俺はさらなる力を求め、破邪を進化できるかどうかを確認した。

《自己進化ポイントを消費して、破邪を進化させます。よろしいですか？》

よし！　破邪のランクアップも5でいけるらしい。これはもうこのスキルにつぎ込んでしまっていいだろう。

《破邪顕正を獲得しました。フランが称号、邪人討滅者を獲得しました》

破邪顕正：邪神の眷属を打ち払い、その力を封じる力。

何だ？　急に説明がフワッとしたな。いや、むしろユニークスキルはこんな感じの説明が多い。剣神の祝福もそうだった。逆に期待できるだろう。

「何？　この剣、急に嫌な雰囲気が……」

やべっ。ミューレリアが俺の異変を敏感に察知した。

「それに、ステータスも見れなくなった……？」

多分、ミューレリアが俺のステータスを見ていたのは単なる鑑定スキルではなく、邪術のような邪神系スキルによるものだ。その効果が破邪顕正によって弾かれているのだろう。

まだ疑惑のうちに攻撃を仕掛けなくては！

『フラン！　メア！　クイナ！　リンド！　今からミューレリアに攻撃を仕掛けて、その隙をついて逃げる！　準備をしろ！』

皆の返事を待つことはできないが、何の前触れもないよりはましだろう。

一方的にフランたちに宣言した直後、俺は剣の体をクルリと反転させた。

『うおおおぉぉぉ！』

手に入れたばかりの破邪顕正を発動させる。すると、俺の刃が白い魔力で包まれた。その光を直視したミューレリアが、嫌悪感の籠った声で叫ぶ。

「ば、馬鹿な！　支配できてないの⁉」

気付かれたか！　だが、この距離なら外さんぞ！

驚くミューレリアに対して、全力全開の念動カタパルトを発動させた。

念動の爆発力と、魔力放出による推進力があわさり、俺は超高速でミューレリアに突進する。

『くらえぇぇ！』

「でも無駄よ！」

俺の切っ先があと数センチで直撃するという直前、ミューレリアは咄嗟に障壁を張り巡らせていた。

想像以上の反応速度だ。

先程までであれば、俺はこの壁を突破できずに弾かれていただろう。

だが、俺の攻撃はいとも簡単にミューレリアの障壁を破壊していた。大した反発や抵抗も感じず、まるでゼリーか何かでできた壁を突き抜けたかのような感覚だ。

そして、俺はそのままミューレリアの胴体を深々と貫いたのだった。

『うぉっ？』

「がはぁっ⁉」

俺も驚きの声を上げてしまうほど、あっさりとしている。

ミューレリアの肉体は、邪気と魔力で想像を絶する強度を得ていた。華奢《きゃしゃ》な外見とは違って、魔獣以上に強靭であるはずだ。それこそ、普通の武器では掠り傷一つ負わないだろう。そんなミューレリアの肉体を、これほど簡単に貫くことができるとは思っていなかった。

しかも、ミューレリアが苦悶の表情を浮かべて苦しんでいる。俺がミューレリアの腹を深々と貫いた直後、奴の体内の邪気がゴッソリと減少したのが分かった。これが破邪顕正の邪気封印の効果であるようだ。

これは、最大のチャンスだ。破邪顕正が邪人に対して想像以上に効果を発揮してくれている。ここで、ミューレリアに与えられるだけのダメージを与えてやる！

『くらえ！』

「ぎぃぃ！　このぉぉ！」

俺は内側から焼き尽くすつもりで、ミューレリアの体内で火炎魔術をぶっ放す。だが、破邪顕正の効果は魔術には少ししか乗らないらしい。

俺の刀身から噴き上がった真っ赤な炎は、ミューレリアが身に纏った強力な邪気で打ち消されてしまう。多少傷口を焼いたものの、大したダメージは与えられなかった。

「な、なぜ……。何か能力を隠し持っていたとでもいうの……？　うがぁぁ！」

『いがっ！』

今度は俺が呻く番だった。柄を掴んだミューレリアに凄まじい腕力で引き抜かれる。そして、そのまま刀身に拳を叩きつけられた。

破邪顕正の効果で守られているとはいえ、物理的な衝撃が減少するわけもない。咄嗟に発動した障壁で多少ダメージを和らげることはできたものの、俺の刀身は半ばから砕け散っていた。

「この駄剣めぇ！　大人しく私に従いなさい！」

圧倒的格下の俺に大ダメージを与えられて、ミューレリアは冷静さを失っていた。周囲が完全に見えていない。俺が飾り紐《ひも》を密かに伸ばしていることにも気づいていないようだった。

『それは絶対にゴメンだ』

「ぎあぁぁぁぁ！」

飾り紐が無数の棘《とげ》と化して、背後からミューレリアに襲い掛かる。一本一本はそれほどの威力は無いはずなのだが、ミューレリアの障壁を無視してその体を刺し貫いていた。

これも破邪顕正のおかげなのだろう。想像以上に、邪人に対して効果を発揮するようだ。

無数の棘に貫かれ、背を反らせて絶叫をあげるミューレリア。激痛のせいで集中が途切れたのだろうか。時空魔術阻害効果のあるドーム型結界が、宙に溶けるように消えてなくなる。

『よし、これで逃げられる！』

俺は転移を使って速攻でフランの下に戻った。

フランと切り結んでいたジークルーネは、主の悲鳴を聞いて立ち止まっている。

逃走のチャンスであった。

「師匠！」

『フラン、待たせたな！　逃げるぞ！』

第三章　黒雷纏いし老猫

ミューレリアたちの隙をついて逃げ出そうとした俺たちだったが、逃走に移るよりも早く、戦場に駆けこんでくる影があった。どうやらドームの外で気配を殺していたらしい。

最初は敵の救援かと思ったが、その影からは邪気が全く感じられなかった。

覚醒時のフランに勝るとも劣らない速度で駆けてきた人影が、驚いたことにさらに加速する。

そして、その身に纏った黒い雷を残像のように残しながら、メアと戦っていたワルキューレに突っ込んでいくのだった。

「はぁぁぁぁ！」

「な、どこから――！」

余りに速過ぎて、戦闘特化型のワルキューレでさえほとんど反応できていない。人影がほぼ真後ろまで迫った時に、ようやく振り向こうとしたのだが――遅すぎた。

「がっ！」

ワルキューレが振り返るよりも先に、その胸からは鈍く輝く白刃が突き出していた。謎の人影の繰り出した剣が右胸を貫いていたのだ。

「ぐがあああああああぁぁ！」

黒い雷が刃を伝い、戦乙女の肉体を焼き焦がす。

「馬鹿、なぁ……」

それが、ネームドワルキューレ――ロスヴァイセの、あっけない最期であった。

「ふん。他愛のない」

「キ、キアラ師匠！　なぜここに！」

メアが驚き半分、嬉しさ半分の叫び声を上げる。そう。謎の人影の正体は、王都にいるはずのキアラ婆さんであった。

長身に、男前な表情、ピンと伸びた背筋は王都で出会った時と変わらない。だが、決定的に違っていることがある。フランも気付いているだろう。獣人ではない俺にですら、その変化が分かるのだ。

特に変化が目立つのが髪の毛だろう。その長い長髪は全てが白髪だったはずなのだが、今は白と黒の縞《しま》模様になっていたのだ。それはまるで虎の縞のようであった。

しかもその身には、バチバチと弾けて空気を焦がす、黒い雷を纏っている。

そう、キアラはいつの間にか進化を果たしていた。黒髪のフランでは目立たないが、白髪のキアラが覚醒を使うと、その変化が如実に表れるのだろう。なるほど、黒い虎である。

驚く部分はそこだけではない。進化した先が黒虎であれば、その身に纏う雷は青白いはずだ。ルミナがそうだったのである。

しかし、キアラの周囲で舞う雷の色は――黒。

それは黒天虎へと至った証《あかし》であった。

咄嗟に鑑定してみると、そのステータスは凄まじい事になっている。元々キアラは、進化前の状態で進化後の獣人を上回る強さだった。以前所有していたエクストラスキル、『闘神の寵愛』の持つ成長時のステータス倍化の効果だ。

それが黒天虎となり、固有スキル『閃華迅雷』を発動することで途轍《とてつ》もない数値へと至っていた。

俺の補助でステータスが底上げされているフランですら、到底及ばないレベルだ。

それだけの力を得たキアラがワルキューレをあっさりと屠《ほふ》り、不敵な笑みを浮かべながらニヤリと笑う。

「悪いなメア。一対一を邪魔した」

「し、師匠……！　そのお姿は……！」

「ふふん。ちょいとばかり邪人どもをな！」

「これで百人力です！　他の者たちにも加勢を――」

「落ち着け！　だいたい、ここまできたのが私だけだと思っているのか？」

「え？」

キアラの言う通り、援軍は彼女だけではなかった。他の皆のところにも、手助けが入っていたのだ。

「クイナ先輩、お手伝いします」

「ミアノアですか」

デュラハンと戦うクイナの下には、キアラのお付きのメイドでもあるミアが加勢に入っていた。ミアは愛称で、本名はミアノアと言うらしい。

「あれをやりますよ？」

「あれ、ですね。了解です」

無表情とマイペースのメイドタッグ結成だ。ミアノアは、フワフワカールの桃色の髪の毛と、茫洋とした眼がチャームポイントの小柄な美少女だ。

だが、次の瞬間には中々インパクトのある姿に変わっていた。

「覚醒」

肘から先が一瞬でボコリボコリと肥大化し、まるでそこだけ違う巨大生物の腕を取り付けたかのような姿だ。その表面は、矢尻のような形の大きい灰色の鱗《うろこ》が覆い、指から先は牛の角に似た鋭く太い爪が生えている。

他の部分が人間のままであるが故に、腕の異様さが際立っていた。彼女の種族は、覚醒時に外見の変化が強く出る種族であるらしい。

ミアノアの種族は灰山甲。多分、センザンコウの獣人なのだろう。腕力と防御力が高いうえ、固有スキルは腕力瞬間倍化。完全に物理特化型の能力である。

「いきますよ」

一直線に突っ込むミアノア。だが、その動きは囮だった。

目立つミアノアにデュラハンが気を取られている隙に、クイナが幻像術も併用してデュラハンに忍び寄っていたのだ。

そこからの動きは、淀みがなかった。背後から両腕を掴んで捻じり上げつつ、膝裏に蹴りを入れて片膝立ちにさせたのだ。柔よく剛を制すのお手本という感じだった。痛覚が無いアンデッドが相手でも、関節を通して発揮される力の流れをコントロールすることで、その動きを阻害する事ができているのだろう。

そこに、全速力で駆けるミアノアが肉薄した。全腕力をつぎ込んだ右の爪を、突進の勢いのままにデュラハンの胴体に突き入れる。

「はぁぁぁ！」

「――」

捻じり込むように放たれた鋭い爪の一撃は、デュラハンの鎧をあっさりと貫き、巨大な穴を穿っていた。あれならば魔石も粉々だろう。

デュラハンを貫通した爪は、クイナの直前で止まっている。自らに勢いよく迫る鋭い爪を見ても、クイナは微動だにしなかった。これも信頼の成せる業なのだろう。

攻撃力が低い代わりに動きが速く、相手の邪魔が得意なクイナと、動きは遅いが一撃必殺の力を持つミアノア。かなりいいコンビだな。

「ミアノア、少し血が飛びました」

「先輩、そのくらいは勘弁してくださいよ」

「腕が鈍《なま》ったのではないですか？」

「そ、そんなことないですって」

うん。いいコンビだ。

リンドの助けに入ったのは、見覚えのある大男であった。すでに覚醒をしているのか、全身鎧の隙間からのぞく皮膚が、灰色に染まっている。ゴツゴツとした硬そうな皮膚だ。

そして、その全身鎧の人物が、聞いたことのある技名を叫んでいた。

「衝波あぁぁぁっ！」

武闘大会でフランと戦ったランクA冒険者、ゴドダルファの使っていた技である。俺たちも散々苦しめられた、全身から衝撃波を打ち出す黒鉄犀の固有スキル『衝波』だ。

こちらもいつの間にか進化を果たした犀の獣人、グエンダルファであった。ゴドダルファと比べるのは可哀想だが、あの時見た衝波と同じ技かと疑ってしまうほどに威力が低い。

とは言え、王都で別れた時は進化できていなかったのだ。想像以上の修行を短期間で自らに課したのだろう。アッパースイング気味に振り上げた戦槌の一撃と衝派を組み合わせて、デュラハンを上空へとかち上げていた。

「クオオオォォ！」

空中で身動きが取れないデュラハンに向かって、リンドが容赦なく襲い掛かる。火炎のブレスを浴びせた後、尻尾で思い切り地面に向かって叩き落とした。

その時点でデュラハンにはかなりのダメージではあるが、そこにグエンダルファと一緒に追撃をしかける。

「おらぁぁ！」

「クオオォォッ！」

地面にめり込んでいるデュラハンに対して、グエンダルファが戦槌技を叩き込み、リンドが高空から猛スピードで降下しながらさらに尻尾の一撃を加えた。

「ちっ！　いい加減ブッ潰れろやぁ！」

「クオオオ！」

それでも動きを止めないデュラハンに対して、グエンダルファたちが連続で攻撃を叩き込み、何とか仕留めることに成功する。

ミアノアと違って一撃で倒せなかったところに、レベルの差を感じさせるな。やはり進化して強くなったとはいえ、ミアノアたちのような達人レベルには至っていないということなんだろう。

「よっしゃああ！」

「クオオォォ！」

それでも、フランに瞬殺された時よりは遥かに強くなっていることは確かだった。


そして、フランの助けに入ったのは、ある意味最も待ち望んでいた加勢である。

「ガルルル！」

「ウルシ！」

フランの影から飛び出してジークルーネの足首に噛みついたのは、偵察部隊の排除に出たまま戻らなかったウルシであった。

戦闘中にもかかわらず、フランは喜色の籠った声でウルシを迎える。俺も戻り、ウルシまで戻ってきたことでテンションが上がったんだろう。だが、フランは気持ちが戦闘力に影響するタイプだ。気分が高揚したことで、むしろ動きが良くなっていた。

「この狼、どこから――」

「もらった！」

「くそぉ！」

完璧に魔石を貫いた――と思ったんだが。直前でジークルーネの姿がその場からかき消えていた。

「これ以上、戦力を減らされるのは困るのよ」

「も、申し訳ございません、ミューレリア様」

ミューレリアが、自分の横にジークルーネを転移させたのだ。もう俺の攻撃のダメージからは立ち直ったらしい。それでも、先程よりは邪気が大分減っている。破邪顕正のダメージは簡単に全回復はできないのだろう。

「オン！」

「ウルシおかえり」

「オウン」

ミューレリアを睨みつける俺たちの下に、ウルシが駆け寄ってきた。ウルシもどこかで戦っていたのだろう。その全身には痛々しい傷跡が残り、その戦いの激しさを教えてくれる。

多分、キアラたちがポーションや回復魔術で癒してくれたのだと思う。だが、ウルシの傷があまりにも深すぎて、完全には治らなかったようだ。

特に背中から右わき腹にかけて残る傷跡は、よく致命傷にならなかったと感心してしまうほどに大きかった。その部分は毛が生えずに禿げたままなので、非常に目立つのだ。他の傷も深いものは剥げたままなので、その怪我の酷さを生々しく感じることができた。

『ちょっと待ってろよ。グレーター・ヒール！』

「これもおまけ」

俺の魔術と、フランのぶっ掛けたライフポーションによって、ウルシの傷跡が見る見る癒えて行く。多少残ったが、先程までに比べれば全然目立たない。

ただ、一ヶ所だけ、どうしても消えない傷があった。

『ウルシ、かっこよくなっちまって』

「ん。迫力が出た」

「オン！」

眉間から、左目の下を抉《えぐ》るように穿たれた傷である。まるで任侠《にんきょう》映画の登場人物のような傷跡だ。ただでさえ怖いウルシの顔の迫力が、ワンランクアップしたな。今までは子供が泣き出す程度だったのが、大人でさえ道を譲るレベルで凶悪さが増していた。

多分、特殊な攻撃で付けられた傷なのだろう。完全に傷跡を消し去るには、さらに上級の魔術やポーションが必要になるようだった。

それぞれの敵を倒したキアラたちも、フランの周りに集まってくる。

そんな俺たちを、ミューレリアが怒りに満ちた瞳で睥睨した。向こうも、配下であるジークルーネのダメージを回復させ終わったのだろう。

「中々舐めた真似をしてくれたわね……！」

消耗しているとはいえ、まだまだ圧倒的な邪気をその身に宿している。ミューレリアの怒気を向けられた俺たちは、思わず身構えてしまっていた。

相手が誰だか分からずとも、一瞬でその危険性を理解したのだろう。キアラも硬い表情でミューレリアを見上げている。

「おいおい、予想以上の化け物だな」

それでも戦意を保っているのはさすがだ。

「あなた達、無事に帰れるとは思っていないわよね……？」

ミューレリアがその怒りのままに威圧を放つ。破邪顕正を持つ俺でさえ感じる圧倒的な迫力だ。キアラやメアであっても、その顔を恐れで歪めている。

「ば、化け物……」

一番ヤバそうなのは、グエンダルファだ。カタカタと歯を鳴らしながら、ミューレリアを見上げている。だが、すぐに怯え切っているのが自分だけであると気付いたのだろう。大地を踏みしめ、気合を入れ直した。

「師匠たちだけじゃない。死神が……王宮メイドが二人もいるんだ……！　きっと勝てる！」

「死神とは随分ですね？」

「す、すいやせん！　さ、最強部隊への憧れっつーか、称賛の言葉です！」

クイナに窘《たしな》められたグエンダルファが、ブンブンと首を振って言い訳をする。本気で怯えていた。

にしても、死神って……。しかも最強部隊？　どうやら俺が思っているよりも王宮メイドは有名で、恐れられているらしい。いや、全員がクイナたちレベルだとしたら当たり前か。

その間にも、ミューレリアの口上は続く。

「本来であれば全員八つ裂きにするところだけど、その剣をこちらに渡せば見逃してやってもいいわよ？」

「……」

ミューレリアはやはり俺に対して執着を見せる。余程、俺の能力を解析して、ダンジョンの支配から解き放たれたいのだろう。復讐心よりも、俺を得ることを優先する程なのだ。

だが、フランは無言で睨み返した。

「ふん。強情な娘ね」

ミューレリアは軽く顔を歪めてそう呟くと、右手を軽く横に振った。その瞬間何かが俺の刀身の表面で弾ける。

「むっ」

『何かされたな』

「何で急に……！　いいからこっちへ来なさいよっ！」

ミューレリアが苛立ったように再び手を突き出す。だが、同じように俺の刀身が一瞬黒く輝くだけで終わってしまうのだった。

「どういうことなの……？」

再び俺を引き寄せようとしたらしい。だが、破邪顕正の効果によって、術が防がれてしまうようだ。

ミューレリアは目を細めて、忌々し気に俺を睨みつけている。

「まあ、持ち帰って調べれば分かるわ」

「勝手なことを言わないで」

「もうその剣は私の物よ。だって私がそう決めたんだもの」

「お前なんかに渡さない」

フランが俺の柄をギュッと握りしめる。

「ふふふ。なら、力ずくで奪うまでよ！　ジークルーネ、あなたは上で見ていなさい」

「は！」

「後悔しなさい！」

ミューレリアが付き出した腕から、邪気が弾丸のように撃ち出された。普通であれば、反応する事さえ難しい超高速の一撃だ。

だが、狙われたフランは弾道を見切り、邪気の弾丸を打ち払う。かなりの威力があるはずだが、俺の刀身には傷一つない。ミューレリアの額に、青筋が浮かぶのが分かった。自分の放った攻撃を何でもないように斬り払われ、怒りが湧いたらしい。

その直後、キアラたちが動いた。

「――ファイア・ジャベリン！」

「白火《びゃっか》！」

「クオオォォ！」

「ガルウウ！」

キアラは油断なく詠唱を行っていたのだろう。雷鳴魔術ではなく火魔術を選んだのは偶然なのだろうが、さすがの戦闘勘だ。メアやリンドたちの攻撃がそれに続いた。

「く！」

ミューレリアが妙に焦った表情で障壁を張る。だが、自らの障壁が全ての攻撃をあっさりと防いだのを見て、ホッとした表情を浮かべた。その直後には、勝ち誇った表情でキアラたちに言い返す。

「あ、あはは！　無駄よ！」

どうやら俺に邪術が効かないせいで、自分の力が弱まっているのではないかと多少の疑心暗鬼に陥っていたらしい。実力者たちの同時攻撃を防御したことで、再び自信を取り戻したのだろう。

だが、ミューレリアの防御力はキアラも想像していた。最初から攻撃を目くらましにするつもりだったのだ。

「黒雷転動っ！」

そう呟いた直後、キアラの姿はミューレリアの真後ろにあった。

まるで瞬間移動したかのように。

俺でさえ、キアラが超高速で動いたのだと一瞬遅れて理解したのだ。この場で転移ではなく高速移動だと気付いたのは、俺とフランだけだろう。クイナは表情が読めないから分からん。

だが、今の移動速度は何だ？　黒雷が体を包んだ——というよりかは、体がまるで黒雷と化したかのような神速であった。フランが閃華迅雷を使い、スキルと魔術で速度を限界まで上げたとしても、あの速度には及ばないはずだ。そして、直前に呟かれた『黒雷転動』という言葉。

もしかしたら黒雷招来と同じような、閃華迅雷状態でしか使えない技なのだろうか？　フランは使えないんだが……。

ミューレリアは俺とフランに意識を集中していたせいか、反応が遅れている。

「はぁ！　インパクト・スラッシュ！」

「くあっ！　やったわね！」

凄いな。キアラが火の属性剣に剣聖技を組み合わせて、ミューレリアに傷を負わせたぞ。やはりどれだけ強くとも、無防備に攻撃を受ければダメージを食らうのだ。ただ、キアラにとっては全力に近い一撃でも、ミューレリアにとってはかすり傷のようなものだろうが。即座に傷が塞がり、何事もなかったかのように哄笑をあげる。

「あはははは！　今の動き！　まさかこの場に三人も黒天虎が居合わせるなんて！　凄いわね！　五〇〇年前でも、そうそうなかったわよ！」

「お前もそのようだな！」

「そうよ！　黒天虎であり、邪神の眷属でもある！　いわば双方の力を持っているというわけ！」

「なるほどな！　はぁぁ！　黒雷転動！」

また同じ技を使った！　だが、それを見て確信する。黒天虎には、閃華迅雷にはまだ先があったのだ。俺がカンナカムイを使いこなせていなかったように、フランも黒雷を使いこなせてはいなかったということなのだろう。

キアラは進化したばかりのはずだ。だが、日々殺し合いをし続けて得た膨大な戦闘経験と、闘神に選ばれるほどの抜群の戦闘センスを持っている。だとすれば、得たばかりのスキルを使いこなせていたとしても、おかしくはなかった。

「このババア！」

「ふははは！　剣は不得手か？」

「ちぃっ！」

その後は激しい剣戟《けんげき》となるが、一対一ではやはりミューレリアが圧倒的に強い。キアラの方が剣術レベルが上なんだが、地力が違いすぎるのだ。

互いの黒雷は雷鳴無効のおかげで一切効かず、さらにキアラの斬撃もミューレリアには大きな傷を付けられない。だがミューレリアの攻撃が一発でも入れば、キアラは致命傷になるだろう。

戦闘狂のキアラは楽しそうに斬り合ってはいるが……。見てる方はハラハラさせられっぱなしだ。

『フラン、キアラに加勢するぞ！』

「ん」

ミューレリアは俺と、俺を握るフランをずっと警戒している。フランが軽く俺を構えただけで、一気にその緊張度合いを高めた。それに構わず、フランが飛び出す。

あとでキアラに怒られるかもしれないが、今はミューレリアをどうにかすることが先決だ。

「はぁぁ！」

フランは空中跳躍を使って、キアラと激しく斬り合うミューレリアに一気に迫り、斬り掛かった。

「近寄るんじゃ、ない！」

ミューレリアはキアラに背を向けてまで、フランの攻撃を回避する。

「がら空きだよ！」

「ぎぅ！」

当然、キアラの攻撃は食らってしまうが、そちらは無視することにしたらしい。余程、俺のことを警戒しているんだろう。

「てやぁ！」

「死になさい！」

普通の斬り合いであれば、剣術レベルで上回るフランが有利。しかし空中戦は、飛行可能なミューレリアが有利。その結果、互いの攻撃を慎重に防ぎ合う展開が続く。

だが、ミューレリアの動きが先程に比べかなり悪いな。推測だが、破邪顕正の封印効果により、邪気を扱う能力が低下しているように思えた。技の発動などに僅かなラグが生じているのだ。これはチヤンスだった。

『おらぁ！』

「くぅ！　この飾り紐は！」

俺の操る、飾り紐から生み出された無数の鋼糸が、ミューレリアを囲むように四方から襲いかかる。

ミューレリアは攻撃を放棄し、回避を続けた。最早、俺に対しては邪術障壁など無意味だと分かっているのだろう。

その意識からは、完全にキアラや他の仲間の存在が消えている。キアラたちが自分に致命傷を与えることは不可能だと、無意識に判断したのだろう。

だが、本当にそうかな？

「無視されるのは非常に遺憾であるが、おかげで溜める時間があったぞ！」

突如、メアが三者の戦いに割って入る。

ミアノアにぶん投げられるようにして、ここまで飛び上がってきたのだ。クイナの幻像魔術でギリギリまで隠れていたせいで、俺以外にはその姿がいきなり現れたように見えただろう。

ミューレリアは一瞬メアを無視した。だが、すぐに防御態勢を取ろうとする。危険察知スキルなどで、やはり無視はできないと判断したのだと思われた。しかし、それを俺たちが邪魔する。

「すきあり」

「オン！」

「く！　邪魔を……！」

メアの攻撃を障壁で防ごうと思ったら、フランの攻撃を防ぐことが疎《おろそ》かになる。影から攻撃を放つウルシも、メアには見えていないらしく、かなり忌々しそうだった。

結局、ミューレリアは転移して逃げることを選択したらしい。ミューレリアの姿が消え、十数メートル離れた場所に現れていた。

『逃がさん！』

「この！　忌々しい！」

俺たちもその直後には転移して追いかけ、攻撃を続行する。俺たちの攻撃はかわされてしまうが、それで構わない。奴の注意を一瞬でもメアから逸らすことが目的なのだ。

「それで逃げたつもりか！　ミューレリアよ！」

メアはただの剣士ではない。火炎を意のままに操る、金火獅だ。

メアの魔力の高まりは、魔獣たちを一瞬で焼き尽くしたあの時と全く同じであった。そして、その場から一歩も動かなかったメアの手から、白金の光が溢れ出す。

「はぁぁ、砲閃火！」

まるでSF映画に登場するレーザービームのような、白と金の入り混じった光線が放たれた。

どうやら金炎と白火《びゃっか》を融合させたうえで、圧縮して撃ち出したらしい。

邪神化したワルキューレを倒した金殲火《きんめっか》は近接用の技、こちらの砲閃火は遠距離用の技なのだろう。

俺たちに意識を向けていたミューレリアは、白金の光線に対応できず、直撃を受けてしまう。

「ぎぃぃぃぃぃっ！」

障壁も間に合わず、その下半身が一瞬で消し飛ばされていた。

メアが全力を込めた渾身《こんしん》の攻撃だ。あの威力の攻撃であれば、さしものミューレリアの肉体であっ

ても耐えることはできないらしい。臍《へそ》から下を失った姿のまま、激痛に喘いでいた。

「く、く、糞獅子がぁぁぁ！　あとで八つ裂きにしてやる……！」

すぐにミューレリアの傷口からボコボコと肉が盛り上がって、再生を始める。同時に周囲に邪気の霧のような物を発生させた。危険感知がビンビンと反応しているな。触れるのは危険そうだ。この霧で身を守ろうとしているんだろう。だが、それでも俺とフランの追撃を遮ることはできない。

フランはその場で俺を大上段に構えた。

「師匠、いく」

『おう』

次の瞬間、俺とフランの肉体から、青白い光が立ち上っていた。心休まる光を目にしたおかげなのか、自然と精神が落ち着く。それに、フランの息遣いが今まで以上に感じられた。同時に、俺の感情がフランに伝わっているのも分かる。

以前にも、強敵との戦いで同じ現象があった。さすがにもう慣れてきたな。

それに、発動の条件も何となく分かってきた。

多分だが、相手が死を覚悟するような強大な相手であること。そして、そんな相手に俺とフランが心を一つにして立ち向かっていることが重要だ。だから、魔獣の軍団やワルキューレ相手には、発動しなかった。あの時は、フランが黒猫族の皆の安否を気にして焦っていたからな。そういった心の乱れが、この青い光の発動を妨げていたのだろう。

今は、ようやくミューレリアに対する恐怖が消え去り、奴に対する怒りや闘志が上回り始めた。ミューレリアという強敵を倒す。その目的で、俺とフランの心が完全に一致したのだ。相変わらず、どこから湧き出す力なのかは分からないけどな。

「ふぅぅぅ……」

集中しているフランは、青い光には気付いていないだろう。額に浮かぶ玉のような汗と、深く繰り返される呼吸が、その集中具合を物語っている。

時間にして僅か数秒。だが、その間に練り上げられた全霊を込めて、フランが俺を振り下ろした。

「剣王技・天断――」

俺たちの持つ手札の中で、最高の物理攻撃だ。今の俺たちであれば、どんな物だって断ち斬れる。そんな全能感さえ感じる程に、フランの技の冴《さ》えは凄まじかった。

邪気の霧もろとも、大気が切り裂かれるのが分かる。

「ぎ、ぎざま……！」

青い斬撃によって邪気が払われ、一瞬で霧が晴れた。その後には、天断によって左肩口から右の脇までを切り裂かれた、憐れな姿のミューレリアだけが残されていた。

傷口からボトボトと内臓と血が大地に向かって落ちていくのが見える。メアの砲閃火と違って傷口が焼かれた訳ではないからだろう。

だが、高位の邪人であるミューレリアはさすがにしぶとく、既に再生が始まっている。しかし、その隙にキアラが忍び寄っていた。

「私を忘れてくれるなよ！」

「この、クソどもがぁぁ！」

キアラが黒雷転動を活かした一撃で、ミューレリアに斬り掛かる。その一撃を何とか剣で受けたミユーレリアだったが、威力を殺しきれずに地面へと叩き落とされた。轟音とともに、大地に深々とめり込んでいるのが見える。

ミューレリアに一矢報いたキアラだったが、回復機能を持つ俺を装備するフランや、圧倒的な魔力を誇るミューレリアと違い、閃華迅雷は凄まじい負担になっていたのだろう。

攻撃を放った直後に覚醒が勝手に解除され、ミューレリアの後を追うように地面に落ちていった。

『キアラ婆さんがやばい！』

「ん」

フランが慌てて助けようと駆け出すが、キアラが怒ったように叫ぶ。

「私のことは、いい！　戦いに……集中しろ！」

「……！」

言葉だけでなく、強い眼力が全霊でフランに「戦え！」と告げている。

すると、フランはすぐに方向を転換し、ミューレリアに向き直った。キアラならたとえ魔力を使い果たしていたとしても、どうにかなるという信頼もあるのだろう。

主の危機だと理解したジークルーネが、フランとミューレリアの間に厳しい顔で割って入った。

「行かせない！」

その手には漆黒の槍が握られている。だが、その顔には確かに理性の色が残っていた。外見的な変化は、眼球が漆黒に染まっているくらいだろう。

しかし、その動きは先程とは大違いだ。フランの斬撃を受け止め、反撃まで加えてきた。明らかに強くなっている。単にステータスが底上げされただけではなく、感覚系や武術系スキルにボーナスが入っているのかもしれない。邪人となってしまったせいで俺の鑑定が上手く利かなくなっており、正確には分からないが。

『邪神石の槍を使っているのに暴走してないぞ？』

「……なんで暴走しない？」

フランの呟きにワルキューレが答える。

「ふははは！　私たちはできそこないの妹と違って、戦乙女の中でも特に神代の力を受け継ぎし存在！　戦神の眷属として生み出された存在なのよ！　たとえ邪神となり果てようとも、主の力を与えられて暴走するはずがない！」

なるほど、邪神がまだ戦神だった時に生み出された眷属なのか。同じ個体ではないだろうが、その系譜に連なる存在ということなんだろう。

だからこそ、邪神の力に対しても耐性が――いや、親和性があるのかもしれない。

獣人の十始族が、始祖となる神獣の力を受け継いでいるのと似ているな。

「はぁぁぁ！」

「ちぇぁ！」

確かにジークルーネは強くなっている。だが、相手が悪過ぎた。破邪顕正の効果が、ここでも存分に発揮されたのだ。俺と打ち合わされる度に邪神石の槍に傷が付き、ジークルーネの邪気が減り続けていく。槍が邪気の根源だからな。破邪顕正スキルの封印効果で力を減じることになれば、ジークルーネへと供給される力も減るのだろう。

しかし、これ以上こいつに時間を稼がれては、ミューレリアが全回復してしまうかもしれない。

『一気に片をつける！』

「ん！　ウルシ！」

「ガアアアァ！」

「この狼！　はなせ――！」

ウルシがジークルーネの足首に噛みつき、その動きを封じていた。動こうとした瞬間に邪魔をされ、たたらを踏んでいる。

「ちっ！」

転倒こそしていないが、一瞬だけワルキューレの動きを完全に封じることに成功した。

そこに、本命である、形態変形による全方位攻撃が襲い掛かる。

飾り紐を変形させての鋼糸攻撃。それをさらに発展させたのだ。イメージは、武闘大会の三位決定戦で苦戦させられた、フェルムスの糸攻撃である。全ての方向から一斉に襲い掛かってくる糸の津波。

まあ、俺の場合はそこまでの量は生み出せないので、せいぜい細波程度だが。

この技の利点は躱しづらい事。欠点は、糸が少ないので威力が低すぎる事。しかし、相手が邪人である今回は、話が別だ。破邪顕正の効果を持った鋼糸は、一本一本が邪人に対する超攻撃力を秘めていた。

カンナカムイを防ぐために全力を費やしたジークルーネは、その場で動きを止めてしまっている。

そこにフランの剣技と、俺の鋼糸攻撃が全方位から襲い掛かった。

「たぁぁ！　インパクト・スラッシュ！」

『食らえぇ！』

「ぐぎゃぁぁぁぁぁ――」

フランの剣技が、邪神石の槍を叩き折る。その直後、同時に何十もの斬撃を受けたかのように、ワルキューレの体がバラバラの細切れになっていた。俺の鋼糸が、その全身を切り刻んだのだ。

『ちっ、魔石値は少ないか！』

暴走していないとは言え、邪神石の槍の影響はしっかり出ているようだった。魔石の力が弱まっていたのだろう。

再生を終えたミューレリアは、部下が細切れにされたのを見て、歯をギリギリと食いしばっている。

「本当に、やってくれるわね……！」

『フラン！　奴はまだ本調子じゃない！　今がチャンスだ！』

「ん！」

空中から再びミューレリアに突っ込むフラン。しかし、再度それを邪魔する者がいた。

「うおおおお！」

「誰？」

『人間か……？』

そう。それは人間の男であった。まるで騎士のような出で立ちの男が、槍を構えてミューレリアを庇う位置に立っている。どうやら気配を殺して周囲に潜んでいたらしい。ミューレリアの仲間か？

茶髪青眼で白肌の、西洋人風の姿だ。特徴的なのが、右目に付けた黒い眼帯だろう。そこそこのイケメンなのに、怪物の顔のような黄色いエンブレムが描かれた眼帯のせいで、かなり厳《いか》つい印象になってしまっていた。

「その女はやらせん！」
ミューレリアを庇うように飛び出してきた騎士の男を鑑定してみる。

名称：ヨハン・マグノリア　年齢：四〇歳
種族：人間
職業：隠密騎士
状態：契約
Lv：53／99
生命：457　魔力：209　腕力：238　敏捷：192
スキル：暗殺6、演技5、嘘看破3、隠密6、感知妨害6、宮廷作法2、気配察知3、弓術3、剣技7、剣術8、邪気耐性7、社交5、盾技4、盾術6、消音行動3、毒耐性5、毒知識6、麻痺耐性3、水魔術1、話術5、気力操作、痛覚鈍化
ユニークスキル：危険視
固有スキル：邪人支配4
称号：殺人者、バシャール王国副騎士団長
装備：気配遮断の剣、天魔鋼の盾、消音のミスリル全身鎧、消臭の外套、音消しの腕輪、魅了耐性の指輪、邪気遮断の魔眼帯

かなりの実力者だった。直接的な戦闘力ではフランたちに及ばないものの、暗闘ではかなりの力を

発揮するだろう。いわゆる暴力的な暗殺者ではなく、人の間に入り込んで静かに命を奪うタイプの暗殺者である。その隠密性はかなりのレベルだ。最大の脅威であるミューレリアに集中していたとはいえ、俺たちも近づいてくるまでは気付くことができなかった。

しかも称号にバシャール王国副騎士団長とある。バシャール王国の騎士団の構成は分からないが、かなりの上位者であることは確かだろう。ミューレリアはバシャール王国と組んでいたわけだし、援軍がいてもおかしくはなかった。

ヨハンはフランの剣を弾いて距離を取ると、ミューレリアに向かって叫ぶ。

「今のうちに回復を！」

やはり、ミューレリアへの救援だったらしい。

「ヨハン？　なぜここにいる！　そっちの仕事はどうなった！」

だが、ミューレリアから感謝の声は上がらなかった。怒っているような、それでいて焦っているような顔で、ヨハンに怒鳴り返す。

「申し訳ない！　失敗した！　預かった軍勢は、全滅！」

「くっ！　使えないわね！」

「あれは……。邪人を率いていた騎士か……？」

「オン！」

「キアラ、知ってるの？　ウルシも？」

地面に座り込んで休んでいたキアラと、フランの影から首だけ出すウルシが、ともにヨハンを見て驚いていた。

「うむ……。逃げた騎士共を途中まで追っていたのだが、見失ってな……」

何とヨハンは、邪人を率いて黒猫族を攻撃していたという。結局、キアラとウルシに蹴散らされたそうだが、フランは怒りの表情を浮かべているな。

『フラン、侮るなよ。キアラとウルシの追跡をかわして、ここまでくるような相手だ！』

「分かってる」

他の騎士を捜すために、周囲にも気を配る。気配は全く感じられないが、ヨハンだけか？

「ミューレリアよ！　早く回復しろ！　我がマグノリア家の大願成就のためにも、貴様にはまだ働いてもらわねばならんのだ！」

「ならば！　しっかりと私の壁になりなさい！　ロミオのためにもね！」

「言われなくても！」

信頼し合っていて、あえて軽口を言い合っているというわけではなさそうだ。ミューレリアがヨハンに向ける視線は本当に忌々しそうだし、ヨハンもミューレリアへの好意など欠片もなさそうだった。

ただ、何らかの利益によって繋がっているのだろう。ミューレリアはヨハンを壁にするように後ろに下がると、意識を集中させた。回復に集中するつもりか？

「させない！」

「ミューレリアはやらせん！」

この男、フランの動きについてきたぞ。脇をすり抜けようとしたフランの前に立ちふさがり、盾を構える。実力が及ばずとも、自らを盾としてでもミューレリアを守ろうという気概が見えた。

多分、ユニークスキルの危険視の効果だろう。いまいちイメージが掴みづらいが、自分や仲間に降りかかる危険を視覚で捉えるというスキルだった。危険察知の視覚版ってところか？

「はぁぁぁ！」

『食らえ！』

だが、どれだけ見えていようとも、それでも防げない攻撃を放てばいい。ヨハンを排除するため、フランの剣聖技に合わせて風魔術と火炎魔術を放つ。

だが、それさえもヨハンは防いでみせた。剣は盾技で受け、風魔術は剣で散らし、火炎魔術はギリギリ回避する。思った以上にユニークスキルの危険視が強力だった。

ただ、フランの剣を受け止めたことで、その体勢は押されてしまっている。腕力ではフランの圧勝なのだ。溜めていた念動を、ヨハンに対して解放する。威力よりも範囲を重視して、ヨハンの体勢をより崩すことが目的だ。

「くっ！　回避しきれん！」

これも見えているんだろう。ヨハンは咄嗟に盾を構えて踏ん張った。だが、念動に押されて大きくのけぞる。

『フラン！　今だ！』

「ん！」

そこにフランが俺を叩きつけた。体勢を崩しているせいで踏ん張ることもできず、ヨハンは剣を受け止めた盾ごと真横に吹き飛んだ。

俺たちはそれ以上の追撃はしない。目当てはミューレリアだからな。だが、そんな俺たちを邪魔するように、どこからか魔術が撃ち込まれた。

「エア・スライサー！」

二〇近いカマイタチがフランに降り注いだのだ。一発一発の威力もかなり高い。回避しつつ、飛びのいた俺たちが魔術を放った相手を確認した。ミューレリアの後方に、魔術師風の恰好をした男性と、その部下と思われる騎士鎧に身を包んだ邪人たちが立っている。人間の騎士も数人交じっているようだ。

どこにいたんだ？　ヨハンが現れたあと、周囲の気配を探ったんだがな……。何かのスキルなのだろうか。

「その邪人を守るのだ！」

「お主まで出てきたのか！」

ヨハンが叫ぶと、それに対して先頭にいた男が応える。

「ふはは！　かの邪人姫にはまだまだ働いてもらわねばなりませんからな！　ヨハン様も今の内にお下がりください！」

そう叫んだ魔術師男の名前は、サンホーク・ゴールディ。四三歳の暴風騎士である。剣術などはヨハンより弱いものの、暴風魔術4と詠唱短縮6を持っており、攻守のバランスがとれている。また、集団隠蔽というスキルを所持していた。これが集団で隠れていられた理由だろう。そして、キアラたちの追跡をかわすことができたのも、この能力のおかげに違いない。

ゴールディは再度詠唱を開始しながら、鋭い目をフランに向けていた。こいつも、いざとなったらミューレリアの盾になる覚悟が感じられる。新手の邪人たちも、ミューレリアを守るように囲み、不退転の構えだった。

「邪人ミューレリア！　今の内に回復されよ！」

「言われなくても！」

ゴールディからも、守ろうとしているはずのミューレリアに対して好意的な気配は感じなかった。

やはり、何らかの目的のために手を組んでいるだけなのだろう。

「フランを援護する！」

「オンオン！」

「私たちもいきますよ」

「はい！」

グエンダルファとウルシ、クイナとミアがゴールディたちに襲い掛かる。メアは、未だに起き上がれないキアラを介抱しているな。

クイナたちはミューレリアに対しては決定力を欠いていたが、邪人たちよりは圧倒的に強い。

「ここで獣人たちを食い止めろ！　ケダモノどもを殺せ！」

「ギャギャ！」

あっという間に乱戦になる。

特に目立っているのがウルシだ。本来の大きさに戻り無双している。牙が鎧ごと邪人を噛み千切り、前足の一撃が盾ごと邪人を押し潰す。横凪に振るわれた尻尾は、複数の邪人を同時に吹き飛ばしていた。隠密行動が得意なウルシだが、正面からの戦いも強いのだ。

しかも、今のウルシはあえて目立つように、派手に立ち回っていた。

その狙い通り、ミューレリアの意識が僅かにウルシへ向く。つまり、俺たちへの注意が一瞬だけ逸れたということでもあった。

事前に打ち合わせをしたわけではない。だが、フランはウルシの狙いをしっかりと理解していた。僅かな隙を逃さず、フランが気配を消して駆け出す。ほんの一瞬であっても、今のフランにとっては万金にも値する一瞬であった。

神速の影と化したフランが、邪人たちの間をすり抜ける。虚を衝かれたゴールディたちは、何かが通り過ぎたことに気付いて慌てて振り返ろうとしているが、もう遅い。

あと一歩でミューレリアの背後だ。

『もらった！』

奇襲の成功を確信した俺たち。しかし、フランが剣を突き出したその瞬間、体勢を立て直したヨハンがミューレリアを庇うように飛び込んできていた。危険視でミューレリアのピンチを予測し、身を盾にして庇ったらしい。

「ぐはぁっ！」

「しつこい！」

ミューレリアの心臓を狙っていたはずのフランの突きが、ヨハンの胸部を貫く。ミューレリアにも気付かれたが、俺たちはまだ諦めていなかった。

「たあぁぁ！」

『いけぇ！』

そのままヨハンごとミューレリアを刺し貫こうと、力を込める。

「させ、るがぁぁぁぁ！」

「ヨハン様！　ご無理をされるな！」

ゴールディが叫ぶが、ヨハンは止まらない。

「ぬがぁぁ！」

何とヨハンは自らの体により深く剣が刺さることも厭《いと》わず、そのまま前進してきたのだ。さらに自らの手を犠牲にしながらも俺の刀身を握り込むと、抱きかかえるようにその場で蹲《うずくま》る。フランの動きを封じようというのだろう。

「俺ごと、やれっ！」

その言葉に一切の躊躇《ちゅうちょ》もなく、ゴールディらと邪人たちがフランに斬り掛かる。

こいつら、潔すぎだろ！

『ちっ！』

俺はフランを逃すため、とりあえず転移で脱出した。ヨハンは仲間の攻撃を数発受けて、血の海に沈んでいる。攻撃は失敗したが、厄介な男は始末できた。次はミューレリアに届かせる。

再度剣を構えたフランだったのだが、その背後から襲い掛かってくる意外な相手がいた。

「がぁぁぁぁぁ！」

何と、邪人と戦っていたはずのグエンダルファであった。邪気酔いの状態になってしまっている。

しかもその体からは僅かに邪気が立ち上っていた。

正気を失い、涎《よだれ》を垂らしながら襲ってくるその様子は、アンデッドのようでもあった。

「あはは！　あの剣に効かなかっただけで、やはり邪神の支配は通用するわ！」

ミューレリアがグエンダルファに何かしたらしい。

ただ、支配するなら他の奴にするべきだったな。それとも、強い奴を支配する程の力が残っていなかったか？

ともかく、邪気で強化されていたとしても、グエンダルファでは力不足であった。フランが何かするまでもなく、クイナがその巨体を押さえ込んでいる。

「全く、邪気酔い程度で意識を持っていかれるなど、軟弱な」

「先輩も結構きつそうにしていたのでは？」

「ミア？　何か？」

「いえ、何でもありません」

騎士と戦いながらでも、この余裕だ。さすが最強部隊、宮廷女中。

「使えない木偶《でく》の棒が！　ならば――？」

何やら言いかけていたミューレリアが、突如背後を振り向いた。どうやらその視線は北を向いているようだ。

「ちょっと、何を言っているの！　まだ私たちの仕事は……！　侵入者？」

何だ？　急に叫び出した。

「待ちなさい！　今引くなど……！　それは――くそぉっ！」

誰かと喋っているような感じだが……。しかも揉《も》めているようだ。ミューレリアが憤怒の表情を浮かべたまま、残った騎士たちに向かって言葉を絞り出す。

「私は一度帰還しなければならないわ……！」

「なっ！　どういうことですか！」

仲間割れか？　ミューレリアの言葉に、ゴールディが泡を食って言い返している。

「……仕方ないじゃない！　あのクソカスの命令には逆らえないのよ！」

ミューレリアがヤケクソ気味に叫ぶ。そして、その手をヨハンやゴールディたちに向けてかざした。

「最後に、役に立ってもらうわ」

ミューレリアが軽く手を振ると、その手に黒い眼帯が現れた。さっきフランから俺を奪った能力で、ヨハンが付けていた眼帯を引き寄せたらしい。直後、夥《おびただ》しい血を流して倒れ伏すヨハンの右目から、黒いオーラのような物が溢れ出す。その姿からは不吉さしか感じない。

「グゴカ……」

呻くヨハンの右目をよく見ると、そこには眼球がなかった。代わりに、真っ黒な石が埋め込まれている。どう見ても邪神石だ。あの眼帯で力を抑えていたらしく、一気に噴き出した邪気が、ヨハンの体を飲み込んでいくのが分かった。

『フラン！　ヨハンを止めろ！』

「ん！」

俺たちは様子見を止めて、一気に飛び出した。その間にも、ゴールディがなぜか悟ったような顔で、ミューレリアに声を掛けている。

「……ロミオ様のことは、頼んでいいのですな？」

「ええ、そこだけは任せなさい」

そう呟いたミューレリアの手から、黒い光が発せられた。その光に包まれたヨハンたちバシャール王国の騎士たちが、急激に豹変《ひょうへん》し始めた。皮膚が灰色に染まり、その全身の筋肉が肥大化する。さらに、理性を失ったかのように、その目からは光が失われていた。

「ぐがああああああ！」

「ごがおおぉぉ！」

ヨハン以外の騎士たちも、ミューレリアによって邪人に変えられたのだ。ステータスが大幅に上昇した騎士たちが、一斉にクイナたちに襲いかかる。今までのように一撃では倒れず、厄介さが増していた。

『まずい！』

「ん！」

クイナ、ミア、ウルシはともかく、意識を失って倒れているグエンダルファが危険だ！

俺とフランは援護のために、新たな邪人たちを牽制した。

だが、それがミューレリアの目的だったのだろう。

『フラン、ミューレリアが逃げちまうぞ！』

「ん！」

ここで奴を逃がすわけにはいかない。咄嗟にフランがグエンダルファを蹴り飛ばす。邪人の包囲から抜け出す代わりに、二〇メートルくらいは吹き飛んだだろう。蹴られた部分の鎧がベッコリとへしゃげ、口からは血を吐いているが、死ぬよりはマシだと思ってくれ！

グエンダルファの落下地点にメアが寄っていくのを見届けると、俺はミューレリアの真横に転移した。

同時に、フランが剣技を放つ。

「はぁぁぁ！　トリプル・スラスト！」

「がぁぁ！　こ、小娘ぇぇ！」

ミューレリアはフランに腕を切り落とされながらも、集中を途切れさせはしなかった。

「ぐぅ……決着は、また次よ！　覚えてなさい！」

「む！」

『ちっ。転移しやがったか』

転移してその場から姿を消すミューレリア。周囲に気配も感じない。本当に逃げられてしまったらしい。

「どこに行った……？」

『奴を追いたいが、今はこの騎士たちだ』

「……わかった」

ミューレリアの情報を得るためにも、殺さずに取り押さえなければ。

邪人となった騎士たちは、強化されているとはいえ理性を失ってしまっている。頑丈さが上がっていても、動きは直線的だ。ウルシやクイナの相手ではなかった。

「くらえぇ！」

いや、唯一正気を失っていない騎士がいる。邪人と化したことで傷が塞がり、再び立ち上がっているヨハンだ。強靭な精神力ゆえだろうか？　もしくは、邪気耐性や邪人支配などのスキルのおかげかもしれない。ともかく、右目の邪神石によって他の騎士たちの数段強化されていると思われるヨハンだけが、理性を失っていなかった。邪気を垂れ流す右目をこちらに向けながら、仲間や邪人たちを指揮している。

それを見たクイナたちが、一斉にヨハンを攻撃していた。面倒な相手なうえに、情報を得られる可能性も一番高い。逃がすわけにはいかないと考えたのだろう。

邪人としての力を得たとしても、こちらの面子にかなうわけはない。最後はウルシの一撃を食らい、意識を刈り取られていた。

俺は、その間に他の騎士に対応だ。

「ぐあああああ！」

「おるあああ！」

「うるさい」

麻痺させせたり、手足を折って身動きできないようにしてから縛り上げたんだが――。

正気に戻る気配はなかった。目を覚ましてからずっと叫んで、拘束を解こうと暴れている。

「――」

逆にヨハンはずっと黙ったままだった。こっちはこっちで面倒そうだ。

その目には、絶対に何も話すものかという決意が浮かんでいる。どんな拷問をしたとしても、口を割らせることができそうもなかった。

「ぐあおぉ！」

「こちらもどうしましょうかね」

グエンダルファも、未だに正気に戻っていない。邪気酔いは時間が経てば治るそうだが、相手はミユーレリアだ。どれほど強力な邪気を流し込まれたのか、分からないのだ。

「とりあえず正気に戻したいが、どうしたものか」

「ぶん殴っても無理でしょうねぇ」

疲労困憊《こんぱい》状態から回復したメアと、キアラを介抱するミアが腕を組んで悩んでいる。実は浄化魔術も試してみたんだが、俺の使えるレベルでは邪気を払うことができないらしい。

やはり俺の破邪顕正が鍵だろう。

(ちょっと斬る?)

『いや、さすがにそれは……。まあ、最終手段という事で』

(ん)

『とりあえず、俺が触れてみるか』

(わかった)

少しはましになるかもしれない。いつの間にか青い光は消えてしまったが、破邪顕正はそれと関係ないしな。そう思って、破邪顕正を全開にした俺の刀身を、グエンダルファの体に当ててみてもらった。その効果は想像以上である。

「ぐぎゃぁぁぁぁ!」

『うおっ!』

グエンダルファが一際大きな絶叫を放つ。俺も思わずビクッとしてしまったほどだ。その直後、拘束を解こうと暴れていたグエンダルファの体から、白い光が放たれた。その光が、体の周囲から立ち上っていた黒い靄《もや》を祓い、邪気が雲散霧消していくのが分かる。

グエンダルファはそのまま気を失ってしまったが、その身を蝕んでいた邪気は完全に消え去っていた。あの絶叫ぶりがちょっと心配だったが、生命力などは減っていない。

「おいおい、何をしたんだ」

「邪気を消した」

事態が分かっていないメアは、顔を引きつらせている。まあ客観的に見たら、フランが剣の腹を押し当てたら、いきなりグエンダルファが絶叫して、気絶した訳だからな。そりゃ心配にもなるだろう。

メアは邪気の祓われたグエンダルファを抱き起こし、その頬を軽く叩いている。

「おい、おい。大丈夫か？」

「うん……ここは……」

どうやら正気に戻ったらしい。受け答えもしっかりしており、記憶も邪気の弾丸を受けるところまではしっかり残っている。これなら、捕まえた騎士たちに同じことをしても大丈夫だろう。

「ほい」

「ぐがああああ！」

フランが俺を押し当てた瞬間、ヨハンの右目の邪神石が砕け、邪気が完全に消失する。ヨハンの邪気を祓えるなら、他の騎士たちも問題ないだろう。さっさと浄化してしまおう。絶叫が少しうるさいけどね。

「ひぎゃぁぉぉぉ！」

「げろぐぁぁぁ！」

「な、何が起きてるんだ……！」

やはり何も分からないグエンダルファだけが、体を反らせながら絶叫を上げる騎士たちに、引きつった表情を向けていた。ただ、フランが悪意を持っていないことは分かっているようなので、止めるつもりはないようだ。

五分後、五人の騎士全てから邪気が消え去り、正気を取り戻していた。右目から邪気を迸らせ、他の騎士とは様相が違っていたヨハンも、全く問題なく浄化できている。まあ、俺がやったことと言えばただ触れるだけだから、全然威張れんけどね。それだってフランの手を借りているわけだから、実質何もやっていないに等しいが。

凄いのは破邪顕正の威力だろう。まさか軽く触っただけで人を暴走させるほどの強い邪気を消去できるとは思わなかった。そりゃあ、邪人に対して致命的な攻撃手段となるはずだ。

次はこいつらの尋問だな。全員がだんまり状態で、こっちを睨んでいる。

「さて、大人しくこちらの質問に答えるのであれば、手荒な真似はしないが？」

「――」

メアの威圧に対しても、騎士たちは誰一人怯えた様子を見せない。その瞳には強い覚悟と、獣人に対する憎悪が浮かんでいた。

「貴様らがバシャール王国の人間だというのは分かっている。あの邪人、ミューレリアとの関係は？」

「――」

「貴様らの目的は何だ？」

「――」

簡単な質問にさえ、口を開こうとはしない。これは口を割らせるのは簡単ではないだろう。

「仕方ない……では口を開きたくなるようにしてやろう。クイナ」

「分かりました」

そして、クイナとメアによる尋問が始まった。普通に質問することから始まり、脅し、痛めつけ、回復させてさらに痛めつけ。そんな事を繰り返しても、騎士たちの口の堅さは変わらなかった。

お前だけ助けてやると言っても、仲間を痛めつけられたくなければ喋ろと脅しても、かなり激しい拷問をされても、騎士たちの目に浮かんだ強い光は失われない。敵ながら感心してしまうな。

「これが最後だ。貴様らとミューレリアの関係は？」

「──」

騎士の一人は、クイナに一本一本指をゆっくりとへし折られながらも、歯を食いしばったまま呻き声を上げるだけであった。

「はぁ……。こいつらの覚悟は本物だろう。拷問では、口を割らん」

「残念ながら、そのようですね」

グリグリと動かしていた男の指から手を離しつつ、クイナがメアの言葉に同意する。

「仕方ない。クイナ、頼む」

「分かりました」

「何をするの？」

「クイナの奥の手を使う」

「奥の手？」

「うむ。まあ見ていろ」

メアに言われた通りに見ていると、クイナが一人の騎士の前で覚醒した。

相手は、この騎士たちのリーダーでもあるヨハン・マグノリアだ。瀕死《ひんし》の重傷を負っていたが、俺の回復魔術により命の危険からは脱していた。それでも完治ではなく、未だに地面に寝っ転がったままではあるが。ただ、今はその方が都合がいいらしい。

「多少弱っている方が効き易いですから」

クイナがそう言って使ったのは、固有スキルである夢幻陣だった。

このスキルは幻術の効果に加え、催眠の効果も僅かに持っているらしい。あくまでも幻術がメインなので、催眠効果自体は弱いようだが。それこそ、クイナが全魔力を使い、ようやく弱った人間を催眠状態にできる程度の力しかないらしい。

「さて――私の目を見なさい」

「くっ」

ヨハンが痛む体に鞭《むち》打って、何とかクイナから目をそらす。

「ふふ。嘘です、別に目など見ずとも幻術はかけられます」

意識を何かに集中させることで、自らの催眠に対する注意を一瞬でも低下させることが目的であったらしい。ヨハンは目を背けるという動作に集中することで、逆に隙を見せてしまったのだ。

クイナの全身からかなりの量の魔力が発散される。

「――かかりましたかね。貴方のお名前は？」

「ヨハン・マグノリア」

「齢は？」

「四〇」

「成功です」

　クイナの夢幻陣によって催眠状態となったヨハン。だが、この効果は長くは続かないらしい。早く聞きたいことを聞き出さねば。

「貴方の所属は――」

「ヨハン様！　正気を取り戻してくだされ！」

「副団長に何をした！　ケダモノめ！」

　クイナがヨハンに質問をしようとしたのだが、その邪魔をしたのが他の騎士たちであった。彼らから見てもヨハンが操られているというのが分かったのだろう。大きな声で、クイナの妨害をしようとしている。

「うるさい」

「――！」

　フランが風魔術で音を遮断した。それでも全員が口をパクパクさせているが、声がこちらまで届くことはない。これでゆっくり情報を聞き出せるな。

「では改めて問いましょう。貴方の所属はどこですか？」

「バシャール王国」

「貴方とミューレリアの関係は？」

「ミューレリアは、我がマグノリア家の始まりに大きな役目を果たした人物。そして、我らの大願成就のための、協力者だ」

「そこを詳しく聞かせてもらいましょう。ミューレリアについて、知っていることを話しなさい」

そして、ヨハンからミューレリアと彼らの関係を聞き出した。

それはマグノリア家に伝わる五〇〇年前のミューレリアの話でもあり、獣人国に伝わるものとは全く違った話であった。

五〇〇年前。ミューレリアは冒険者として有名になりつつあった。王族であることを誇りに思うあまり、少々高慢ではあるものの、そこまでねじ曲がった性格をしていたわけではないらしい。

むしろ、獣人国内で主流であった獣人至上主義と人間排斥に心を痛め、人間に対する差別意識をどうにかしたいとさえ考えていたのだとか。ただ、王族とはいえ冒険者をやっている彼女にそこまでの影響力はない。そこで、彼女は人間とパーティを組み、少しでもイメージを改善しようと試みた。

その後、彼女は運命の出会いを果たす。何と、同じパーティの人間と恋に落ちたのだ。しかし当時の獣人国において、獣人の王女と、奴隷以下の扱いを受けていた人間の恋など許されるはずがない。

それでも諦めきれない彼女は、周囲の人間や国の在り方そのものを変えようと決心した。冒険者を辞め、王宮へと戻ったのだ。確かな地位を得て、発言力を持つために。

しかし、人間の恋人がいるミューレリアへの風当たりは厳しかった。獣人の誇りを失った。人間にのぼせ上がった愚か者。その程度の言葉ならましで、売女、堕ちた王女、人間に股を開いたクズなどといった、心無い批判に晒《さら》され続けることとなる。ミューレリアに同調する獣人は皆無と言って良かった。

挙句、獣王家の恥さらしとして、王らによって彼女と恋人は引き離されてしまう。それだけではなかった。ミューレリアの未練を断ち切らせるため、恋人に人間の女性奴隷を宛がい、無理やり子を作らせたのだ。恋人はミューレリアを盾に脅され、従うしかなかったらしい。

元々、人間への理不尽な行いを続ける全ての獣人たちに対して怒りを抱いていたミューレリアだったが、恋人を奪われた後それは深い憎悪へと変わっていったようだ。この世に存在する価値が無いとまで言いきっていたらしい。

この直後だ。ミューレリアが邪神と接触を果たしたのは。ミューレリアが人間と恋愛関係になったことを許してほしければ、邪神の封印を解いてその力を獣人国のために使えと、他の獣人たちが獣王家に迫ったのだ。

彼女は父親に封印の地へと連れていかれ、生贄《いけにえ》として捧げられてしまう。だが、彼女にとっては幸運だったことに、長年封印に囚われ続けていたせいで、邪神はすぐに復活を果たすことはできなかった。かわりに邪神はミューレリアに力を与えて、自らのために魂を集めるよう命令したのだ。

ミューレリアには邪術を扱う才能があったらしく、邪神の力を得ても理性を失って暴走するようなことはなかった。ミューレリアは邪神を復活させるため、そして獣人たちに復讐を果たすため、動き出す。最初に行ったことは、獣王家の支配だった。やり方は簡単だ。邪神の力で操ってしまえばいい。

権力を手に入れた彼女は黒猫族たちを操り、人間排斥派を次々と弾圧し、粛清していった。憎むべき獣人を虐殺しつつ、邪神へ魂を捧げることもできる、一石二鳥の作戦だ。だが、それでも国内で人間差別主義がなくなることはない。むしろ人間擁護を無理やり推し進めるミューレリアへの反発から、人間への風当たりは日増しに強くなっていった。

その頃には恋人たちにも頻繁に暗殺者が送り込まれるようになる。ミューレリアを狂わせた大罪人だと言われていたからだ。日に日に激しくなる暗殺攻勢に、遂にミューレリアは彼らを逃す決心をする。逃がす先は隣国バシャール王国。獣人国に虐げられる憐れな国だ。

心優しきバシャール王は、過去の確執を忘れ、憐れなミューレリアに手を差し伸べた。その後、彼らは手を取り合って悪逆なる獣人国と戦い、勝利する。

だが、運命はどこまでもミューレリアに非情であった。人間を虐げていた獣人共が消えたことで、恋人を取り戻して一緒に暮らすことができる。そう考えていた矢先のことだった。神罰により、ミューレリアたちは命を落としてしまったのだ。

結局、他に行き場のなかった恋人たちはバシャール王国で一生を過ごすこととなる。恋人は女奴隷が生んだ子を跡継ぎとしてマグノリア家を興したのだった。

「何だその話は……全く知らんぞ」

ヨハンの話を聞き終わったメアが、難しい顔で考え込んでいる。勿論、邪神を復活させようとした罪人であることに変わりはないが、最初から性格が破綻していたわけではなかったのだ。

まあ、この話が確かであればだが。

今の話、獣人が極悪に語られる反面、ミューレリアやバシャール王国に対しては異常に好意的だった。明らかにバシャール王国に都合がよ過ぎるだろう。多分、長い歴史の中で、バシャール側に不利な部分が削られ、改竄されてきたのだと思われた。

まあ、歴史なんてそんなものだろう。語る側の都合で、簡単に歪められてしまう。メアたちが知っている獣人国やミューレリアの歴史だって、結局は獣人国に都合良く改竄されているだろうしな。

真実を知るのは、ミューレリアだけだ。メアもそれが分かっているようで、すぐに気を取り直して質問を再開する。

「ミューレリアはバシャール王国と手を組んだのか？」

「あの邪人の主である、邪術師リンフォードの妖しげな術により、国王たちは誑《たぶら》かされている。欲望を肥大化させるような術を使われたらしい。そのリンフォードが戦力として派遣したのが、ミューレリアだ」

邪人と組むなんて正気とは思えんが、邪術によって正常な判断力を奪われているようだった。バシャール王国の人間にとって獣人国の方がより憎く、信用がならない相手であるというのもあるのだろう。また、バシャール側に伝わる伝承を信じるのであれば、遥か昔にもミューレリアと手を組んで獣人国を退けている。それ故今回も、意外なほどにすんなりと彼女の存在がバシャール国王に受け入れられたようだった。

「邪術の影響にあるとはいえ……。それでも邪人と手を組むとは……」

メアの呆然《ぼうぜん》としたような独り言に、催眠にかかっているヨハンが無感情な声で反応する。

「ケダモノどもよりは、ましだ。それに、今回の獣人国への侵攻は、バシャール王国にとって領土獲得以上にある意味がある」

「どういうことだ？」

「近年、バシャール王国はケダモノどもの国に軍事力で大きく水をあけられ、軽い小競り合いさえできなくなっていた」

そのせいで平和になりつつあると誤解されがちだが、内実は違っているらしい。国内では獣人排斥派が地下組織化し、多くの貴族がそういった秘密結社の一員となっていたのだ。

結果として、陰から獣人に対する憎悪を煽《あお》るような輩が増え、国内で獣人排斥運動が静かに広まりつつあった。このままでは国民感情がいつか暴発し、内戦や暴動に発展する可能性がある。しかし、ガス抜きのために獣人国に戦争を仕掛ければ、圧倒的な武力で滅ぼされる恐れもあった。

現在の獣王が穏健派とはいえ、バシャールの指導者たちは基本的に獣人を信じ切ることはできないのだろう。

だが、リンフォードの誘いに乗ったら？　戦争に勝利し、長年の悲願である獣人国の植民地化を達成できる可能性さえあった。負けたとしても、秘密結社に属する過激派たちを前線に送って処分できる。

邪術によって増大した欲望によって、目先のことしか見えなくなっているようだった。

「それに、決して勝算がないわけではない。ミューレリアの個人の武力と、リンフォードが提供したダンジョンの力。これがあれば、獣人国に勝利することは可能だ」

また、万が一敗北したとしても、ミューレリアの使う邪神の力によって操られていたことにすればいい。話の持っていきかたによっては、獣人のミューレリアを野放しにしていたとして、獣人国に責任を擦《なす》り付けられるかもしれなかった。クリシュナ王家による、簒奪者ナラシンハ家への復讐。つまり、獣人の内輪揉めということになれば、他国の介入を牽制できるはずなのだ。

それに、最悪の手段も用意している。

何と、戦に負けた時の切り札として、邪神の復活を目論《もくろ》んでいるらしい。

「邪神の欠片の復活、だと……？」

「獣人国への侵攻が失敗し、獣人国や周辺諸国から逆に攻められるような事態になった際は、最終手段として邪神復活を試みることになっている」

獣人国に封印されている邪神の欠片の封印を解き、全てを滅ぼしてしまえばいいと考えているようだ。獣人国や周辺国が滅べば、バシャール王国を糾弾する相手もいなくなる。

これこそ正気の沙汰とは思えないが、邪術の効果でリンフォードに都合がいいように思考を誘導されているのだろう。

だが、これはかなりマズくないか？　俺たちが北からの軍勢を止めた今、邪神復活を狙ってくるはずなのだ。

「だからミューレリアを逃そうとしたのか！　邪神の復活を目論んで……！」

メアが悲痛な声で呟く。自分たちの国に、邪神を復活させようと企《たくら》んでいる敵が潜んでいるのだ。しかも、その戦闘力は一対一では最強クラスの相手である。不安にならない方がおかしかった。

しかし、ヨハンがメアの言葉を否定する。

「違う。そのような下らない事のためではない」

は？　自分たちで、バシャール王国が邪神の欠片を使って獣人を滅ぼそうとしているって言ったんだぞ？　もしかして、バシャール王国とは違う目的で動いているのか？

「では、どんな理由がある？　我が国を亡ぼすために、その鍵となるミューレリアを逃したのではないのか？」

「国など、どうなろうと構わん。我が息子のため……ひいては我がマグノリア家の大願を成就するため。ミューレリアの力が必要だ」

「大願……。先程もその言葉を言っていたな？　その大願とは何だ？」

「バシャール王国からの脱出だ」

メアの言葉に、そう返すヨハン。バシャール王国よりも、自家の目的の方を優先しているらしい。

「脱出？　お前たちはバシャール王国に仕えているのではないのか？」

「いいように使われているだけだ。マグノリアの血筋は、特殊な力を持っている。生まれながらにして邪気に耐え、邪気を操ることができるのだ。古《いにしえ》より、その力をバシャール王国に利用され続けていた。ミューレリアによって逃がされた初代が、国と血の契約を結んでしまったため、逃げ出すこともできない。だが、幼い我が息子ならばまだ契約を結んでいない。契約紋を肉体に刻むには、ある程度育たなくてはならないからな」

つまり、奴隷契約のような物を国と結んでいて、ヨハン達はバシャール王国から出ることができない？　いや、今は獣人国にいる訳だし、ある程度の範囲から出られないような形なのかもな。しかし、今であれば息子だけでも国外に脱出させられるかもしれない。そういうことだろう。

「それが、ミューレリアとどう繋がる？」

「我が息子ロミオは、先祖返りだ。歴代当主を遥かに凌駕《りょうが》するほどの、力を秘めている。王がそこに目を付けたのだ。ロミオを贄に、獣人国の邪神の欠片を復活させようとな。つまり、獣人国の邪神復活は、我が息子の死と同義だ。それを止めるには、邪神の力など使わずして、獣人国を滅ぼせばいい」

「だから、それが何故ミューレリアに関係すると言うのだ！」

復讐が目的であるのであれば、むしろ邪神を復活させた方が手っ取り早いはずだ。そもそもミューレリアは邪神の配下なのだから。

「ミューレリアは、マグノリア家の血を求めている。我らの血に秘められた力を用いた儀式を行うことで、邪術師リンフォードの支配から抜け出すことができるらしい。だから我らとミューレリアは血の契約を結んだ。我らのマグノリア家の人間の血を差し出す代わりに、獣人国を滅ぼした後はロミオを国外に脱出させてもらうことになっているのだ」

「なるほど……。だが、そこらの魔術師による契約で、あれ程の邪人をしばれるとでも？　裏切られるに決まっている」

「だとしても！　もはやこれしかないのだ！　此度の獣人国遠征が失敗すれば、マグノリア家は滅ぼされる。バシャール王国の者たちは、これ幸いにと我らに責任を被せるだろう。邪人を操る我らが、ミューレリアを引き入れたと言ってな！　獣人国ではこの話は伏せられているが、獣王家において我らは裏切り者扱いだ。国境付近にある我が家の領地は、ケダモノどもに蹂躙《じゅうりん》されるだろう。どちらが勝つにせよ、未来はない。奴が我らの最後の希望なのだ！」

ヨハンがやや興奮したように叫ぶ。

「あのような邪人でも、我らを道具としか認識していないバシャール王や、我らを追いやったケダモノどもよりはマシだ！」

ヨハンがさらに叫んだ。催眠状態であるというのに、明らかに興奮状態にある。

「まずいです。感情が高ぶることで、催眠が解けかかっています。早く次の質問を」

「う、うむ！　ミューレリアはどこに消えたのだ？」

「ダンジョンマスターに、ダンジョンに呼び戻された」

「なるほど。では――」

その後の尋問で特に重点的に聞き出したのは、ミューレリアの居場所と、彼女が支配するダンジョンの正確な場所やその戦力についてだ。

元々は境界山脈のバシャール王国側に入り口があったダンジョンであるが、現在は獣人国側にも入り口が造られているらしい。邪人や魔獣の軍勢が出入りするための穴なので、それなりに大きいようだ。

入り口は洞窟型なのだが、内部は砦《とりで》に近い造りとなっており、罠などもほとんどないという。

ダンジョンマスターは元人間の男だが、今はリンフォードの配下である。また、マスター自身の戦闘力も低いらしい。

だが、ダンジョン内の戦力については、ヨハンも詳しくは知らなかった。

その後、クイナが無理をしてゴールディにも催眠を掛けたのだが、ヨハン以上の情報は手に入らない。彼らが長年仕えたマグノリア家に、強い忠義心を抱いていることが分かっただけであった。

「それにしてもダンジョンですか……」

「腕が鳴るな」

「キアラ様、まだお体が万全ではないのですから、無理をなさらないでください」

ようやく歩ける程度に回復したばかりのキアラが、どこかワクワクした表情で呟いた。そんなキアラにミアノアが釘《くぎ》を刺す。

「だが、ミューレリアとやらを放ってはおけんだろう？　他から援軍も呼べそうにないしな。我らが行くしかあるまい」

「それはそうですが……」

キアラにはメアも強くは言えないようだ。心配そうな顔で頷くしかない。

「何、奴はダンジョンのサブマスターなのだろう？　いざとなれば手分けして迷宮を潰してしまえばいい。迷宮核を破壊すれば、マスター共は消えるからな」

「そう簡単にいくとは思えませんが」

「だとしても、やらねばならん。老骨の身一つと、獣人国の命運。天秤《てんびん》にかけるのもおこがましいわ」

キアラの言葉を聞いたメアが、背筋を伸ばして気を付けをする。

「……師匠のお覚悟、受け取りました」

「ふん。ただ戦う言い訳が欲しいだけだ、気にするな」

キアラが悪戯《いたずら》っぽく笑うが、頷くメアの顔は真剣だった。態度とは裏腹に、キアラの言葉が本気であると分かっているのだろう。王女として、キアラに頭を下げたのだ。

覇気のない表情をしているのは、グエンダルファくらいだな。

「何だお前、その情けない顔は」

その顔に気付いたキアラが、グエンダルファの顔を睨みつける。

ミューレリアやヨハンの身の上話を聞いて、同情の念が湧いてしまったらしい。

「いや、師匠。奴らの話を聞いたら――」

「同情か？　くだらん」

グエンダルファの言葉を一刀両断するキアラ。

「真贋《しんがん》あやふやな話に簡単に踊らされおって。そんなことよりも、お前も戦士ならもっと喜べ」

「な、何をです？」

「相手は伝説に謳われる程の相手だぞ？　どうせ戦うんだ、戦い甲斐がある方がいいだろうが」

「それは師匠だけですよ」

グエンダルファは呆れたように言い返すが、分かっていないらしい。この場では自分が少数派だということが。

「メアもフランもそう思うだろ？」

「弱い者いじめよりは、強い相手に挑む方が楽しいですね」

「ん」

キアラの言葉に頷くメアとフラン。バトルジャンキーたちの思考は単純だね。でも、俺も同じ意見だ。そもそも、どんな事情があるにしろ、奴は明確なフランの敵だ。ならば倒すだけだった。

若く、甘さの残るグエンダルファには、飲み込み切れないようだが。

「甘さを捨てろ。奴らのせいで、獣人国は未曽有の危機にさらされているんだぞ？」

「……はい」

グエンダルファの表情はそれでも優れないが、これは本人が乗り越えるしかないだろう。少しそっとしておくか。

「ミューレリアを追うぞ」

「はい、キアラ師匠」

騎士たちは意識を奪ったうえで、縛り上げている。グエンダルファたちと一緒にグリンゴートを出発したという冒険者たちに魔道具で連絡をしたので、こいつらの移送と尋問は彼らに任せればいいだろう。

「しかし、ダンジョンの位置はおおまかに聞き出しましたが、どうやって移動します？　リンドに全員は乗れないし……」

メアが顎に指を添え、思案するように呟いた。確かに、境界山脈まで行くには徒歩では時間がかかり過ぎるだろう。キアラとメアも回復してきたので自力で走ることもできるはずだが、それではまた体を酷使することになってしまう。

リンドとウルシに分乗するか？　ただ、ウルシもかなり消耗しているし、できれば休ませてやりたい。

理想は馬車なんだが、そんな物があるはずもない。

悩むキアラやメアの前に進み出たのは、スカートの中に手を突っ込むクイナであった。

「ふふ。こんなこともあろうかと」

「その恰好でカッコつけるな」

メアのツッコミも無視し、クイナがスカートを翻しながら取り出したのは、幌《ほろ》の付いた馬車であった。何と、石でできた馬まで付いている。

「隠蔽消音機能付き、六人乗りのゴーレム馬車です」

「先輩凄いです。こんなところでその台詞を炸裂《さくれつ》させるとは！」

「メイドの嗜みですから」

今のクイナの表情は俺にも理解できるぞ。完全なるドヤ顔だろう。グエンダルファやウルシが、スカートの中から馬車を取り出したクイナを驚いた顔で見ている。大きな狼が口をあんぐり開けて驚く姿は、コミカルだった。

だが、メアやキアラには当たり前なのだろう。特に驚いた様子も呆れた様子もなく、馬車に乗り込もうとしていた。

『フランも驚いてないな？』

（次元収納と同じだから）

『まあ、そうなんだが……』

どうしても絵面がな。

「とは言え、全員は乗れないな。キアラ師匠は――」

「絶対に行くぞ」

「分かっていますよ。クイナ、ミアノア、フランも行くとして――グエンダルファ。そなたには騎士たちの見張を頼めるか？」

メアはグエンダルファに冒険者への引き渡し役を頼むつもりであるようだった。俺も賛成だ。ミューレリアを相手に人数を揃えても操られるだけだ。だったら、少数精鋭の方がいい。

グエンダルファは微妙なところだ。体力や防御力はあるので、盾役にはなるかもしれんが……。迷いのある者を連れて行っても足手まといになるだけである。連れて行って無駄死にさせないように、ここで役目を与えて置いていくつもりなのだろう。

だが、グエンダルファはその言葉に慌てた様子で言い返した。

「ま、待ってください！　俺も行きます」

「……行けるのか？」

「勿論です！」

「足手まといになるようだったら、置いていくぞ？」

「当然です」

キアラが脅すように尋ねたのだが、グエンダルファは真剣な顔で頷くのだった。

「分かった。いいだろう」

「キアラ師匠、いいのですか？」

メアがそれでいいのかと聞き返す。だがキアラは肩をすくめつつ、ため息交じりに口を開いた。

「言い聞かせるのにも時間がかかるだろうよ。だったら連れて行って盾代わりにした方がなんぼかましだ」

「盾でも壁でも、好きに使ってください」

「馬鹿野郎！　誰がお前みたいなハナタレを盾に使うか！」

「いや、だってキアラ師匠が言ったんじゃないですか」

「例えだよ例え！　だが、自分のケツは自分で拭けよ？　分かったな？」

「はい！」

という事で、ダンジョンに向かうのはフラン、メア、クイナ、キアラ、ミアノア、グエンダルファとなったのだった。さらに隠れメンバーとして俺、ウルシ、リンドだな。普通だったら心強いメンバーなんだが、相手はミューレリアとダンジョン。油断せずに行かないとな。

第四章　呪われし狂鬼

北に向かって走り出したゴーレム馬車は、思ったよりも揺れた。舗装されていない荒野を走っているわけだし、サスペンションがある訳でもない。揺れてしまうのも仕方ないのだろう。

それでも、こちらの常識では揺れない方らしい。グエンダルファが感心したような声を上げている。王家御用達の高級馬車だからな。魔道具などで振動を逃がす工夫がされているようだった。

思い返すと、以前に乗った馬車は街道を走っていながらも、このくらいは揺れていたかもしれない。だとしたら、やはりこの馬車は凄いんだろう。

『フラン。大丈夫か？』

「ん……だい、じょぶ……」

フランが調子悪げに、俺の問いかけに答える。全然大丈夫そうじゃなかった。

揺れる馬車で酔ったというわけではない。この程度の揺れ、フランにとっては揺り籠のような物だろう。

そうではなく、かなり眠そうだった。

目をショボショボさせて、首を前後に大きく揺らしている。考えてみたら昨日の夜から戦い通しだった。一睡もしていないのだ。

ゴーレム馬車の振動が、睡眠を邪魔するどころか誘発するらしい。規則正しいって訳じゃないんだけどね。常にユラユラと体が揺れる感じが、眠気を誘うのかもしれない。

普段のフランは睡眠時間をしっかりとるタイプである。むしろ普通の人よりも長めに寝る。そんなフランに徹夜はキツイのだろう。激戦の消耗もあるはずだ。しきりに目をゴシゴシと擦りながら、必死に睡魔に抗《あらが》っていた。

『無理せずに寝ていいぞ』

「ん……」

むしろ寝た方がいい。だが、フランは頑固に眠気と戦い続けていた。

『どうしたんだ？』

「キアラ……喋る……」

片言になってしまうほど眠いのに、頑張るな。どうも、馬車の中でキアラとお喋りがしたかったらしい。

焦点の合ってない寝ぼけ眼で、必死にキアラの顔を見つめていた。

「フラン、喋るのは後でもできる。今は眠っておけ」

「む……でも……」

「体を休めるのも戦士の仕事だぞ」

「わか……た……ぐぅ」

キアラの諭すような言葉に頷いた瞬間である。フランは崩れ落ちるように眠りの世界へと旅立ったのだった。

「ふむ、寝たか」

「は、早いな」

グエンダルファが驚いた様子でフランを見ている。グエンダルファは神経質そうだし、眠るのが下手そうだもんな。俺も地球では不眠気味だったこともあるのでよく分かる。

「あれ程の戦闘力を持っているとは思えない程あどけない寝顔なんですがね」

「まあ、強くともまだ子供という事よ」

フランは隣に座るキアラの膝を枕に、寝息を立てていた。

そのフランの頭を、キアラがゆっくりと優しい手つきで撫《な》でている。気持ちいいのか、フランの顔には幸せそうな笑みが浮かんでいた。まるで本当の祖母と孫のようだ。

だが、微笑んでいたキアラが、急に短い呻き声を上げた。

「むぅ」

「どうしましたキアラ師匠？」

突如、鋭い声を上げたキアラに、メアたちが何事かと腰を浮かせる。敵襲かと思い、馬車の外の気配を探っているようだ。

だが、キアラの表情はむしろ穏やかなものだった。

「いや、フランの涎がな」

「驚かせないでくださいよ」

「くくく。子供に涎を付けられるなど何十年振りだろうな」

キアラが心の底から楽し気に笑っている。

「キアラ師匠に膝枕をねだるような命知らずはおりませんからね」

「頼まれれば幾らでもしてやるぞ？」

「……いえ、遠慮しておきます」

「ふっ。まあいい。それよりもお前たちも寝ておけ、見張りはしておく」

「キアラ師匠もお疲れでしょう」

「年を取ると睡眠時間が短くて困るんだよ」

「それとこれとは違うでしょう。大丈夫です。クイナは種族的に長時間寝ずに済みます。御者席にクイナが居れば見張りも必要ありませんから」

獏は睡眠時間が少なくて済むらしい。他人を眠らせるだけではないんだな。だが、消耗は大丈夫なのか？　ここは俺も手を貸そう。クイナに向かって、念話を飛ばす。

『クイナ、俺は人型の分身を生み出せる。御者をしようか？　睡眠が必要ないと言っても、疲れているだろう？』

（ああ、師匠さんですか？　大丈夫です。あとで仮眠を軽く取ればそれで済みますので。疲労はポーションでどうとでも）

『だとしても、精神的な疲労はどうもできないだろう？』

（そもそも私は、種族特性で半分寝て半分起きていられますから。御者席でも十分休めるんです。それに、ゴーレム馬車は軽い指示程度で済みますので手もかかりませんし）

やはり獏は睡眠系の特殊能力を持っているらしい。

『分かった。ただ、俺も気配に気を配っておくよ』

（ありがとうございます）

キアラたちだったら俺がインテリジェンス・ウェポンだとばらしても良い気はするが、フランと相談してからにせねば。まあ、フランはあっさり教えてしまうと思うけどね。

荷台では未だにメアが、休むようにとキアラを説得している。

「休むのも戦士の仕事なのでしょう?」

「ふん。確かにメアの言う通りか。しかし、あの寝しょんべんタレに諭されるとはな」

「ねし……何をいきなり言うんです!」

「くく、本当のことだろう? なあクイナ?」

「ええ。怒られるのが嫌で、私に命令して寝具を入れ替えようと画策し、結局陛下に発見されてしまったのも良き思い出です」

「やめろ!」

「お嬢様、大きな声を出すとフランさんが起きてしまいますよ?」

「ぐ……」

その後、クイナだけを残して皆は眠りに就く。全員、夜通し戦ってきたのだ。何だかんだ言って疲れていたんだろう。俺は回復魔術など体力を回復させてやりつつ、周辺の気配に気を配るのだった。

＊

「ボルガース! いったい何のつもり!」

「う、うるせぇぇ! お、俺様はダンジョンマスターだぞ! お前は俺の命令に大人しく従ってればいいんだっ! ミューレリア!」

ボルガース！　この能無しのクソカスが！　盗賊どもの下働きという底辺の底辺だったくせに！

リンフォードのクソ爺から私への命令権を与えられただけで、調子に乗りやがって！

「マグノリアの騎士たちにはまだ働いてもらう予定だったのに！」

「あんな無能ども、もういらん！　お、俺が与えてやった邪人の軍勢を全滅させちまったんだぞ！」

「あんたが与えたんじゃないわ。私が与えたのよ」

このダンジョンの命令系統は少々特殊だ。

元々は、私の目の前にいるウジ虫以下のゴミカス男、ボルガースがマスターだった。ダンジョンが発生する際に、偶然そばにいたからだ。所属していた盗賊団から逃げ出そうと山に分け入り、迷っていたところだったらしい。

その後、リンフォードがここを発見し、邪術によるダンジョン機能の侵食と、純粋な武力による脅しによってボルガースとこのダンジョンを支配したのだ。

そして私は、このダンジョンのサブマスターとして登録された。ダンジョンと私は同化し、生まれたばかりのダンジョンとしてはあり得ないほどの力を得たのである。

しかし、問題もあった。結果として強力な魔獣を大量に生み出せるようになったが、ボルガースの言うことを聞かなくなってしまったのだ。襲いはしないものの、命令を無視するようになってしまっていた。

対し、魔獣たちは私の命令ならば全てに従った。私を真の主と認識しているようだ。だが、私はボルガースの命令には逆らえない。結局、奴は私を通して魔獣たちを従えることが可能だった。

奴は自分のダンジョンで私が大きい顔をするのが許せないらしい。ボルガースはいつも私に下らない小間使いのような命令をして、溜飲を下げていた。本当に器の小さいクズだ。

「おい！　ここは俺のダンジョンだ！　俺が、一番偉いんだ！」

「うるさい！　汚い声で喚くな！　耳が汚れる！」

「き、きさま……！」

「その目は何？」

「ぐ……」

私の殺気を受け、ボルガースが青い顔で黙り込んだ。どれだけ怒っても、私を直接攻撃するだけの度胸もない。この情けない人間に従わなくてはならないなんて、屈辱でしかなかった。

これ以上話すことも不愉快だ。さっさと要件を聞こう。

私にはまだ、やるべきことがある。ヨハンたちの血の力を以て、このダンジョンから解き放たれるのだ。そして、あの子――ロミオを連れてこの地を脱出する。

それが――それだけが私の望みだ。

復讐？　リンフォード？　簒奪王家から権威を取り戻す？

全て、どうでもいい。あの子の前では無価値だ。

その願いを叶えるためにも、ロミオ以外のマグノリア家の人間に生きていてもらわなくてはならない。特に現当主ヨハンの血に宿る力はロミオの次に濃く、儀式には絶対に必要だった。確実に手に入れたいのは、特に強い力が宿ったヨハンの心臓だ。それがあれば、私はもっと高みに登ることができるはずである。

さっさとボルガースの用件を片付けて、戦場に戻らねばならない。

しかし、それは簡単には行きそうもなかった。

「領域に侵入者だ」

「さっきも聞いたわ。その程度のことで私を呼び戻したというの？　ダンジョンの中にも外にも強力な魔獣をわざわざ配置してあったはずでしょう？　それを使って、さっさと排除すればいい」

「それができていれば苦労はない！　見ろ！」

ボルガースが、一枚の水晶盤を取り出した。これは、ダンジョンの支配領域を好きに映し出せる魔道具だ。

そこには、確かにこのダンジョンのすぐ近くで暴れ回る、敵の姿が映し出されている。

「これは……！」

「見ろ！　魔獣共が全く歯が立たない！」

ボルガースの言う通り、鬼人族の男が攻撃を繰り出すたびに、次々と魔獣が倒されていくのが見えた。圧倒的な力だ。この男に、私は見覚えがあった。ボルガースもそうなのだろう。なるほど、私を呼び戻すわけだ。そして、最悪の時に呼び戻してくれたものだ。

何せ、この侵入者には、私が万全の状態だったとしても、勝てる可能性は限りなく低いのだから。

「ど、どうにかしろ！」

「私が？」

「あたりまえだ！　普段から俺を雑魚雑魚言ってるんだ！　こういう時にその素晴らしい力とやらを見せてみろ！」

「ぐ……」

殺してやりたい！　このウスノロのドグサレが！

この鬼人は、考えうる限り最悪の相手だ。あの、自分以外は成り上がるための道具程度にしか思っていなかったリンフォードでさえ、絶対に手を出すなと厳命していたほどの危険人物である。

それをボルガースも分かっているのだろう。

私まで道連れにしやがって！

「こ、これは命令だ！　とっととこの鬼人を排除してこい！」

「どいつもこいつも……私の邪魔ばかりっ……！」

＊

ダンジョンを目指して出発してから四時間後。

北上していたゴーレム馬車は、俺が考えていたよりもかなり早く境界山脈近くに到達しようとしていた。走る速度は遅いのだが、どんな地形でも疲れ知らずで走り続けるので、途中で休憩などが必要なかったのだ。

一時間ほど前に熟睡から目覚めたフランも、幌から顔を出して、近づいてくる境界山脈を見上げて感嘆の声を上げていた。もっと寝ていればいいと思うんだが、どうやら色々と興奮しているせいで眠りが浅かったらしい。それでも十分に疲労は回復しているようなので、寝た甲斐はあったけどね、

「おお～、おっきい」

『まじで高いな……。頂上が雲で見えん』

多分、エベレストよりも高いんじゃなかろうか？　もうここまでくるといまいちサイズ感がつかめないので、正確な標高は分からないが。

そんな非常識な高さの山々が、山脈となって連なっている姿は圧巻の一言だった。

しかも普通の山と違い、裾野がほとんど広がっていない。大地から突き出すように、真上へと隆起している。

遠目からでは、垂直に切り立つ巨大な壁に見えるほどだ。まるで天上から雲を突き抜けて地面に向かって流れ落ちる、岩の瀑布《ばくふ》のようにも見えた。

近寄ってみると、傾斜がきついだけで、垂直ではないのだと分かる。それでも、普通の山に比べて崖に近い姿なのは確かだった。幅が数キロあって高さが倍くらいのマッターホルン？　いや、そこまで行くともう別物か。サバイバル技術を持った高位冒険者が、少数で越えることは可能かもしれないが、普通の人間が踏破することは到底無理そうということは分かった。

この山脈があれば、確かに軍勢が行き来することは不可能だろう。獣人国の人々が、北から攻められることを一切考えていなかったことも頷ける。

「もうすぐで到着だな。キアラ師匠、お体の調子はどうです？」

「もう大丈夫だ。ポーションも飲んだしな。それにしても早かったな」

「ん。あっという間」

「それは二人がずっと話をしていたからでしょう」

メアが言う通り、キアラとフランは起きてからずっと話をしていた。まあ、キアラが過去に倒した魔獣や戦士との戦いの話や、どうやって威圧を使えば効率的に相手の心を折れるかといった、殺伐とした内容だったが。

とても老人と子供の話す内容ではない、お婆ちゃんと孫のほのぼのとした語らいを期待した俺が馬鹿だったぜ。

ただ、凄まじくためにはなったのだ。閃華迅雷にはやはり先があるようだった。フランが黒雷招来を自然と理解していたように、キアラは黒雷転動を誰に言われることもなく使えている。フランが使えないのは、やはり戦闘経験の差だと思われた。

自身に「使える」と暗示をかけるような真似をしてみても、使えるようにはならなかった。何かが足りていないのだろう。

「難しい」

「なあに、その年でその域に達しているんだ。修行を怠らなければすぐに使えるようになる」

「ん。頑張る」

内容は殺伐とはしているが、フランは楽しそうだ。やはり同族との会話は特別であるらしい。

「お嬢様」

「どうした？　何があった？」

御者席にいたクイナがメアに声をかける。俺には普通の声に聞こえたが、メアにはその声に含まれる緊張が伝わったらしい。即座に臨戦態勢を整えて、クイナに聞き返した。

「異常事態です」

その言葉を聞き、メアとフランが御者席側から首を出す。

「あれを」

「……な、何があった……？」

「！」

クイナが前方を指差しているのだが、メアとフランが驚くのも無理はない。馬車の向かう先に、大量の魔獣の残骸が散乱していたのだ。数百もの魔獣の無残な死体が、広い範囲に散らばっている。

「ダンジョンの魔獣か？　だが、この倒され方は……」

「はい、異常です」

「クゥン」

クイナが言う通り、魔獣は異常な殺されかたをしていた。全ての魔獣がまるで上から押し潰されたかのように、ぺしゃんこに潰れていたのだ。ウルシが少し怯えた様子で、周囲を見回す。

小型の雑魚も、どう見ても強そうな竜に似た外見の魔獣も、邪人も、全てが同様に地面に押し付けられて圧殺されていた。しかも広範囲に亘って。

荒野を見渡すと、辺り一帯は全て同じような状況であるらしい。

馬車を下りて周辺を確認する。異常なのは魔獣の死骸だけじゃなかった。

「段差になっていますね」

「ん」

魔獣たちが死んでいる場所は、明らかにおかしい。それまで広がっていた石がゴロゴロと存在する荒野が急に途切れ、いきなり一メートル以上の深さがある段差になっているのだ。

「しかもこれは……大地が平らすぎる」

メアが言う通り、魔獣たちの死骸が散乱する段差の下側は、ロードローラーで均《なら》したかのように地面が真平になっていた。街道と比べても、圧倒的にこちらの方が凹凸がないだろう。比べるのもおこがましいレベルだ。それこそ、日本の舗装道路並である。

何と言えば良いだろうか。縦横一〇〇メートルほどの巨大な鉄の箱を、凄まじい力で大地に押し付けたら、こんな光景が生まれるかもしれない。

さらに周辺を歩くと、似たような段差をいくつも見つけることができた。どうやらこの光景を生み出した存在は、さきほどの鉄箱での圧縮（仮）を何度も行ったらしい。その際に押し潰す魔獣の数や質によって、力加減を微妙に変えているのだろう。段差ごとの深さが少しずつ違っていた。段差と段差が重なる場所などは階段のように見えている。

使える素材や魔石が無いかと思って結構真面目に探したんだが、まともな物は残っていなかった。素材はどうやっても再利用できそうもないほど潰れているし、魔石も一緒に粉々だ。

大きなトカゲの魔獣だったと思われる死骸を、念動でゆっくりと持ち上げてみる。まるでせんべいのような状態であった。固いはずの鱗はほとんどが砕け散り、残っている鱗にもヒビが入っている。肉と骨は圧縮されて固まり、カチコチだ。

フランが圧縮された大地をコンコンと叩いてみると、押し固められて石のように硬くなっていた。俺やフランだって、もっと狭い範囲だったら同じことをやれる。だが、どれだけの力を使えば、これだけの広範囲を一気に圧縮できるのだろうか。

「これは、いったい何者の仕業だ……？」

『メアも分からないのか？』

「ああ、尋常の技とは思えん。クイナ、お前は心当たりはあるか？」

「ないですね」

「キアラ師匠！　師匠は心あたりが無いですか？」

「ある」

メアもクイナも知らないようだったが、キアラには心当たりがあるらしい。恐ろしいまでに真剣な表情で、静かに頷いていた。

さすが、長く生きてるだけあるな。メアも驚いている。

「え？　これをやった存在に心当たりがあるのですか？」

「ああ、たった一人だけ、心当たりがある」

キアラが周辺の惨状を見ながら、緊張感のある顔で口を開いた。一人というからには、それは人間なのだろう。

「誰、なのですか？」

「……ランクS冒険者、『同士討ちのアースラース』だ」

「ど、同士討ち？　それは間違いないのですか⁉」

「確実に奴なのかは分からん。だが、奴以外にこんなことをやれる人間を、他には知らん」

メアが驚いている。有名人であるらしいな。いや、ランクS冒険者であるのなら当然か。にしても、同士討ち？　かなりヤバそうな異名が付いているんだが。

「誰？　同士討ち？」

「オン？」

「ランクS冒険者だ。知らないか？　同士討ちのアースラース」

「ん。なんでそんなに変な異名？」

首を傾げるフランに、メアとクイナが説明してくれた。

「昔の話になるが、他の大陸の戦争に参加している際、敵もろとも味方を攻撃したからだと聞いている」

「敵は壊滅、味方にも甚大な被害が出たそうです」

「それだけではないぞ。他にも似たような逸話をいくつも持っている」

「それでも彼が罰せられないのは、圧倒的に強く、常に被害以上の戦果を出しているからだそうです」

「噂には虚実入り交じっているため、どこまでが本当なのかは分からんがな」

今の話が話半分だったとしても、かなり性質がわるいな。何せ、敵か味方か関係なく、近くにいるだけで注意を払わなくてはならない。気を抜いたら巻き込まれるかもしれないのだ。

俺はアースラースという奴が、広範囲高威力の大技を所かまわずぶっ放すような世紀末ヒャッハー系の人間なのかと思ったが、どうも違っているらしい。

「本人は悪人というわけじゃないんだがな」

「そうなの？」

「勿論、悪意がなければ何をしてもいいというわけではないが……。普段はまともな奴なのだよ」

「キアラ師匠はアースラース殿にお会いしたことが？」

「ああ、何度か。ただ、悪人じゃないと言っても、暴れ出すと見境が無くなる奴だ。だから常に一人で放浪しているんだがな。もしアースラースと遭遇した時に私が逃げろと言ったら、絶対に逃げろ。

絶対にだ」

キアラが怖い顔でフランたちに言い聞かせる。キアラがそこまで言うということは、本気でヤバいのだろう。

ただ、気を付けろと言われても能力が分からなければ、何に気を付ければいいのかが分からない。

「どんな力を使う？」

「そうか。知らないのだったな。有名過ぎて、ついつい知っているものとばかり思ってしまう」

メアがそう言って頭をかく。それほど有名なのか。いったい何者なんだ？

「神剣使いだよ。アースラース殿は大地剣ガイアの所持者として知られている」

「神剣！」

「オン！」

『まじか！』

何と、神剣の所有者だったのか！　しかも大地剣ガイアね……。この惨状を引き起こした能力の正体が、ちょっと分かってしまったかもしれない。

大地魔術には、重力を操る術がある。俺もグレート・ウォールを習得するためにレベルを上げたおかげで、幾つか使えるようになっていた。

さらに、岩などを降らせる術もある。大地剣の名を冠する神剣であれば、それらの能力を使える可能性は高い。重力だけなのか、成形した岩などと組み合わせたのかは分からないが、広範囲を一気に押し潰すことはできるんじゃなかろうか？

「以前、奴がこの光景と全く同じ状況を生み出すのを見たことがある。それだけならば美しいとさえ思える立方体の巨石。それに押し潰される夜盗どもの悲鳴を聞いた時には、さすがの私も肝を冷やしたものだ」

どうやら俺の予想は当たっていたらしい。ただ、これだけの破壊を撒き散らすことが可能な奴が、戦闘になると熱くなって周りが見えなくなる？　もはやそれは災害レベルだろう。

「大地剣ガイアの使い手、同士討ちのアースラース。覚えた」

「この先にいるかは分からんがな」

確かに。そもそも、これをやった存在が、ダンジョンに向かったかどうかも分からないのだ。そんなことを考えていたんだが――。

進むこと一〇数分後。

「確実に北に向かっているな」

「ん」

メアが確信をもって呟く。しばらく進むと、先程と全く同じ光景に出くわしたのだ。違う点があるとすれば、魔獣の質だろうか。死んでいる魔獣たちに、雑魚の姿が一切なかった。中型、大型の魔獣だけが押し潰されて死んでいた。

いや、もう一点違うところがあった。今度は巨大な岩の壁のような物が、圧殺地帯の周囲に作り出されていたのだ。縦横一五メートル、厚さ五メートル程の壁である。近寄ってみると一枚岩ではなく、二枚の岩が貼り合わされていることが分かった。しかも、その間から赤黒い液体が流れ出ている。

どうやら岩と岩の間に魔獣が挟まれて死んでいるらしい。多分だが、トラばさみのように左右から岩の壁で挟み込んだのだろう。魔獣の死骸を挟み込んだまま静かにたたずむ岩のオブジェが、周辺には八つも立ち並んでいた。

「……これは確実だろう。これと同じ攻撃をアースラースが放っているのを見たことがある」

魔獣を殲滅したのはアースラースで間違いないらしい。アースラースとダンジョンが戦っているということなんだろうか？　この地域でこれだけの魔獣が出現したとなれば、確実にダンジョンに関係しているだろう。

「ミューレリアが呼び戻された理由は、もしかしてこれか？」

「なるほど、その可能性はあります。お嬢様、珍しく冴えておりますね」

「珍しくは余計だ！　そんなことよりも、ダンジョンに急がねば。上手くすれば、アースラース殿のお力添えが期待できる」

同士討ちに力を借りるのか？　できれば関わり合いになりたくないんだがな……。だが、頭に血が上っていなければ、いきなり襲い掛かられるようなことはないのだという。

「ですが、アースラースの噂を聞く限り、大人しく力を貸してくれるとは思えませんが」

「雇えばよい！　いざとなれば、色仕掛けでも何でもするしかあるまい」

「……色仕掛け？」

「な、なんだその眼は！　もしかしたらアースラースがペッタンコが好きな変態かもしれんだろうが！」

「そうですね」

「生温かい目で見るな！」

アースラースは自由人として知られており、相手が誰であろうと気に入らなければ従わないらしい。

それどころか、国相手だろうが何だろうが、喧嘩をふっかけることさえあるらしい。逆に、気に入った相手であれば、かなり危険な依頼でも簡単に受けてくれるのだという。

「ですがランクS冒険者を雇う程の依頼料、ありませんよ？」

「お前のへそくりを出せ。メイドの嗜みの中に、貯めこんでいるのは知っているんだぞ？」

「これはいざという時のために貯めているのですよ？　こんなところで使う訳にはいきません」

「今がいざという時だろうが！」

話を聞けば聞く程、不安しかないんだが。

「ともかく、ダンジョンに急ごう」

「はい」

圧殺死体の放置された魔獣の墓場を抜け、さらに北上を続けるゴーレム馬車。

すると、俺たちは三度魔獣の虐殺現場に出くわしていた。ただ、先程まではまた様相が違っている。

「こちらはまた酷いな」

メアが呟くのも無理はなかった。辺り一面が血の海だったのだ。大地を赤黒い血が覆い、咽《むせ》かえるような邪人たちの血の臭いが戦場に充満している。鼻が良い獣人たちには不快なのだろう。フランもグエンダルファも、メアと同様に顔をしかめていた。

ここは、死骸の様子が今までとは違う。

先程までのように謎の力で圧殺されているのではなく、明らかに鋭利な刃物のような物で斬殺されていた。そのせいで余計に邪人の体液が大量に飛び散り、周辺を汚しているのだろう。

「アースラース？」

「どうだかな。奴の持つ神剣ガイアは、確かに大剣の形をしていたが……。わざわざこのような殺し方をするとは思えん」

フランの呟きに、キアラが首をひねる。体を動かしたくなったとか、血を見たくなったとか、何か突発的に直接戦闘をする理由ができた可能性もあるが……。

それよりは、アースラースとは違う何者かが、邪人たちを殲滅したと考える方が現実的だった。まあ、こんな真似ができる存在がアースラース以外にもこの近辺にいるのかという話になってしまうのだが。

『武器を使ったようにも思えるが……』

「魔獣なら武器を使わなくても爪とかでやれるかもしれない」

『ああ、そうなんだよな。それにこっちの死体。これは人がやったようにも見えない』

惨殺死体に交じって、首がねじ切られた死体や、股下から胸辺りまでを力ずくで引き裂かれたかのような死体があった。

やはりアースラースが倒したと思しき魔獣たちとは、殺され方が大分違っている。

『雑魚だけじゃないぞ』

「ん。ゴブリン・ジェネラルがいる。あっちはゴブリン・ソーサラー」

どうやらこの惨状を生み出した存在が人間であれ獣であれ、殺した後にはあまり興味が無いらしい。それなりに貴重な素材が、剝ぎ取られることも食われることもなく、そのまま放置されていた。

しかも魔石も残ったままだ。俺はフランにゴブリン・ジェネラルの魔石を拾ってもらい、こっそりと吸収した。だが、魔石値が一しか得られない。

『何でだ？』

ゴブリンとはいえ上位種であれば、三〜一〇程度の魔石値は吸収できるはずなんだが……。

『フラン、ウルシ、他のも頼む』

「ん」

「オン！」

オーク・メイジやゴブリン・ソーサラーなど、魔石値がそれなりに高そうな魔石を拾う。そしてこっそりと吸収してみた。しかし、魔石値は一である。

『おかしい』

（どうしたの？）

『魔石から吸収できた魔石値が少なすぎる』

（ワルキューレの時みたいに？）

そうだ。邪神石の槍を装備して暴走したワルキューレと同じだ。やはり邪神の力が何か関係しているのだろうか？　邪神石の槍は魂を食らうとか言っていた。そのせいでワルキューレの魔石の力が弱まっていたのだとすると、この邪人たちも何者かに魂を食われたという可能性もあるな。

『フラン、ウルシ、絶対に気を抜くな』

「ん」

魂を食らうなど、尋常な相手ではない。周辺の気配を探る。だが、怪しい気配は発見できなかった。もうこの辺りからは移動したのだろう。ウルシの鼻でも、異常は見つからなかったようだ。

「みんな、ここからはより慎重に行くぞ」

「そうだな」

メアやキアラもこの殺戮《さつりく》の犯人はアースラースではないと結論付けたらしい。厳しい顔で周辺の気配を探りながら、再びゴーレム馬車を発進させる。

クイナやウルシを斥候に放とうかという意見も出たが、何が潜んでいるかも分からない。ここは隠蔽機能が付いた馬車に乗ったまま、纏まって移動することにした。

しばらくは気を張っていたのだが、襲撃されるようなこともない。虐殺の主どころか、普通の魔獣にさえ襲われないのだ。

昨晩、ダンジョンの魔獣が出撃した際に逃げ散ってしまったのか、アースラースのような強者が戦闘をした気配に怯えて逃げ出してしまったのか。とにかく消耗を避けたい俺たちにとっては幸運だった。

「皆さま、あれを」

クイナが再び馬車を止め、御者席から幌の中に声をかける。

「む、何か見つけたか？」

「あれが、ヨハン・マグノリアから聞き出した目印の大岩でしょう」

クイナが指差しているのは、天を突く一本の奇岩であった。まるでねじくれた竜の角のような形をした、尖《とが》った大岩である。

「ということは、この先にダンジョンに繋がる洞窟があるはずだな」

「はい、あの森の先だと思われます」

確かにヨハンから聞き出した、ダンジョンの入り口を見つけるための目印にそっくりだ。ヨハンの情報によると、岩の先にある森を抜けた先にダンジョンはあるらしい。

「ここからは歩きで参りましょう」

「そうだな。キアラ師匠、先頭をお願いできますか？」

「任されよう」

「殿《しんがり》はクイナだ」

「はい」

先頭と最後尾に、探知能力が高く、経験も豊富な二人を持ってくるのは理に適っている。納得の人選だった。

全員で気配を殺しながら、境界山脈の裾野に広がる森の中を歩く。進む方向に迷うことはなかった。道がある訳ではないのだが、大量の魔獣が移動したことで、その足跡などの痕跡が大量に残っていたのだ。それを辿ることで、一切迷うことなく歩を進めることができていた。

ただ、今の俺たちであればダンジョンの魔力なんかを辿ることができるとも考えていたんだよな。できなかったけど。

ダンジョンによっても違うようだが、ダンジョンマスターが比較的知恵の回る種族の場合、魔力が隠蔽されていることが多いらしい。

ダンジョンには様々な施設や機能があるそうだし、魔力が外に漏れないようにする方法があるんだろう。ダンジョンマスターの目的によって隠蔽するかどうかは変わるのだろうが、今回は確実に隠れる目的であるようだった。

そんなダンジョンの場合、罠が多くなる傾向にあるらしいので、かなり厄介そうだ。

境界山脈近辺特有の、背の高い割に密度が薄いせいで木材には向かないという木々。その間を抜け、山脈の麓に辿り着いた時であった。

キアラが不意に足を止めた。

そして、近くの茂みに身を隠す。フランたちもさすがで、即座にその行動に追従した。

「キアラ師匠、もしかして……」

「ああ、見えたぞ」

開けた視界の先に、それはいきなり出現していた。

俺たちが見つめる先には、大量の邪人の死骸が散らばっている。そして、そのさらに先。境界山脈の山肌に、ぽっかりと大きな口を開ける巨大な洞窟が見えていた。

『周辺に魔力は感じないな』

「ん」

かなり巨大な洞窟だ。入り口だけでも高さ一五メートル以上はある。横幅に至っては四〇メートル以上あるんじゃなかろうか？　入り口付近であればちょっとした村でも作れそうな広さである。

俺たちはコソコソと洞窟の入り口に近づいた。

入り口付近には苔《こけ》むした巨大な岩々が転がり、天井からは馬上槍のような太い鍾乳石《しょうにゅうせき》が連なっている。秘境を紹介するようなバラエティ番組などで、入るだけでも崖を下らないといけない危険な洞窟が紹介されたりするが、ここは簡単に入ることができた。なだらかな傾斜があり、歩いてでも入れるようになっているのだ。

一見すると天然の洞窟のようだが、岩などの配置が少し不自然に思える。明らかに通り道となるようなルートが存在しているのだ。そもそも、入り口の傾斜も不自然と言えば不自然だろう。何者かの意思が反映されていると思って良さそうだ。

「かなりの大軍が出入りした痕跡があるな。しかも、かなり大型の魔獣の足跡なども残っている」

キアラがスンスンと鼻を鳴らしながら、洞窟の前の地面を軽く触る。パッと見は多少踏み荒らされただけだが、キアラレベルになるとどんな相手がどれほどの数通ったのかが分かるらしい。

「ここがダンジョンの入り口で間違いないだろう」

「そうですか。では、早速入りましょう」

「ああ。ここから先は、ダンジョンの中枢だ。気を付けろよ」

「はい」

そうして、再びキアラを先頭にして洞窟の中を慎重に進んでいくと――。

「む、あれは……」

「灯ですね……」

「血の臭いがする」

キアラが立ち止まり、メア、フランがそれぞれ反応する。確かに、洞窟の先が変化していた。鍾乳洞が途切れ、急に石造りの建造物に変わっているのだ。壁にはランプのような物が設置され、本当に砦か何かの通路に見えた。

しかも、またもや大量の魔獣の死骸である。こちらでは邪人たちが押し潰されて死んでいた。床だけではなく、壁や天井にまで赤黒く染まっている。四方の壁に潰れた邪人の死骸が張り付けられ、血が垂れている様子は異様の一言であった。

「こちらはアースラース殿の仕業でしょうね」

「ああ、それにしても凄まじいな。普通はダンジョン内の狭い通路では大規模な攻撃は使いづらいのだがな……」

メアとキアラがそれを見て呻く。広範囲の攻撃であれば、自分まで巻き込まれる可能性が高いからな。だが、重力操作なら周囲への被害が少なくて済む。自爆もしづらいのだろう。

そう考えると、火や水、風に比べて土魔術はダンジョン内で使いやすいのかもしれない。

フランもそう思ったらしい。

「大地魔術はダンジョンに強い？」

だが、フランの言葉にキアラが首を傾げる。

「一概にそうとも言えん」

「なぜ？」

「ダンジョン内には土が無い場所も多いのだ。洞窟を利用してるのでもない限りな」

ダンジョンの壁などは石だったとしても、ダンジョンの支配の下にある。それを操ることは非常に難しいようだった。試してみたが、地面を針にする術は、消費魔力が通常よりもかなり多くなっている。

魔力で生み出した土の塊を発射するタイプの術ならともかく、大地を操って敵を攻撃する術は使いづらそうだ。そう考えると、重力操作系の術が覚えられる大地魔術まで育てていないと、土属性は使いづらいかも知れなかった。ウルムットのダンジョンではここまで酷くなかったと思うが、それもダンジョンによってそれぞれなのだろう。

「む！」

「今のは！」

「ん、凄い魔力」

アースラースによる虐殺現場を抜け、さらに進もうとしていると、フランたちが身構えてしまうほどの巨大な魔力が感じられた。同時に、ズズンという重い振動が壁を揺らす。

「何者かが大きな魔術を使ったな」

「アースラース殿ですかね？」

「多分な。我らも急ぐぞ」

道中、警戒していた俺たちの予想に反し、罠などは一切なかった。途中で急に行き止まりとなり、下へと降りる階段が出現する。

「ふむ……獣人国側はしばらくは一本道だと言っていなかったか？」

「はい、そのはずです」

そもそも、このダンジョンのメイン部分はバシャール王国側に存在している。獣人国側へと拡張された部分は、あくまでも境界山脈を越えて侵攻するための地下道という扱いでしかないという話だった。罠がないのもそのせいだろう。

「なぜこのような階段が……。だいたい、こんな狭くては魔獣など通れんぞ」

キアラの言う通り、その下り階段は完全に人間サイズだった。通れてミノタウロスまでだろう。オーガだときついかもしれない。

だが、それは変だ。俺たちが入ってきた洞窟の出口を、魔獣の大軍が出入りに使ったことは確かである。だとしたら、そいつらはどこから来たのか？

それとも、ダンジョンの中であれば転移させられるのか？　だったらもっと入り口側に転移させればいい。この辺りにも魔獣たちが行軍した痕跡が大量に残っているのはおかしかった。

「分からんことだらけだな……。だが、ここで引き返すわけにもいかん。クイナ、先導を作れるか？」

キアラの言葉に、クイナが一歩出て頷く。

「はい。少々お待ちを」

先導を作る？　どういうことかと思って見ていたら、クイナが幻像魔術で小人のような物を生み出した。見た目は幼稚園児サイズのマネキンといったところか。

それにしてもクイナの幻像魔術は相変わらず凄まじいな。気配や熱さえ感じる。なるほど、こいつを先導させるわけか。罠などを誤魔化せるかどうかは分からないが、潜むモンスターであれば十分騙《だま》せるだろう。

「相変わらずいい腕だ」

「恐縮です」

「よし、行くぞ」

ダンジョン内部の構造は、正に迷宮の呼び名に相応《ふさわ》しいものであった。迷路のように入り組み、枝分かれした狭い通路が延々と続く。隠密性の高い魔獣や、罠も豊富である。

まあ、魔獣はほとんど殺されており、罠はかなりの部分が解除済みであったが。いや、解除というか、起動済みと言った方がいいだろう。

どうやら先行する何者かが、軒並み引っかかったらしい。アースラースって、ランクS冒険者だよな？　罠察知能力がないのか？

そう思ったのだが、これはあえてであるらしい。

「あやつ、やり口が全く成長しとらんな。多分、ゴーレムか何かを特攻させたんだろう」

俺たちと同じように、先導役を使っての自爆解除がアースラースの基本方針であるらしい。

まあ、楽だからな。以前、浮遊島のダンジョンでもジャンが同じことをしていたし、高位冒険者にとってはお馴染みの方法なのだろう。

「とはいえ、中には熱などを感知するタイプもあるはずだが……。まあ、アースラースであればどうとでもなるか」

結局、俺たちは罠の一つにも引っかかることはなかった。しかも、魔獣のペシャンコ死体を辿って行けば、迷うこともない。

「それにしても、おかしいですね。あのヨハンという男の情報の中に、これほどの大迷宮があるという情報はありませんでした」

「催眠がかかってなかった？」

嘘の情報を教えられたのだろうかと、フランが首を傾げる。

しかし、クイナは首を振って否定した。

「いいえ、あれは演技ではなく、完全にかかっていました」

俺の虚言の理にも、反応はなかった。あの時のヨハンは、本当のことを教えていたはずだ。

「では、あの男もこの迷宮を知らなかったということかな？」

「多分、そうではないかと。この場所について知らされていなかったのだと思います」

キアラの言葉にクイナが頷くが、俺はもう一つの可能性を考えていた。それは、アースラースの襲来に合わせて、ダンジョンが拡張されたのではないかということだ。

侵入した強い敵の足止めをするために、罠が満載の迷宮を急遽《きゅうきょ》生み出す。ダンジョンマスターを主人公にしたラノベなんかだとよくある展開である。

そう考えると、ヨハンが知らなかった理由も、魔獣たちの痕跡が急に途切れ、人間用の迷宮が突如出現した理由にも説明が付く。

ミューレリアの説明を思い返すと、ポイントを使ってダンジョンを拡張すると言っていた。ウルムットのダンジョンでルミナが部屋を一瞬で生み出したのを見たこともある。支払うポイント次第では、迷宮を一瞬で造り上げることも可能なのではないだろうか？

想像でしかないし、それが分かったところで攻略に進展があるわけはないのだが。


一時間後。

アースラースと思われる侵入者の痕跡を捜しながら迷宮を歩き続けた結果、ようやく終わりが見えようとしていた。

前方にこれまでとは明らかに雰囲気の違う、巨大な扉が見えたのだ。普通のダンジョンであれば、あれがボス部屋になるだろう。

それにしても長かった。道中では魔獣とは数える程しか戦闘せず、罠にも数度しか出くわさなかったのに、これだけ時間がかかったのである。もし罠や魔獣が全て完璧な状態だったら、この何倍も時間がかかっていただろう。

移動中、何度か強大な魔力を感知することがあった。やはりダンジョンのどこかで何者かが戦っているらしい。

そして俺たちは、目の前にある巨大な扉の先から同じ魔力の波長を感じ取っていた。

この先で凄まじい魔力を持った者たちが、激しい戦闘を繰り広げているようだ。

「普通のダンジョンであれば、ボスとの戦いの最中は他の冒険者は中に入れないことが多いのだが……」

「開きそうですね」

キアラとクイナが扉に近寄り、その構造を調べる。

「罠はありません」

「これは、触れれば開くな」

簡単に開いてしまうらしい。

「では行きましょう！　今ならまだアースラース殿に加勢できるやもしれませぬ！」

「加勢？　馬鹿なこと言うな。奴にそんなものは必要ない。いいか、一つ言っておく。アースラースに不用意に近づくな。私が良いと言うまではな」

メアの言葉に、キアラは怖いほどに真剣な表情で釘を刺す。

「気を抜けば殺されるぞ。アースラースにな」

キアラがそこまで言う程の危険人物。そのことを、改めて思い知らされる。

グエンダルファがゴクリとつばを飲み込みながら、ブルリとその巨体を震わせた。

「キアラ師匠。かの同士討ちとは……それ程に恐ろしい御仁なのですか？」

「当たり前だ。このダンジョンでもっとも警戒すべき相手を教えてやろう。それはダンジョンマスターでもミューレリアでもない。見境がなくなったアースラースだ。覚えておけ」

キアラが皆を脅すように、低い声で告げる。いや、脅しではなく真実なのだろう。キアラからは強い緊張感が伝わってきた。

「分かりました」

「ん。わかった」

「……」

メアとフランも神妙な面持ちで頷く。グエンダルファに至ってはもう言葉が出ないようだ。息を呑んで、ガクガクと頷いている。ここでもいつも通りなメイドさんズは凄いな。正に鉄の精神力だ。

いや、メアもまた、ここで大人しくしているような玉ではなかった。

「ですが、ここでおめおめと待っているわけにもいきますまい？」

「分かっている。そもそも、中にいるのがアースラースと決まったわけでもないからな」

「では！」

「行くしかあるまい」

そして、未だに怖い表情のまま、キアラがゆっくりと扉に触れる。

ゴゴゴゴ――。

地響きを上げて開いた扉の向こうは、大きな円形の広間となっていた。最初に抱いた印象はローマのコロッセオだ。まあ、地面は石畳で、天井はドーム状になっているが。

俺がこの場所を見てコロッセオを思い出したのは、広間の中央から凄まじい闘気が発せられていたからだ。

大剣を構える巨躯《きょく》の男性と、全長二〇メートル近いトリケラトプスのような魔獣が向かい合い、緊迫した雰囲気を放っていた。

扉の外からでも感じられた圧倒的な魔力は、この両者から発せられていたのだろう。

魔獣の脅威度は少なく見積もってもC。俺たちであっても、無傷で勝つことは難しいレベルだ。下手をすれば、脅威度Bに至っているかもしれない。ダンジョンという要所を守っているのだから、むしろそれくらいは当然だろう。

だとすれば、俺たちであっても死力を尽くさねば大怪我をする相手であるはずだ。ただし、今は超凶悪な魔獣であるとは思えないほどに全身傷だらけであった。

五本ある角の内、すでに三本を失っている。六本の足も四本に減り、切断された足からは青黒い血液がしたたり落ちていた。全身を覆う分厚い鎧のような甲殻にはいくつもの裂傷が刻まれ、隙間からは肉が見える。

控えめに言って、瀕死だった。再生スキルが発動しないほどに、消耗してしまっているのだ。このまま放っておいても、出血多量で死ぬだろう。

対する、額から角の生えた大男には一切の傷が無かった。それどころか息を乱してさえもいない。明らかに脅威度Cランク以上であろう魔獣を圧倒していた。

「ブオモオオォォオオオ……！」

魔獣は怒りの咆哮を上げるが、動かない。否、動けない。これまでの戦いで消耗しているうえ、男に対する深い恐怖心を植え付けられてもいるのだろう。鼻息も荒く、殺気の籠った視線を男に向けてはいるが、その場から前に出ようとはしなかった。

そんな魔獣の様子をしばらく観察していた男が、構えていた大剣を肩に担いだ。そして、左手を魔獣に対して向ける。急激な魔力の高まりとともに、男の呟きが聞こえた。

「潰れろ」

「ボオオモモモォォォォォォ――――！」

直後、魔獣がまるで見えざる巨大な手で押し包まれているかのように、左右から潰されていくのが見えた。見動きも取れず、魔獣の情けない悲鳴だけが広間に響く。

体を軋《きし》ませるほどの強力な圧迫のせいで眼球や舌が飛び出し、全身の傷からは血が噴き出す。その体液も結局は見えない壁に阻まれ、その場に溜まるしかないのだが。

数秒後。魔獣は男の放った何らかの攻撃により、見るも無残に圧殺されてしまったのであった。正面からだと、まるで一枚の板のようにしか見えない。

咄嗟に男を――アースラースを鑑定したが、正に化け物だった。初見のスキルを大量に持ち、称号も物騒な物ばかりだ。

なるほど、獣王に並ぶステータスである。

名称：アースラース　年齢：一四八歳
種族：鬼人・禍ツ鬼

職業：戦鬼士
Lv：82／99
生命：2987　魔力：1009　腕力：1519　敏捷：599
スキル：悪食：6、威圧：10、運搬：6、隠密：5、解体：7、回復速度上昇：7、怪力：10、格闘技：6、格闘術：6、環境耐性：7、気配察知：6、硬気功：9、高速再生：7、剛力：10、再生：10、状態異常耐性：9、瞬発：6、精神異常耐性：4、属性剣：8、大剣術：10、大剣技：10、大剣聖術：8、大剣聖技：8、大地魔術：6、跳躍：6、土魔術：10、軟気功：3、覇気：6、伐採：7、物理障壁：6、魔術耐性：6、魔力感知：4、料理：6、罠解除：5、罠感知：5、起死回生、気力制御、筋肉鋼体、精神高揚、大地強化、直感、痛覚無効、ドラゴンスレイヤー、魔力操作、腕力大上昇
ユニークスキル：イビルキラー、怪力乱神、鬼気、鬼神の祝福
エクストラスキル：神剣開放
固有スキル：狂鬼化、暗鬼
称号：イビルキラー、殺戮者、神剣に認められし者、土術師、ダンジョン攻略者、ドラゴンスレイヤー、仲間殺し、バトルマニア、魔獣の殲滅者、ランクS冒険者
装備：地剣・ガイア、地龍角の鉢がね、鋼龍殻の大鎧、雲龍皮の戦闘服、蜃気楼竜の外套、精神沈静化の腕輪、怒気消散の指輪

肉体の性能だけでも、圧倒的過ぎる程に強い。それでいて、強力な高位スキルをこれでもかと所持していた。ランクＳ冒険者というのも納得のスペックである。

俺は凄まじい強者を前に、久しぶりの恐怖を味わっていた。

これほどの力が、こちらに向けられる恐れがあるのだ。何があっても、フランだけは絶対に守らねば。決意を新たに固めつつ、アースラースを観察する。

見て分かる程に興奮していたり、正気を失っているようには見えなかった。

その視線は、圧死した巨獣へと向けられている。

見えざる力によって左右から押し潰され、ペシャンコとなった魔獣の死骸が、ゆっくりと地面に倒れ込む。

その地響きによって、メアとグエンダルファは正気に返っていた。

彼女たちからしても、目の前で起こったでき事は衝撃的であったらしい。僅か数秒の事とはいえ、ダンジョンという敵地の中で無防備な姿をさらしてしまったのだから。

思わず進み出ようとしたメアの肩を、キアラが強く掴む。その顔に浮かぶ真剣な表情を見て、メアも相手がどういった存在であるか思い出したらしい。

「も、申し訳ありません」

「構わん。だが、しばらくそこにいろ」

キアラだけが、ゆっくりと前に出た。

フランたちはいつでも動けるように重心を軽く前に倒しつつ、敵意が無い事を示すために武器を構えるような事はしない。敵対する事だけは絶対に避けるべき相手。巨大な魔獣を謎の力で圧殺した男

を見て、フランたちはその認識をより一層強くしていた。

キアラが緊張を隠し、気安い様子で鬼人に話しかける。

「アースラース、久しぶりだな」

「ああ？　お前は――」

訝しげな様子でギロリとこちらを睨むアースラースの迫力に、キアラ以外の全員がビクリと震える。

だが、すぐにその威圧感は雲散霧消していた。

「もしかしてキアラか？　すっかりババアじゃねーか！」

破顔して、直前までの厳しい顔が嘘のように、人懐っこい笑みをキアラに向ける。

「ふん。お主は変わらんな」

「わははは！　鬼人だからな」

「ふむ、とりあえずは平気か……。皆の者、こい！」

どうやらアースラースは、見境が無くなっているような状況ではないらしい。キアラがフランたちを手招きした。それを見たアースラースが揶揄《からか》うようにニヤリと笑う。

「何だ？　遠足の引率でもしてるのか？」

「小童《こわっぱ》どもではあるが、それなりに将来有望な小童どもでな。付き添いみたいなものだ」

フランたちは、アースラースの雰囲気に戸惑っているようだ。こいつが、「同士討ち」という異名まで持つほどの凶悪な冒険者には見えないのだろう。

俺はアースラース本人ではなく、背負われた異常なサイズの大剣に目を奪われていた。

真紅の柄だけでも一メートル近いかもしれん。身長が二メートルを超えるアースラースが、斜め背負いにしていても地面を擦りそうだった。

その剣から目が離せない。単に大きいだけではなかった。凄まじい存在感と、威圧感をその内から放っていたのだ。震えそうになる自身の刀身を、必死に抑えねばならなかった。

『……これが神剣か……』

名称：地剣・ガイア
攻撃力：2000　保有魔力：6000　耐久値：10000
魔力伝導率・SS
スキル：神地属性付与、大地魔術強化、大地魔術付与、大地無効、魔力極大回復、魔力統制

思わず鑑定してしまったが、凄まじかった。単純な攻撃力を比べたら、圧倒的に負けている。しかも大地を操る力に特化している分、そちらの能力も凄まじい。

それでも俺は疑問を感じていた。超兵器と言われるほどか？　その強さは認めよう。だが、超優秀な魔術師が数人いれば、対抗できる気もした。しかも名前が地剣・ガイアとなっている。

大地剣ではなかったか？　いや、リンドと同じように、力が解放され切っていないのかもしれない。アースラースのエクストラスキルにあった神剣開放が怪しいだろう。神の力が発揮されれば、今以上の超性能を得るのかもしれない。

そんな事を考えていたら、アースラースの目がこちらを向いている。

「誰か鑑定したな？」

か、感づかれた。鑑定察知も持っていないのに、何で分かるんだ？

「こう、ムズムズするんだよ。見られてるって感じがするのさ。俺の直感スキルが教えてくれるんだ」

「済まない。ダンジョンの中では警戒を怠るなと教えているんでな」

アースラースの言葉にメアやグエンダルファが委縮している。だが、その直後に上がったアースラースの笑い声が場の硬い空気を和らげていた。

「わははははは！　そりゃ当然だな！　別に怒ってるわけじゃないぞ。この厳つい顔は生まれつきだしな。単に確認しただけだ。それにしてもあの狂犬――じゃなくて、狂虎みたいだったキアラが、他人のために頭を下げた方が驚きだ！　随分と丸くなったな！」

「全く成長しとらんお主に言われたくないぞ」

「言っとけ。まあ、事実だがな！　そう簡単に変われるもんじゃねーってことよ」

「ということは未だに探しているのか？」

「ああ……」

何やらキアラとアースラースには分かり合っている雰囲気がある。事前に脅かすからどんな化け物かと思ったが、口が悪いだけの強面のおっさんだ。アレッサギルドのドナドロンドを思い出すな。まあ、アースラースの方が体も角もデカイが。

緊張感が解けたのか、メアが疑問を口にする。

「あの、アースラース殿には何か探し物があるのでしょうか？」

「まあな。俺は呪いを解くために、色々と探し物をしてんのさ」

「呪い、ですか？」

メアが首を傾げる。俺も最初にアースラースを鑑定したが、特に状態に呪いなどという表記はなかったと思うが。アースラースがどこか弱々しい声で、呪いとやらに付いて説明してくれる。

「ああ、祝福にして呪い……。俺にはある固有スキルがある。『狂鬼化』ってぇんだが、このスキルを封じるために俺は各地を回ってるのさ」

「それは、どういったスキルなのです？」

「発動すると、一部の能力やスキルが数倍に跳ね上がり、回復力も桁違いに上昇する。戦闘力だけで言ったら数倍と言ってもいいだろう」

何だそのぶっ壊れ性能は！　どこが呪いなんだ？

メアも俺と同じことを感じたらしく、首を捻っている。

「え？　では――」

「だが、そんな凄まじいスキルに、何のデメリットもないと思うか？」

アースラースはそこまでいうと、床を盛り上がらせて作った台に、ドスンと腰を下ろす。

「そう、デメリットがあるんだ。それも特大のな……」

自嘲するような笑みを浮かべるアースラース。笑っているのに、俺にはまるで絶望しているように見えた。それほどまでに、今のアースラースからは悲壮感が漂っている。

そんなアースラースに代わって説明を引き継いだのは、キアラだった。アースラースを見るその眼には、痛まし気な雰囲気がある。

「アースラースの狂鬼化は、戦闘を繰り返すことで自動的に発動するのだ。しかも、発動タイミングは自分では選べず、発動中は凶暴化して理性も吹き飛び、敵味方の区別もつかなくなる。それでいて戦闘に関する知恵だけは問題なく回り、破壊をまき散らす。神剣すら使いこなすのだ。確かにこやつにとっては呪いだろうよ」

それでも長年の経験で何とか発動する時期を感じ取れるようになり、その間は誰にも会わない辺境に引きこもり、人知れず暴れているらしかった。

それは確かに呪いだ。どれだけ凄いスキルであろうと――否、凄まじすぎるが故に。

称号の仲間殺しが痛々しく見えてしまうな。

だが、このスキル、俺なら消し去ることができるんじゃないか？　スキルテイカーで奪えば良い。その後装備しなければ……？　もし装備解除不可だった場合が最悪だが。

しかし、俺の考察はすぐに無駄な物だと知れる。

「たしか、スキルを消し去ることができる冒険者がいませんでしたか？」

「おう。ランクA冒険者、黒子のマレフィセントだな。スキルイレイザーっつう、相手のスキルを消し去るスキルを持っている。勿論、試したさ」

「ダメだったのですか？」

「成功はしたぜ。奴のスキルが一年ほど使えなくなることを代償に、俺の固有スキル『狂鬼化』は消えた……。二日間だけな」

「え？」

「固有スキルっていうのは、そいつの存在に深くかかわるスキルだ。消し去ろうが奪われようが、時間が経てばいつの間にか復活してやがんのさ。スキルを消すスキルや、スキルを奪う能力なんかも試したが、結果は同じだった」

つまり俺が奪ってもすぐに復活するってことか。

「このスキルを得たのは、ただの鬼人の戦士だった俺が、何の因果か禍ツ鬼に変異しちまった時のことだ」

「変異？　進化じゃない？」

フランの疑問に、アースラースがきっちりと答えてくれる。

「進化はレベルが最大に達した時に、新たな高みに進むことだ。変異はレベル以外の何らかの条件を満たして、異なる何かに変わっちまうことを言うんだよ」

やはり気のいいおっさんにしか見えんな。

「どっちも似たような物だが、一般的には変異の方が能力のふり幅が小さいと言われているな」

進化の方が厳しい分、より能力の上昇率が高いという事らしい。

「ただ、俺の禍ツ鬼はちょいと特殊でな。鬼人でも実在が疑問視されてた、幻の変異体なのさ。理性を失い、全てを滅ぼす禍々しい鬼。まさか自分がなっちまうとは思わなかったが」

狂鬼化の能力を考えれば、伝承は正しかったってことなんだろう。しかも今は神剣の所有者でもある。軍を殲滅したという噂は、むしろ可愛い気がした。だって、今のアースラースが数倍に強くなり、しかも神剣を振り回すんだぞ？

国が滅んでいてもおかしくないのだ。

「そんな訳で、俺の狂鬼化はちょっとやそっとじゃ無くならない。ある意味、禍ツ鬼の存在定義そのものみたいなスキルだしな。残念ながら鬼人が変異できるのは生涯に一度だけだ。変異し直してスキルを消すという方法も使えん。だから俺はスキルを封じる方法をさがしているのさ。無論、短期間だけなら方法はある。だが、俺が求めているのは永久にスキルを封印できる方法だ」

「アースラース殿は、その方法を求めてこのダンジョンに？」

「まあ、ダンジョンというのはこの世の理から外れた場所だ。可能性はあるだろう。ここに限らず、俺は各地のダンジョンを巡っている。それに、ちょいと頼まれ事もしたからな」

「どういうことだアースラース」

キアラが聞き返す。

頼まれ事？　つまり、誰かの依頼を受けてこのダンジョンに来たのか？　だが、誰だ？

「まあ、キアラとその仲間ならいいか。神様だよ」

「なに？」

キアラが呆けたように聞き返す。さすがのキアラでも頷ける言葉ではなかったらしい。その様子が面白かったのか、アースラースは含み笑いをしながらさらに言葉を続けた。

「くくく。どうも神々は神剣について妙に気にしているようでな。常に見られているらしい」

そりゃあ、使いようによっては邪神よりも危険な存在になりかねないし、監視くらいはされているかもしれん。

「そして、何かあると、神託を飛ばしてくんのさ。まあ、こき使うにはちょうどいいってことなんだろうよ」

「それは、神に何かを命じられるという事か？」

「いんや、そこまで大それたことじゃないな。今回も、この場所の位置情報が一方的に送られてきただけだからな」

「いや、それは命令なのではないのですか？」

神様がそこに行けと言わんばかりに、場所の情報を直接送ってくるんだから、確かにメアの言う通り命令に思える。だが、そうではないらしい。

「ちゃんとした命令を受けたのは、今までで二度しかない。それに、お願いの方は過去に何度か無視したこともあるが、別にお咎《とが》めはなかったな」

「む、無視したのですか！　神託を！」

「他に外せない重要な仕事中だったからな。だが、罰も下されんし、怒ってないってことだろうよ」

豪胆な男だな。命令じゃないとしても、神様からのお願いを無視するとは。あのキアラでさえ不安そうに聞き返しているのに。

この世界の人間にしては珍しい。いや、考えてみたら望まないスキルで苦労させられているわけだし、神に対して意外と斜に構えているのかもしれん。

そんなアースラースに、まだ不安げな顔をしているキアラが問いかけた。

「それは、本当に罰が無いのか？　単純に未だに罰が下されていないだけではないのか？」

「ははは、ローレンシアの悲劇みたいにか？」

「あ、ああ」

「ローレンシアの悲劇って何？」

「お？　黒猫の嬢ちゃんは、もしかして他の大陸の出身か？」

「ん」

「そうか、なら知らねーのも無理はないかもな」

ローレンシアの悲劇というのは、この大陸で一五〇年ほど前に起こった事件であるらしい。事の起こりはさらに五〇年――つまり現在からは二〇〇年前に遡る。

当時、獣人国の南にローレンシア王国という小国家があった。国王は若く、愛国心が強すぎたらしい。だからこそ、常に獣人国の下風《かふう》に立たされ、属国のように扱われることが我慢ならなくなってしまった。

何とか獣人国の影響力を削ぎ、その支配から脱却できないか？

いつしかローレンシア国王は、そんなことを考えるようになっていった。

そんな国王が何をしたか？　馬鹿な権力者が考えることはどこでも同じなのかもしれない。ローレンシア国王は邪術師を招き入れ、その男を通じて邪神に魂を捧げることで、邪人を召喚しようとしたのである。本人も邪術に傾倒し、邪術師となっていたというのだから驚きだ。

とはいえ、邪神を召喚するなどという大それたことは考えていなかった。繁殖力の強いゴブリンを獣人国に大量に放つことで、混乱と疲弊をもたらすことが目的であったらしい。

国民に重税を課し、集めた金で生贄用の奴隷を買い集め、不足した分は税を支払えなかった国民を生贄に捧げるという暴挙を行ったローレンシア国王。

だが、彼の目的は最後まで達せられることはなかった。

国王を倒すために蜂起した国民たちによって、ローレンシア王国は内乱へと突入してしまったのだ。

結局王は捕らえられ、他の邪術師たちは首を刎《は》ねられてしまう。

この時にどういった交渉が行われたかは分からないが、国王は処刑されなかった。

王家は解体され、国はローレンシア共和国と名を改めたうえで、民衆による議会政治へと移行された。元王家は奴隷の身分に落とされたうえで辺境に追いやられ、未開の荒野の開墾を命じられたらしい。

いつ終わるとも知れない、過酷で厳しい苦役の始まりである。襲いくる凶悪な魔獣と、劣悪な環境。この刑を聞いた多くの者たちは、遠くない未来に元王家の者たちが死に絶え、それでこの話が終わると思っていただろう。

だが、元王家はそこで終わらなかった。心を入れ替え、開墾に邁進《まいしん》したのだ。身を粉にして働き、信じられない速度で開墾を進め、ローレンシア共和国の生産能力の向上に大きく寄与したという。それだけではなく、孤児院の運営や、傷病者の再就職など、慈善事業も行った。

五〇年が過ぎた頃、ローレンシア共和国内では元王家を悪く言う者は少なくなっていた。そして議会の満場一致で、彼らは奴隷から解放される。

本当は色々と政治的な話が絡んでくるらしいが、ここではあまり関係が無いということで省かれてしまった。重要なのは、ローレンシア家が本当に改心し、共和国内で受け入れられていったという点だ。元国王など、その頃には名士扱いである。

しかし、彼らの罪を忘れていない存在がいた。

それが神々だ。

何と、ある日突然神罰がローレンシア家に下されたのである。罪状は邪神を利用し、邪人を大量召喚したこと。誰もが「今さら?」と思ったに違いない。

だが、すっかり改心して人々に敬愛されてさえいた元王家は、神罰によって惨《むご》たらしく殺されてしまった。残ったのは、直接元王家の血を引いていない分家筋だけであったという。これがクローム大陸で有名な、『ローレンシアの悲劇』である。

「この話で分かることは、神々がいかに悠長かってことだ」

「悠長？」

「元々、永劫の時を存在する神と、俺たち人間じゃ時間の感覚が違っているんだろう。この時だって、俺たちにとったら五〇年も経ってからの罰に思える。だが神々にしたら、たった五〇年っていう認識なんだと思うぜ。下手したら一瞬で罰を下したくらいに思ってるかもしれん」

なるほど、それはあり得るのかもしれない。例えば、人と虫を比べたら時間の価値観が全く違うだろう。人間にとっては短い期間であっても、虫にとってはそれが一生に値するかもしれないのだ。

それと同じことが神と人では言えるに違いない。

「でも、だったらアースラースもまだ罰せられてないだけかも？」

「がはは。大丈夫だ。何せ神の使徒に直接確認したからな！」

「何？　お前、神の使徒にお会いしたのか？」

「おう。二回だけ下された神命を伝えにきたときな。さすがに神命を下すときには使徒が降臨されるのさ。そん時に、今まで無視してたけど平気かって聞いたら、構わないって言われたぜ？」

「何と無謀な……。だが、なぜそんな無視されても構わないような、曖昧な神託を下されるんだ？」

「さてな。俺にもいまいち分からんが……。使徒曰く、ついでらしいぜ？」

「ついで？」

神の使徒に聞いた話を基にアースラースが自分の推測を語る。

神々としては、多少の事件であれば放置するらしい。ただ、邪人が絡む場合はちょっと気にはなってしまう。絶対解決しなくてはいけないわけではないが、手出しできるならしておこう。そんな風に考えるそうだ。

そこで神剣使いだ。普段から監視しているうえ、神剣を通して神託を即座に下しやすい。つまり、監視のついでにこき使おうという考えであるらしかった。

「まあ、さっきも言った通り、神々は悠長だからな。事件の起こりそうな場所の近くで神託を受け取れそうでかつ事件を解決できる人間を捜して神託を下すなんてことをやってたら、それだけで何十年もかかっちまうだろ？」

神罰を下すのに五〇年もかかるんだ。だったら、神託を下すのにだって何十年もかかるかもしれない。

「だから、すぐに連絡を取れる神剣使いを便利遣いしようってことなのさ。今回はダンジョンが関わっているようだったからな。動いてみようと考えたんだ」

便利遣いって……。何か神剣の有難みが……。

しかし、そう考えたのは俺だけであるらしい。メアやグエンダルファが、明らかに羨望の眼差しでアースラースを見つめている。人に命令されるのが好きじゃなさそうなキアラでさえ、特に疑問を覚えている様子はなかった。

神が実在し、崇敬の念を集めるこっちの世界では、神様に命令されるというのは非常に名誉なことなんだろう。神様にお願い事をされるほどの存在であると認められたとか、そんな扱いになるに違いない。

『なあ、メアは神託を受けたことはないのか？』

（師匠か？　いや、ない。多分、我はまだ真の所有者とは認められておらぬのだろう。剣からも、神からもな）

そうか、驚いた様子で話を聞いていたからちょっと気になったんだよな。まあ、未だに神剣の真の力を発揮できていないみたいだし、そのせいだろうな。

（我も、いずれ必ず認められてみせるぞ……！）

Ｓｉｄｅ　リグダルファ

「相変わらず見事な手前だ。短時間でこのような城壁を築くとは」

「おお、リグダルファ殿。あなたこそお疲れ様です」

俺の前で人間種の壮年男性、リュシアス・ローレンシア殿が微笑んでいる。かの有名なローレンシアの悲劇によって滅んだ、ローレンシア家の分家筋の人間にして、我が獣人国の宮廷魔術師の一人だ。大壁のリュシアスと言えば、この大陸でも屈指の大地魔術使いとして知られている。

この柔和な笑みを浮かべる人物が、大地を隆起させて数百の敵兵士を瞬く間に葬ったとはとても思えんな。だが、その笑顔の裏に、強い闘志を秘めていることはよく知っている。私と同年代で、三〇年前の初陣以来、何度も戦場を共にした友人でもあるからだ。

「無理をしたのではないか？」

この城壁を築くのにグレート・ウォールという術を使っているはずだが、かなりの魔力を使うと聞いている。さらに戦闘までこなしたとあっては、その消耗は凄まじいだろう。

「なに、自分の居場所を守るためです。今や我がローレンシア家は邪術師の末裔として有名となってしまいましたから。どこの国でも鼻つまみ者です。そんな私を重用してくれるのは獣人国くらいでしょうね」

「そうか」

「ええ。それに無茶はそちらも同じでは？　白犀族《しろさい》の勇壮な突破は、城壁の上からでも見えておりましたよ。まさか万余の敵陣に数百の歩兵で突入するとは思いませんでした」

「ふはは。兄が不在の今、情けない戦いはできないからな」

俺の名はリグダルファ。白犀族の長にして、獣王様の側近である金剛壁のゴドダルファの弟。そして、此度の対バシャール王国戦の副司令官でもある。先頭に立って味方を鼓舞するのは当然の義務だった。

「それで、どうされました？　戦場で旧交を温めるためにわざわざ訪ねてくるような性格ではないでしょうに。何か厄介事ですか？」

「鋭いな。これを見てくれ」

「これは――」

リュシアスが司令部に送られて来た書簡に目を通す。読み進めるに従い、その顔には強い困惑と僅かな焦燥が浮かんでいた。気持ちはよく分かる。俺も同じだったからだ。

「クリシュナ王家、ですか？　寡聞にして存じ上げませんが？」

「何でも、五〇〇年前に我が獣王国を治めていた王家であるらしい。だが、現在のナラシンハ家の反逆に遭い、王位を簒奪されたとこの書簡には書かれているな」

司令官である大将軍とも話したが、この話が本当かどうかはどうでもいい。いや、どうでも良くはないが、この場で論議したところで詮無きことだ。

全くの嘘ではないと思う。ナラシンハ王家が王位に就いた当時の状況には、確かに怪しい点があるからな。代々の族長には、それに関しての伝承も伝わっていた。

しかし、現在の我らにとっては良き主であるし、正直今更蒸し返されてもという想いがある。

だが、国家間の戦争において、そういった過去のでき事を持ち出して正当性を主張することは日常的に行われていた。これが中々馬鹿にできない。戦後処理などでジワジワと影響してくるのだ。

五〇〇年前が短いか長いかは分からない。我ら獣人にとっては昔と言えるが、長命種の中には記憶している者がいてもおかしくはない程度に最近の事ではある。

ただ、少なくともバシャール王国が本当にクリシュナ王家の人間を擁しており、その人物を前面に押し出すのであれば、戦後の交渉などで厄介なことになるのは確かであった。バシャール王国の話の持って行き方次第では、周辺国がこちらの味方にならない可能性もある。

「しかも、現在は邪人と化しているとありますが……」

「そうなのだ。その人物は、ナラシンハ家に追い詰められたクリシュナ家の当主によって邪神に捧げられ、その巫女に選ばれてしまった憐れな女として書かれている」

「徹底的にナラシンハ王家を簒奪者と糾弾し、クリシュナ家の血を引く女性を憐れな存在と思わせようとしている内容ですね」

「過去の恩義があるため、仕方なく力を貸しているとも書いてあるな。簒奪王家を糾弾し、正当なる王家の権利を回復する事こそが、隣国の義務であるとも」

邪人と手を組むなど、バシャール王国は気が確かかと問い質《ただ》したいが、何らかの勝算があっての行動なのだろう。それに、この書簡は我が国だけではなく、他国にもばら蒔《ま》かれているようだ。

当司令部に先んじて書簡が送られていた周辺国からは、司令部に問い合わせが多数届いている。そちらの処理もせねばいけないだろう。各国も慎重に事態を見極めたいようだ。どうやら書簡以外のルートでも同様の話が各国に流れているようで、どの国もこの書簡が全くのデタラメであるとは考えていないらしい。

「邪神の力に手を出すなど、愚かなことでしかないと思いますがね」

「実感がこもっているな」

「それはもう。幼いころから苦労し続けていますから。邪術師の子供として石を投げられない日はありませんでした」

「邪術師リンフォードか」

「私が一〇歳になる前に姿を消しましたので、覚えていることは少ないんですが。今思うと、精神的に病んでいたんでしょうね。常に不気味な笑いを浮かべる老人でした。私は獣王様に拾われましたが、父は何十年もの間、邪術師の末裔だと蔑まれていたわけですし、仕方がないのかもしれませんが……」

「未だに見つからんのか？」

「はい。私は父が老いてからの子ですし、生きていれば一〇〇歳近いはず。もうどこかで――」

「すまんな。不躾《ぶしつけ》であった」

「いいのです。そもそも捜しているのだって、この手で引導を渡すためですから。それよりも、今はその書簡について相談をしましょう」

「ああ、そうだな」

戦争については有利に進めているというのに、頭の痛い事だ。

＊

説明を終えたアースラースが、自分で作り出した椅子からおもむろに立ち上がる。

「さて、疑問は解消したか？　だったらもう帰れ」

「なっ！　何を言われるのです！」

「ここは俺一人で十分だ。キアラ、こいつらを連れて帰れ」

「わかった」

「キアラ師匠！　なぜです！　力を合わせれば良いではないですか！」

メアが驚きの声を上げるが、キアラは首を横に振るだけだ。

「アースラース。もうそろそろなのだろう？」

「ああ。多分な。俺に殺されたくなければ、すぐにここを出ろ」

それは、アースラースの狂鬼化が発動間近ということか？　だとすると確かに危険だった。今の状態でも十分強いのに、これがさらに数段強くなり、暴走するというのだからな。キアラが素直に頷いたのも当然だ。

「メア、行くぞ」

「……分かりました」

「フランもいいな」

「……ん」

メアもフランも不承不承頷く。メアは使命感の強さ故に、アースラースだけに全てを任せるということが不満なのだろう。また、自分が役立たずであるということも、彼女を苛立たせている原因であるようだった。さっきも、自分が神剣の主として認められていないことが悔しいようであったしな。

フランは単純にアースラースの強さを見られないのが残念なんだろう。だが仕方ない。何せアースラースの暴走に巻き込まれたら最悪だ。

ここにいる全員で抗ったとしても、どうにもならないだろう。それ程にアースラースは強かった。

『フラン、急ごう』

「ん」

キアラもやや焦りのある声で、クイナたちに指示を出した。

「急ぐぞ。クイナ、扉を開けてくれ」

「はい。ミアノアが殿をお願いします」

「分かりました先輩」

クイナを先頭に、入り口へと急ぐ。ミアノアを最後にしたのはメアが馬鹿な真似を仕出かさないように見張るためだろう。まあ、ありえないとは思うが、一人でアースラースの下に戻ったりね。

「……っ」

クイナが俺たちにも分かるくらい、焦った表情をしていた。

「どうしたクイナ」

「開きません」

「何？」

「この部屋に入った時には、確かに開閉が可能だったはずなのですが」

中からは開けられない作りなのかと思ったが、クイナは俺たちと違ってしっかりと開閉できるかを確認していたらしい。だが、今は開けられなくなってしまったようだ。

これはまずいんじゃないか？　俺はディメンジョン・ゲートを試してみた。ダンジョンの外に出れずとも、この部屋から逃げることができれば構わない。

だが、魔術が発動さえしなかった。

『――どういうことだ？』

時空魔術を発動しようとしても、魔力が上手く練り上げられない。

俺は封印無効のスキルを持っているが、それも無駄だった。時空魔術を封印されたわけではなく、使用はできても発動しないように阻害されているからだ。

（師匠？）

『転移が阻害されている』

この感覚には覚えがあった。ミューレリアが張った転移妨害の結界だ。俺がその事に思い至った瞬間だった。

「あははは！　その扉は閉じたから、もう出られないわよ？　結界を張ったから転移も無駄無駄！」

「その声は！」

突如部屋に響いた声に、メアとフランの年少組が身構える。

「ミューレリア？」

「せいかーい！」

ミューレリアが転移してきたのは、俺たちから見てアースラースを挟んだ反対側だ。邪神の力で張った結界であるが故に、その加護を得ているミューレリアだけは転移が可能なのだろう。

その顔には、見るだけでこちらを不安にさせるような狂的な笑みが浮かんでいる。だが、その身から発せられる邪気が、僅かながら弱まっているようにも感じた。

破邪顕正の影響か？　それでも十分に強いので、侮ることはできないが。

「まさか神剣使いがやって来るとは思わなかったわ。足止めのために作り出した迷宮がこんなに早く突破されるともね」

「お前は、ダンジョンマスターなのか？」

「違うわ。まあ、ダンジョンの関係者ね」

「そうか……」

ミューレリアの発する邪気を感じ取り、一目で敵だと看破したらしい。アースラースが地剣・ガイアを抜き放ち、身構える。

その意識はミューレリアだけではなく、こちらにも向けられていた。アースラースが真剣な表情で口を開く。

「……キアラ」

「分かっている」

「いいか、ガキどもを守れ」

「ああ」

どうする？　逃げられない以上は、アースラースの邪魔にならないように逃げ回るしかないのか？　それともアースラースが暴走する前に、ミューレリアを速攻で始末するか？　このメンバーであればそれも可能だろう。どうせこの空間でアースラースが暴走を始めたら、一巻の終わりなのだ。だったら、速攻で戦いを終わらせて、アースラースと別れる方が良い気もする。アースラースもそう考えたようだ。

「できるだけ早く、あの女を叩き潰す。こっちに合わせろ」

「分かった。皆も、アースラースに従え」

「無論です！」

「ん！」

「オンオン！」

メアはどこか嬉しげだな。ランクS冒険者と一緒に戦えるからだろう。クイナとミアノアも無言で頷く。フランもウルシもやる気満々だ。

「特にフランの剣は破邪顕正を備えておる。邪人に対しては有効だ」

「ほう？　それは頼もしいな」

俺が破邪顕正スキルを備えていることはすでに皆に明かしてある。何せミューレリアに対する切り札なのだ。

「黒猫の嬢ちゃん、調子に乗って俺の攻撃に巻き込まれるなよ？」

「ん！」

「まあ、大丈夫そうか。その年でどうやったらそこまで強くなれんだ？　黒猫族っていうのは弱いって聞いてたんだが、嬢ちゃんといいキアラといい、凄まじい奴ばかりじゃねーか」

まあ、フランもキアラも特殊なパターンだからな。現時点での黒猫族のナンバー一、二だろう。

そんな話をしている間も、ミューレリアは攻撃してこない。なぜか不敵な笑みを浮かべて、その場に佇んでいた。

「お話は終わったかしら？」

「この面子を相手に随分と余裕だな？」

「それ程でもあるわね。そんなことよりもひとつ聞かせてほしいのだけど？」

「ああ？　何だ？」

「もう、ギリギリっぽいけど？　そんな状態で戦えるのかしら？」

「ちっ！」

ミューレリアの言葉を聞いて、大きく舌打ちをするアースラース。

「あなたの中で、破壊の衝動が大きくなりつつある。大迷宮はあっという間に突破されてしまったけど、まるっきり無駄だったわけではないみたいね？　くふふ、戦えば戦うほど、暴走が早まるって感じかしら？　お仲間を巻き込まなければいいけど？」

「だったら、俺が狂っちまう前に、お前をぶち殺すまでだ！」

アースラースのその叫びが、開戦の合図となった。

アースラースがミューレリアに突っ込む。様子見ではない、本気の一撃だろう。転移で回避されたものの、地面を叩いたその攻撃によって部屋に大きな振動が走ったのだ。

やはり無詠唱での転移は厄介だ。だが、ミューレリアの不利に変わりはない。何せ、手数が違う。

「はぁぁ！　閃華迅雷！」

「あはは、せっかちね！」

「ふっ！」

転移先を読んでいたフランが先回りしていた。転移自体は妨害されていても、空間の揺らぎを感じ取って相手の転移先を読む程度の事はできる。

『はぁぁぁ！』

「しっ！」

フランが閃華迅雷を使って高速で斬り掛かった。一撃よりも、手数を優先した動きだ。俺があるからな。破邪顕正のおかげで、当たればそれだけで邪気を削り取れるのである。むしろ弱い攻撃を間断なく繰り出す方が、ミューレリアにプレッシャーをかけられるだろう。

その間、俺も飾り紐を鋼糸化して攻撃を仕掛けている。段々と慣れてきたおかげで、変形もスムーズになってきた。しかし、期待していたような手応えはなかった。

「あっぶないわねー」

『逃がしたか』

ミューレリアはこちらに反撃もせず、あっさりと転移で距離を取る。何だ？　破邪顕正をよほど警戒しているのか？

「あー怖い怖い。さすがに一筋縄じゃいかないわね。でも、いつまで隙を見せずにいられるかしら？　精々足掻きなさい」

凄まじく上から目線だ。確かに一人だけ転移を使えるのはアドバンテージだろうが、そこまで余裕を見せられる程か？　他に何か隠し玉があるのではなかろうか？

だがその後もミューレリアは、襲い掛かるキアラやメアから逃げつつ、牽制以上の攻撃をほとんどしかけてこなかった。

「ほらほら！　どうしたの？　その程度の攻撃じゃ私を倒せないわよ？」

口では強気なことを言っているが、これは確実に時間稼ぎをされている。それはここにいる全員が気付いているだろう。だが、それでも決定打を放てない。

広範囲の高威力攻撃を放つにはこの場所が狭すぎるのだ。確実に他の仲間を巻き込んでしまう。かといって、転移するミューレリアを追い続けるのも難しい。まだその動きは見せないが、いざとなったらミューレリアは部屋の外に逃げればいいんだからな。

やはり転移した場所まで巻き込むような、範囲が広くて持続性のある攻撃を放つしかないだろう。俺が見たところそれがやれそうなのは、アースラースとフランだけだ。

クイナとミアノアは接近戦特化なので、広範囲の攻撃は無理である。メアとキアラはミューレリアの転移を察知して追う術がない。ウルシは追えるが、攻撃力不足だ。

結局、時空魔術で転移先を察知できる俺か、直感で転移を察知できるアースラースがやるしかなかった。だが、アースラースにやらせるのは正直不安だ。

ミューレリアが時間稼ぎをしている理由は、アースラースにあるに違いない。アースラースの暴走を待っているとしか思えなかった。だったら、戦闘行為をすればするほど暴走の危険が増すというアースラースに、下手に強力な技を撃たせるのは怖い。

ならば俺たちがやるしかなかった。アースラースの暴走が始まる前に決着を付けなくてはならないのだ。

アースラースの破壊衝動とやらを俺は感じ取ることができない。だが、少しだけその表情に焦りが見え始めたのは分かった。多分、ミューレリアの言った通り暴走が近いのだろう。もう時間がなかった。どんな方法を使ってでも、ミューレリアを倒さねばならない。

『フラン』

(ん)

『俺が奴の足を止める！　その瞬間を逃すな。奴を倒すには、身を切るしかない』

(わかった)

『よし！』

ミューレリアがメアの白火《びゃっか》を転移で回避した直後、俺は全力で形態変形を発動する。より細く、より鋭く、そしてより広く。同時演算を全開にして、より完璧に自らの刀身を操るのだ。

『破邪顕正、全開ぃぃぃ！』

それだけではない。破邪顕正の力を、糸の隅々まで、一本一本にまで行きわたらせる。そうでなくては、ミューレリアを捕まえることなどできないだろう。

『ぐぅぅぅぅ！』

同時演算を用いて魔術を多重起動した時と同じような——否、それ以上の痛みが俺の精神を襲う。

そう、痛覚の無い剣であるはずの俺が、確実に痛みを感じていた。俺の刀身だろうか？　それとも精神？　何かが軋む音が聞こえた気がした。

だが、ここで手を抜くことなどできない。

飾り紐だけではなく、全身を鋼糸に変化させていった。

まるで巨大な蜘蛛の巣のように、鋼糸と化した俺の刀身が広間の半分を覆い尽くす。

「がっ！　こ、こんなことまで！」

『捕ら、えたぞ！』

蜘蛛の巣に掛かった獲物は、転移をした直後のミューレリアである。鋭い糸がその身を搦《から》めとり、右腕と左足は半ばから切り落とされた。全身には裂傷が刻まれ、邪気が霧消するのが分かる。俺はさらに糸を操作して、ミューレリアを逃すまいとその包囲を狭めた。

『ぐううぅ……！』

同時に、フランのために道を空ける。フランだけが通り抜けることができる、ほんの僅かな隙間だ。

そこにフランが一切の躊躇なく突貫した。

多少の隙間を空けたとはいえ、鋼の糸はフランにもダメージを与えてしまう。だが、フランはお構いなしだ。

赤い血を撒き散らしながらも、まるでダガーのように細く小さくなってしまった俺をミューレリアに向かって突き出す。

「はぁぁぁ！」

『いい加減、倒れろぉぉ！』

「ぐふ……！」

このまま体内に破邪顕正の力を流し込み、内部から滅ぼす！

だが、間一髪間に合わなかった。圧縮した邪気で絡みつく糸を押しのけ、転移して逃れたのだ。

広間の中央に現れたミューレリアの胴には大きな穴が穿たれているが、まだ消滅する気配はない。

ただ、邪気は最初の半分以下にはなっているだろう。確実に追い詰めているはずだ。

(師匠、だいじょうぶ？)

『こっちの、台詞だ……』

(ん。すぐ治る。でも、師匠はかなり無理をした)

『ああ……』

強がりたいんだが、それさえも億劫《おっくう》だ。かつてない規模と精度の鋼糸化と、破邪顕正の同時行使は、俺が考えていた以上に俺を消耗させていた。

『まだまだぁ！』

(……わかった)

俺たちはミューレリアを睨みつける。

だが、対するミューレリアの顔には深い笑みが浮かんでいた。

俺とフランの攻撃により大幅に邪気を減らしているにもかかわらず、その顔には苦悶とともになぜか歓喜の表情を浮かべていた。

「あははははは！　やっぱ強いわね！」

「……そりゃどうも」

顔を歪めたまま笑い声をあげるミューレリアを警戒するように、アースラースがぶっきらぼうな一言を返す。

ミューレリアのこの余裕な態度は何だ？

とは言え、チャンスであることに違いはない。転移で逃げられる前に、ここで仕留める。

俺は精神的な虚脱感を押し殺し、再度攻撃するために集中を高めた。アースラースも何かを狙っているようだ。

俺たちの間の緊張感が静かに高まる。ミューレリアはその空気を察しているはずなのに、相変わらず余裕ぶったままだ。何か奥の手があるのか？

慎重に行きたいが、時間は残り少ない。手を休めている暇はなかった。

『仕留めるぞ！』

「ん！」

俺たちが動こうとした、その時だ。フランたちの足元を、どこからともなく放たれた魔力が放射状に通り抜けたのが分かった。

『何だ？　変な魔力が？』

直後、ダンジョンを凄まじい振動が襲う。まるで、大地その物から突き上げを食らったかのようだ。体重の軽いフランだけではなく、アースラースでさえ一瞬浮いていた。大地震でも起きたのかと思ったほどだ。

揺れに驚くフランたちを見て、ミューレリアが笑みを深める。ミューレリアの奴め、これを狙ってやがったのか！　魔力や邪気は感じなかったが、一体どうやったんだ？　ダンジョンの力だろうか？

ともかく、こちらは隙を見せてしまった。

『くるぞ！』

（ん！）

未だに揺れる地面から空中跳躍で離れたフランが、全神経を集中してミューレリアの動きに注視する。邪人に対する切り札である破邪顕正を持っている以上、必ずフランが狙われるはずなのだ。

『……』

（……）

だが、ミューレリアは動きを見せない。

それどころか、その場で哄笑を上げ始める。

「あはははははははははははははっ！　ようやく！　ようやくよ！」

様子がおかしいのミューレリアだけではない。アースラースとキアラも驚愕の表情を浮かべて、笑うミューレリアを凝視している。

「今のは……ダンジョンの悲鳴か？」

「なぜ、それで笑っていられる？」

「ダンジョンの悲鳴？」

ダンジョンの悲鳴とは、ダンジョンマスターが倒され、ダンジョンが休眠したときに起きる地震のような振動のことらしい。

以前、アレッサのゴブリンダンジョンを攻略した時にはこんな揺れはなかったと思うが……。

どうやらこの揺れはどんなダンジョンでも起こる物ではないらしい。より強く、古いダンジョンであるほど、大きな揺れが起きるそうだ。このダンジョンはミューレリアやリンフォードによって強化されていたせいで、大型ダンジョンのような激しい揺れになったようだった。

コアから発せられた魔力の波長に特徴があるので、知っている人間であればすぐに気付けるらしい。

なるほどね。振動が起きる前に地面を走った魔力か。

つまり、本当にダンジョンマスターが死んだのだ。だったら、何でミューレリアは笑っている？

ダンジョンマスターが死んでダンジョンが休眠状態に入ったら、そのダンジョンに属するモンスターなども消滅するはずだ。つまり、ミューレリアも消滅してしまう。

「うふふふ。私はこれで自由よ！」

「どういうことだ？　お前さんはダンジョンの関係者だと言っていなかったか？　だとすればもう間もなく――」

「消滅する？」

「そうだ」

アースラースの問いかけにも、喜色満面に答えるミューレリア。

「残念！　私は半分しかダンジョンの支配を受けていないから、今すぐ消滅したりはしないわ。まあ、数日は猶予があるでしょうね？」

「だが、数日だぜ？」

「そうね。でも、あなた達を皆殺しにするのに数日もいらないわよ？　数分あれば十分」

「強気じゃねえか」

「確かに普通に勝つことはできないでしょうね。神剣使いに破邪持ち。他も全員が進化済み」

ミューレリアはそう言いつつ冷静だ。何を考えているかさっぱり分からない。

「ただ、残った力を暴走させて、自爆するくらいはできるのよ？　どうせ数日で消えるのですもの、ここで自爆しても一緒でしょ？　この狭い空間で私が全力で自爆したらどうなるかしらね？　生き残ったとしても、それが引き金でその鬼人が暴走を始めるかもしれないわよ？」

ミューレリアの邪気は半減したとはいえ、未だに莫大な力を溜めこんでいる。その全てを使って自爆されたら、いくら破邪顕正を持っていてもひとたまりもないだろう。

それに、ミューレリアの自爆がアースラースの暴走のトリガーになるということは十分に考えられた。

ミューレリアは自暴自棄になった？　考えてみたらおかしいよな？　さっきの口ぶりだとダンジョンマスターが殺されるのを待っていたかのような口ぶりだった。自爆するんなら、ダンジョンマスターが死ぬ前だっていいはずだ。

「ねえ、私と取引をしない？」

「何だと？」

「もし私のお願いを聞いてくれるのであれば、ここで大人しく殺されてあげてもいいわ。抵抗しない。約束するわ」

嘘じゃない――というよりも、判別ができないようだな。思えばずっと違和感があったのだ。虚言の理は今まで一度もミューレリアの言葉を嘘だと断じることはなかった。だが、そんなことはありえない。むしろ、嘘ばかりの方が自然なはずだ。

多分ではあるが、鑑定と同じで虚言の理が邪人の言葉に対して効果を発揮しないのだろう。

『フラン、奴は本当のことを言っていると思うか？』

（ん。あの目は本当のことを言っている）

『そうか』

フランは俺なんかよりも余程するどい。その言葉は信じられた。

「意味が分からねぇ。邪人のお前が何を望むって言うんだ？　邪神の復活か？」

「馬鹿言っちゃ困るわ。私の望みはそんな下らない事じゃない」

「なっ……！」

ミューレリアの言葉を聞いて、アースラースも絶句してしまう。邪人が邪神の復活を下らないことだと言い切ったのだ。それは驚くだろう。

「私の頼み事は一つだけ。あなたたちなら決して難しくない話よ？」

「……言ってみろ」

「バシャール王国にマグノリア家という貴族の家系がある。最近生まれたばかりの嫡男を救い出して、安全な場所に預けてくれないかしら？」

「はぁ？」

「何だと？」

アースラースとキアラが聞き返す。そりゃ、そうだろう。意味が分からないからな。マグノリア家の嫡男を救い出すというのはどういうことだ？

ヨハンとの契約により、その息子をバシャールから脱出させるという約束をしているのは知っている。ただ、そんなものもう無効じゃないか？　だって、ミューレリアは数日の内に消滅するんだぞ？

いや、考えてみたら、そのことがそもそもおかしかったのだ。

ミューレリアがヨハン達と契約を結んだ目的は、マグノリア家の血を使った儀式を行い、リンフォードの支配下を脱却することだったよな？　だが、もうリンフォードは消滅し、支配は解けているはずだ。ロミオを脱出させ、マグノリア家の血を得るまでもない。

それなのに、なぜロミオのことを気に掛ける？

俺はてっきり、ミューレリアの目的は自由になることと、獣人国への復讐だと思っていた。今回の戦争は、復讐心も満たせるうえに、マグノリア家に恩を売ってその血を得られる。自由と復讐、どちらも満たせる一石二鳥の作戦だ。

だが、そのどちらも違っていて、何か他に目的があった？

そのためにロミオを利用しようとしている？　いや、もう消滅するのだから、それだって今さらだろう。待てよ、ロミオはかなり強い力を持って生まれていると言ってたよな？　その力を利用すれば、ダンジョンの支配からも逃れられるんじゃないか？　そうすれば、ダンジョンの死に巻き添えを食らわずに済む？　いやいや、ここで俺たちに殺されていいと言っているんだから、それもやはりあり得ない。

そうだ。自分の命をここで捧げてもいいと言ってるのだ。その代わりに望むことが、ロミオを救い出すこと。

高速思考スキルを使い、一瞬で様々な可能性を考えた。だが、結論は出ない。

「おいおい、何を企んでいる？」

「企んでなんかいないわ。もう少し詳しく言うと、マグノリア家の嫡男がバシャール王国に無理やり奴隷にされる前に、その手の及ばないところへ連れて行って。あとは普通の暮らしをさせてあげてほしいというだけよ？　できれば、隣の大陸にあるという、ランクA冒険者が経営している孤児院に連れて行ってあげてほしいの」

「なぜ自分でやらん？」

「私があの子に執着していると知られれば、必ずダンジョンマスターに人質に取られる。ようやく自由になれたけど、もう私には時間がない。だからあなた達に託したいの」

キアラもアースラースもメアも何も言わない。いや、言えない。信じられないのだろう。そもそも、邪人と言えばもっと攻撃的で、破壊を撒き散らす存在だ。それが言うに事欠いて、子供を救ってほしい？

だが、フランが言う通りその言葉は嘘には思えない。その眼差しは真摯でさえあった。アースラースの後を継いで、フランが口を開く。

「他の人間はいいの？　あの騎士たちは？」

「あんな奴ら、放っておけばいいわ。ロミオの親であるということ以外、何の価値もない」

「王家の再興とか、獣人への復讐は？」

「ああ、クリシュナ王家なんていう過去の遺物、どうでもいいわ。バシャール王国がその名前を利用したがっていたから、少し手を貸しただけよ。復讐？　確かに、復活したての頃は復讐を考えていたわ。ヨハンたちと出会った頃も、それを目的に行動していた。でもね、あの子に会った瞬間、それ以外どうでも良くなったの。ロミオ……愛しい子……。あの子に比べたら、他の全てが無価値。全部、私の真意を隠すための方便。どこでバシャール王国やダンジョンマスターの耳に入るか分からないし、それでロミオを隠されては意味がないもの。私の真の願いは、ロミオの幸せだけよ。ねえ、お願い。あの子をバシャール王国から、マグノリアの呪縛から救い出してあげて」

「いったい何の——」

アースラースが再び質問をしようとした、その時だった。

「——茶番はそこまでだ」

「がはっ！」

突如ミューレリアの背後に現れた人影が、手に持っていた剣を背中から心臓に向かって突き入れる。

吐血して苦悶の表情を浮かべるミューレリアから、その人影に向かって邪気が流れていくのが分かった。ミューレリアの邪気を吸収しているのだ。

この男に、俺たちは見覚えがあった。全身傷だらけの、巨漢の戦士。

「ゼロス、リード。うら、ぎったの……？」

「くははは！　この俺が力を食えるチャンスを逃すかよ！」

「ぐぁっ……」

ゼロスリードがミューレリアを放り投げる。俺たちの目の前に落下してきたミューレリアは、どう見ても瀕死だった。あれだけ溜めこまれた邪気がほとんど感じられなかったのだ。傷の再生も始まらない。

「ねえ……お願い……あの子を、ロミオを幸せに……たの……」

息も絶え絶えになりながらも、こちらにその手を伸ばそうとする。

「ふん、憐れな女だな。邪神の眷属のくせに、人間のガキの幸せなんざ願っちまってよ。どんだけ狂おうとも女ってことかね？」

「あ……」

そして、その手が力を失い、地面に崩れ落ちる。

呆気ない最期だった。

Side　ミューレリア

最後に覚えているのは、視界を覆い尽くす白い光。神々しくも、忌まわしい光。私の命を奪い去った、神罰の光である。

不思議だ。随分昔の事のように感じる。しかし、無理もない。あれから五〇〇年も経ったのだという。つまり私は失敗したのだ。

何ということだ。私の悲願が達成されるまで、あと少しだったのに……。心の内が絶望に塗りつぶされ、邪神の支配が強まるのを感じる。それでも私が邪神に完全に支配されることなく意識を保っていられたのは、僅かに差した希望の光があるから。

リンフォードからマグノリアの名が今でも残っていると聞かされたのだ。しかも、私の名前まで語り継がれているという。間違いだらけの伝承とやらを聞かされた時には笑いをこらえきれなかったけど。

恋人との愛なんてすぐに冷めた。彼は周囲の獣人たちを恐れて私を捨て、私も自分を捨てた男を愛し続ける程健気《けなげ》な女ではなかったのだ。それに、彼を見初めた最初の理由は、彼が特殊な血筋をしていたから。今思えばそもそも恋などではなく、周囲と違う毛色をした人間を独占したかっただけかもしれない。

この世の全ての事がどうでも良くなったのはその頃か。やる気を失い、私は自堕落な生活を送るようになる。その内、適当な相手の妻として宛がわれることになるはずだった。何て下らない人生だろうか。

でも、話はそこで終わらなかった。私は、運命の出会いを果たしたのだ。それは、私を捨てた元恋人と、結婚詐欺で奴隷に落とされた売女の間に生まれた、一人の男の子。

見た瞬間に心を奪われた。あれが母性というものなのだろうか。とにかく、これほど愛おしくて、愛らしくて、愛すべき存在がいるのかと思ってしまった。他の子供を見た時はそんなことを思わなかったのに、不思議な事である。

その瞬間から、その子の幸せだけが私の全てになった。だから、あのクズどもも殺さなかった。子には親が必要だと聞いたからだ。でなければ、私の不興を買うことを怖れてあの子を殺そうとした元恋人たちなど、とっくに縊り殺していただろう。

しかし、世の中とは上手くいかないものだ。父が明らかに暴走を始めたのだ。私が人間との婚姻を願い出たことで、国内の獣人たちから獣王家への不信の声が上がるようになってしまったらしい。それを力で押さえつけようとして、内乱寸前の状態に陥ってしまったのだ。

そして父は権力を守るために禁断の力に手を出した。王家の管理していた邪神の子宮の封印を解き、その力を我が物にしようとしたのだ。皮肉なことに、邪神の巫女として選ばれたのは、その獣王家を危機に陥れた私だった。生贄として邪神に捧げられた私は邪神の力で蘇生され、なぜかその巫女となってしまった。そんな力いらなかったのに。

邪気を受け入れ、獣人でありながら邪神と化した私。

自分は自分であるか否か。邪神に支配された傀儡《かいらい》であるか否か。自問しても答えが出る訳もない。

そして、ふと気付く。自分が力を得たのだといういうことに。

大願を成就することが可能な力だ。胸の内に燻《くすぶ》った、唯一の願いは未だ残っている。

ならば何を迷うことがあるだろうか。私は邪神の力さえも利用することに決めた。

まず私は父に取引を持ち掛ける。邪神の力を獣王家のために振るう代わりに、あの子がこの国で幸せに生きて行けるように、人間排斥派を全て排除することを求めたのだ。

結局、父は私と共謀し、国内の人間排斥派を徹底的に弾圧していった。

他の黒猫族たちは、私が力を得るとあっさりと手のひらを返す。あれだけ人間と交わった汚らわしい女だと非難していた者たちが、薄汚い欲望を隠そうともせずに握手を求めてくる様は滑稽だった。

どちらが薄汚いのか、分かっていないのだろうか？

だが、私は再び裏切られる。元恋人たちがあの子を連れてバシャール王国へと逃げてしまったのだ。裏では彼の王国が糸を引いているようだった。そして、あの子を人質にして私に迫ったのだ。獣人国の弱体化に手を貸すようにと。

私は従うしかなかった。あの子の安全を願う代わりに、勝手に軍を興してバシャール王国への侵攻を計画している主戦派の動きを全てリークしたのだ。さらに乞われるがままに獣王家の軍を出撃させ、バシャール王国軍と主戦派軍を挟撃して殲滅した。

戦後の賠償等でも、向こうの望む国境線の書き換えなどを全て叶えてやった。その時には父は私の力で洗脳済みだったので、その辺は私の考えでどうとでもできたのだ。

怪我の功名か、戦争に敗れたことで人間排斥派は大きく勢力を減じ、魂を捧げた私は邪神を通してさらなる力を得た。後はバシャール王国からあの子を取り戻すだけだ。それで、私の願いは叶う。あの子とともに、安息の地で静かに過ごす。

あの白い光が私の命を奪わなければ、叶うはずだった。

神罰。

邪神を利用したことに対する、神が下した裁定は、亡びと封印。

邪人の因子が僅かにでも入り込んだ同族たちも、神罰によって全て排除されたらしい。そうでない者たちも、進化することを禁じられ、力を一気に失っていた。

あははは、ざまあみろ！　私たちに最も辛く当たったのが、同族であるはずの黒猫族だ。大人から子供まで、皆が私を穢《けが》れていると罵り、石を投げた。どうせなら全て滅べば良かったのだ。

そして五〇〇年後。私はリンフォードによって目覚めさせられ、支配されることとなる。

あのような男に使役されることは屈辱ではあったが、現在のバシャール王国にあの子の子孫が残っていると聞き、興味を持った事も確かだ。

もうあの子には会えないが、その末はどうなっているのか？

現在も残るマグノリア家の人間は、確かにあの子の子孫だった。

マグノリアの血に宿る、邪人に干渉することが可能な特殊な力。かなり弱くはなっていたが、その力を間違いなく受け継いでいた。

だが、見た瞬間に私は嫌悪感を抱いていた。

無意識に発する邪人支配の力を、私の邪気が拒否しているのだろう。

スキルのせいであるとか、悪気はないとか、そんなことは関係ない。嫌いなものは嫌いなのだ。

しかし、私はまたもや出会ってしまった。

外見は似ていない。髪の色も、目の色も違う。それでも見た瞬間、あの子と出会った時と全く同じ衝撃を受けてしまった。

マグノリア家に誕生したばかりの嫡男、ロミオ。その身に流れる、あの子の血がそうさせたのだろうか？　それとも、この赤子に宿る凄まじい邪人支配の力に、私も引っ張られてしまった？

まあ、どうでもいい。愛しいものは愛しいのだ。

私に新たな生きがいが見つかった瞬間だった。

そんな中、私は知る。バシャール王国のクズどもが、ロミオを邪神復活の儀式の贄としようとしていることを。

このままではロミオは、いずれ誰かに利用されて、死んでしまうだろう。

それだけは絶対に阻止せねばならない。

リンフォードの小間使いに堕ちたこの身ではあるが、僅かな権限は認められている。私はリンフォードの意を汲《く》みつつも、自らの望みを達成するために行動を開始した。

最初に行ったことは、バシャールの現国王との交渉だ。私は彼の国のために協力し、その望みを叶えた暁にはロミオを私に引き渡すという約束を取り付けた。いえ、ロミオを指定してしまうと、国やリンフォードたちがあの子を人質に取る恐れもある。

私は元恋人の霊を召喚するために、マグノリアの血筋が欲しいと伝えてあった。そして、無垢な魂の方がより良いので、できればロミオを無傷でもらい受けたいとも。いかにも邪神の巫女が言いそうなセリフでしょう？　そのおかげで、バシャール王は私が未だに恋に狂い、ロミオを生贄に捧げようとしていると思っているらしい。まあ、最後まで勘違いしていればいい。どうせ、私がロミオを手に入れるまでの付き合いだ。

バシャール王国の願い。それは宿敵たる獣人国を下し、その上に立つというものだ。常に獣人国からの侵略の影に怯え続けてきたバシャール王国にとって、それは悲願とも言えた。その目的が果たせるのであれば、手段はどうでもいいようだ。

そして、私はバシャール王国との協力の陰で、マグノリア家とも契約を結ぶ。獣人国を滅ぼした暁には、ヨハン・マグノリアの身を儀式に使う生贄として私に差し出す。その代り、彼らの願いであるロミオの脱出を私が手助けする。

そう、マグノリア家の人間たちも、私の真の願いが、ロミオを助けることだとは知らない。あくまでもヨハンの血を得るための手段として、ロミオを助けようとしていると思っているのだ。

だが、それでいい。私の真の目的がロミオであるということは、誰にも知られてはならない。どこから外に漏れるか分からないのだ。

リンフォードの利害とバシャール王国の利害、そしてマグノアリア家と私の利害は一致し、獣人国に対する戦争が計画された。リンフォードは魂を欲し、バシャール王国は勝利を欲し、私やマグノリア家はロミオの安全を欲したのである。

最初は順調だった。

南に展開したバシャール王国軍で獣人たちを引き付け、北からダンジョンの眷属で奇襲する。

獣人国さえ滅んでしまえば、バシャール国王がロミオを生贄に使う必要はなくなるだろう。後は、報酬として得たロミオを、バシャール王国から脱出させればいい。

ロミオを預ける場所の目星も付けてある。他の大陸になってしまうが、ランクA冒険者の経営する孤児院があるのだ。調べさせたが、そこは何の裏もない、至極真っ当な孤児院であった。あそこに預ければ、バシャール王国にいるよりも数段安全なはずだった。

ただ、それらの計画も全て無駄に終わってしまいそうだ。何と、神剣使いなどというイレギュラーが現れたのだ。

命令に込められた強制力故に、絶対に勝てない相手との戦いからも私は逃げることができなかった。ボルガースに言われるがまま、私は神剣使いに挑むしかないだろう。

さすがの私でも、神剣使いに勝てるとは思っていない。私の命はここで終わる。

唯一の光明は、ゼロスリードの存在だろう。どうやらリンフォードを裏切ったらしい。こちらの邪人を尽《ことごと》く食われてしまった。

だが、裏切り者ではあるが、交渉することはできる。私が差し出したのは、私の命。その力を食らわせてやる代わりに、ゼロスリードには三つ仕事をこなしてもらうことにした。

一つは、唯一私に命令ができる存在、ダンジョンマスターの殺害だ。あれに監視されている限り、迂闊な真似はできない。どうせ神剣使いに挑めば死ぬのだ。ならば、最後に僅かな自由を得た方がマシだろう。奴らには数日は動けると強がりを言ったが、あれは嘘。精々一時間といったところだ。残念ながらあの子の下に行く時間は残っていない。

もう一つの頼みが、最高のタイミングでの私の殺害だ。具体的には、私が神剣使いや王女たちにロミオの保護を頼んだ直後に、私の命を惨たらしく奪ってもらう。

なぜって？　奴らのような人間は、お涙ちょうだいの展開に弱い。死にゆく憐れな女の、最期の願いだ。断れないだろう。特に神剣使いと王女は、そういった話に弱いと見た。ロミオが救われる可能性を少しでも残す。それが私にできる最後の足掻きだった。

ゼロスリードにも当然、依頼してある。三つの願いの最後だ。だが、どこまで約束を守ってくれるかは分からない。できれば王女たちか神剣使いが保護してくれると有り難いのだけれど……。敵ではあるが、王女たちの方が遥かに信頼できる。

「ねえ……お願い……あの子を、ロミオを幸せに……たの……」

「ふん、憐れな女だな。邪神の眷属のくせに、人間のガキの幸せなんざ願っちまってよ。どんだけ狂おうとも女ってことかね？」

王女たちがゼロスリードの言葉を聞いて、怒りの表情を浮かべている。私に同情しているらしい。

「あ……」

ありがとうゼロスリード、最大の援護よ……。

第五章　黒猫たち

「ふん、憐れな女だな。邪神の眷属のくせに、人間のガキの幸せなんざ願っちまってよ。どんだけ狂おうとも女ってことかね？」

「あ……」

「ふん」

崩れ落ち、そのまま黒い霧のようになって消えていくミューレリアの事を、興味を失ったような詰まらなさそうな目で見つめる巨漢の邪人。

いったい何が起きているのか、俺には全く理解ができなかった。

ミューレリアがバシャール王国にいる子供を救ってほしいなどという訳の分からないことを言い出した。

クリシュナ王家云々も、獣人に対する恨みも、全て真意を隠すための方便だった？　本当の願いは、ロミオという少年をバシャール王国から救い出すこと？　確かに、ヨハン・マグノリアは邪人を操る稀有《けう》なスキルを持っていた。それよりも強力なスキルがあるというのであれば、ロミオ・マグノリアは今後も利用されるだろう。最悪、生贄に捧げられるかもしれない。

リンフォードやダンジョンマスターに支配されているミューレリアが、自力でその少年を救い出すことが難しいのも分かる。

だが、本当なのか？　嘘をついているようには見えなかったが、あのミューレリアがそんなことで動くとは到底思えなかった。

そうやって悩んでいたら、今度はゼロスリードの出現だ。

そして、俺の頭からは今までの悩みなど全て吹っ飛んでいた。それはフランもキアラもアースラースも、この場にいる全員が同じであるようだ。

『おいおい……いつの間にここまで……』

ゼロスリードの発する邪気が、以前とは比べ物にならない程に強大になっていたのだ。それこそ、ミューレリアに並ぶ程に。いや、下手したら超えているかもしれない。

以前は鑑定で一部のステータスなど読み取ることができた。だが、今は何も見えない。つまり、それだけ邪人化が進んでいるということなのだろう。見た目は以前のままなのだが、それがより恐ろしい。

アースラースでさえ眉根を寄せて、警戒する様子を見せている。キアラは軽く身構え、フランたちに至っては咄嗟に距離を取って、蒼白《そうはく》な顔で武器を構えた。フランの腕に鳥肌が立っているのが分かる。つまり、ゼロスリードはそれだけの存在になっているという事だ。

元々、こいつは異常な存在ではあった。邪術師リンフォードによって邪人にされた後に、錬金術師ゼライセの魔人化手術を受けたのだ。ゼライセの研究の中でもとびっきり悍ましい、魔石を人間に埋め込んで魔獣と化す魔人化研究。ゼロスリードはその唯一の成功例であるらしい。

邪人の力と、魔石の力。双方を受け継いだゼロスリード。当然、弱いわけはない。とは言えここまで強くなるとは思っていなかったが。

魔人化したことで得たという、『共食い』スキルの影響に違いない。同族を殺すことで、その力の一部を吸収するというスキルだ。ゼロスリードは邪人を殺して殺して殺しまくって、力を吸収し続けたってことなんだろう。

ある意味世の中のためになるなんて前には思ったが、短い時間でこれほど育つとは完全に予想外であった。

「何もんだ？」

「何、ゼロスリードっつうケチなもんだ」

アースラースの威圧感たっぷりの問いかけにも、一切臆することなく言い返している。

「邪人なのか？　毛色が少し違うみてーだが……」

「さてな？　俺にも分からねーよ。リンフォードの爺に埋め込まれた邪神石と、ゼライセの野郎に移植された改造魔石が妙に馴染んでてなぁ？　まあ、俺の種族なんざどうでもいいじゃねぇか？　楽しむには関係ねぇ」

「戦闘狂か。確かに、随分と強いみてーだな」

「神剣使いにそう言ってもらえるとは、光栄だな！　くははは！」

哄笑を上げるゼロスリードの全身から、濃密な邪気が凄まじい勢いで噴き上がった。無造作に撒き散らされた邪気は、暴風となって周囲に吹き荒れる。

これは本気でまずい！　せっかくミューレリアを退けられそうだったのに、また化け物が出現しやがった！

破邪顕正を持っているとはいえ、こんな化け物と好き好んでやり合いたいとは思えない。

アースラースの暴走の危機も未だに去ったわけではない。

ここは逃げるが勝ちだろう。

『――ちっ！』

だが、ディメンジョン・ゲートが発動しない。

ミューレリアが死んでも転移阻害が維持されているのか、それともゼロスリードが張り直したのかは分からないが、未だに転移は使えないままだった。

「そっちのちびは、見覚えがあるな。バルボラにいた奴だ」

「……」

「俺に一杯食わせてくれやがったワン公は元気か？　どうせどっかに隠れてるんだろ？」

（ガルル……）

『ウルシ、まだ出るなよ？』

（オフ……）

「……」

「何だ、だんまりかよ？」

別に努めて無視しているわけでも、情報を渡さないために口を閉ざしているわけでもない。

単に声を発せられないだけだ。ゼロスリードに見つめられただけで、フランが迂闊に動くこともできなくなったのである。ウルシはやる気だが、まだ姿を見せない方がいいだろう。

ゼロスリードはそのまま興味を失ったようにフランから視線を外すと、壮絶な笑みを浮かべてアースラースを見た。見ただけでフランやメアたちに震えが走るような、凄絶な表情だ。

「神剣持ちか……。一度やり合ってみたかったんだ」

「……神剣を舐めるなよ？」

「なあ、あんたも俺と同じで凶状持ちなんだろう？」

「お前と一緒にされたくはねぇが、まあ人様から見れば似たようなものか」

「しかも、強化系のヤバいスキル持ちだって？　かははは！　いいねぇ！」

アースラースを獲物と見定めたのか、ゼロスリードから殺気が発せられる。

奴からしたら挨拶程度なのかもしれないが、今のゼロスリードがやれば、それは攻撃と呼んでも差支えが無かった。一般人だったら、この殺気だけで心臓が止まるだろう。

グエンダルファはその場で片膝をつき、クイナたちでさえ無意識に壁際まで下がっていた。背中を壁にぶつけて驚いている姿が見える。自分が後退していることに気付いていなかったらしい。

「ちっ」

やる気満々の様子のゼロスリードを見て、アースラースが舌打ちをする。

「おいキアラ！」

「ダメだ！」

キアラが出口の扉に近づき調べていたが、やはり開かないらしい。

その間にも、ゼロスリードから発せられる殺気は凄まじい高まりを見せていた。

「へへへ、行くぜ？」

「おめーら！　巻き込まれるんじゃねーぞ！　キアラは急げ！」

そして、化け物同士の戦闘が始まった。

先に仕掛けたのは当然ゼロスリードだ。

「おらぁ！」

ゼロスリードがどこからともなく取り出したのは、アースラースの地剣ガイアに匹敵するほどの巨大な剣である。名前は邪神石の大剣となっていた。なるほど、こいつが使うには相応しい武器なのかもしれない。名前的にも、強度的にも。

振り下ろされた漆黒の大剣を、アースラースが振り上げた神剣で迎撃する。

ゴギャオォォォ！

硬く重い金属が思い切りぶつかり合ったかのような、甲高い轟音が鳴り響いた。

ただの一合、剣が打ち合わされただけで、大きな衝撃波が発生する。壁際に避難したフランたちにまで、体を浮かすほどの突風が押し寄せるほどだ。

そこからは、巨躯の男二人が身の丈以上の大剣を激しく打ちつけ合う、異様な光景が展開された。攻撃を攻撃で相殺し、吹き荒れる衝撃波を物ともせずにさらに攻撃を繰り出し合う。一発の攻撃がどれほどの威力になっているか想像もつかないが、あそこに交ざりたいとは全く思えなかった。

俺もそれなりに強度がある自信はあるが、あの間に挟まれたら一発でスクラップではなかろうか？

「があああああああ！」

「うおらあぁぁぁぁぁ！」

狂鬼と邪鬼が、咆哮を上げながら殺し合う。

最初は一見互角に見えたが、剣術の腕前はアースラースが上回っていたらしい。

五回に一回ほどの割合で、アースラースの攻撃がゼロスリードを捉えている。すぐに再生するのだが、邪気が大きく目減りしているのが分かった。神剣は当然ながら邪人に対しても有効であるらしい。

このままいけば、アースラースが勝つ。

そう思ったのだが、キアラが焦った顔をしていた。アースラースも同様だ。

「まずいぞ……」

「どうしたの？」

「アースラースの角を見ろ。色が赤く変色してきただろう？　あれは、暴走の兆候だ。もう間もなく、狂鬼化が発動するぞ！」

事態は最悪の方向へと動いているようだった。

ゼロスリードと剣を打ち合わせるたびに、アースラースの額から生えた角は、より濃い赤に染まっていく。それと同時に、その体からも陽炎のような赤い魔力が立ち上り始めた。

「赤は狂奔の色……。あのオーラを纏い始めたということは、すでにスキルが発動している！」

装備品などの効果でギリギリ暴走はしていないらしいが、暴走するまでは時間の問題ということだった。ここで戦いを止めたとしても、もう遅い。アースラース自身、どうにもならないのだ。

実際、その意識はすでにゼロスリードとの戦闘にしか向いていなかった。

理性が飛び始めているようだ。

「おらぁぁぁぁぁ！」

「ちぃぃ！　さすが神剣使いだな！」

角の赤さに比例するように、アースラースの攻撃が激しさを増していく。

それだけではなく、攻撃の威力も増しているようだ。

ダンジョンの床に地剣ガイアが叩きつけられ、大きく陥没したのが見えた。周囲に蜘蛛の巣状にヒビが入っている。

それを見て俺は戦慄した。そもそも、このダンジョンは破壊できるものだったのか？　多分、ダンジョンの強度はそれぞれのダンジョンで違うだろう。ゴブリンダンジョンでは普通にフランの攻撃で床が抉れたりしていた。

だが、このダンジョンはアースラースが暴れてもほとんど無傷だった。大地魔術で操ってはいたが、純粋な攻撃ではたいした傷がついていなかったのだ。表面が削れるくらいだろう。

だからこそ、ダンジョンを破壊して逃げ出すということも無理だったわけだが……。しかし、今目の前でその常識が覆された。

あの何気ない一撃には、俺たち数人がかりの攻撃を遥かに超えた威力があったのだ。悔しさなどよりも、恐怖が先に襲ってくる。

「がおぉぉぉぁ！」

「うらぁぁぁぁ！」

怪獣大戦争だ！　アースラースだけではなく、ゼロスリードの攻撃もダンジョンを破壊し始めた！

『キアラたちはともかく、グエンダルファはかなりヤバそうだな！』

俺たちはまだ攻撃の余波をかわす余裕はあるが、グエンダルファはすでに限界な感じだ。時おり余波で怪我をしつつ、必死に逃げている。

だが、二人の戦闘はさらに激しさを増していった。というか、アースラースはもう完全に周りが見えていないな。範囲が広い技を躊躇なく使い始め、それに対応するゼロスリードも広範囲系の技を放つようになっていたのだ。

「クイナ！　まだ開かぬか！」

「申し訳ありません。回避しながらですので、まだしばらくは」

「メア、フラン、ミア！　クイナを守れ！」

アースラースの暴走が始まってから、ずっとクイナは扉を開けようと試みていた。扉の前に陣取り、何やら調べているのだが、途中途中で戦闘の余波をかわしながらであるため、遅々として進まないらしい。

皆で結界や障壁を張って、クイナを守る。グエンダルファはもう少し耐えろ。

俺はその間にもアースラースたちから目を離さなかったのだが、段々とその動きが速くなってきた。

さらに、魔力もグングンと高まりを見せる。互いに本気になってきたのだ。

俺たちの視線が集中する中、アースラースがついに大きな動きを見せた。

「うがあああああああ！」

地剣・ガイアを天高く掲げたのだ。

それを見たゼロスリードも、何か不穏なものを感じたのだろう。顔から笑みを消して、大きく距離を取った。

そして、アースラースが絶叫した。

「神剣開放おおおおぉぉぉぉぉ！」

直後、大上段に掲げられた地剣・ガイアから、神々しい白光が噴き上がる。神剣の内部から魔力が溢れ出し、アースラースを包み込んだ。

その光景は、光の柱がアースラースを飲み込んでいるかのようだった。

「むぅ……」

衝撃波と共に、土煙と石礫が吹き付ける。まるで、至近距離でダイナマイトでも爆発したかのような惨状だ。

全員、その場から動くことができず、ただただ荒れ狂う力に耐えるしかなかった。

魔力感知や気配察知も役に立たない。なぜなら、凄まじい存在感と魔力が部屋を覆い尽くしていたのだ。危機察知は、さっきから警告を放ちっぱなしであった。

『これが神剣の力か！』

あの叫び声から想像するに、神剣の力を開放したのだろう。逆に言えば、ただ本来の姿を取り戻しただけでこの魔力と圧迫感だ。本当に俺と同じ武器の枠に入る存在なのか？　信じられん。いや、だからこそ、神剣は兵器なんて呼ばれるのだろう。

『フラン！　大丈夫か！』

（ん！）

これじゃあ、粉塵に紛れて誰かが近づいてきても、気付くのが遅れてしまう。最大限の警戒をしながら、煙が晴れるのを待つ。

数秒ほどの時間が、何倍にも感じた。

煙が晴れた後、力の中心にいたアースラースの姿が目に飛び込んでくる。アースラース自身の姿に変わりはない。だがその手に握られた神剣が、大きく姿を変えていた。

『あれが、神剣の真の姿……？　剣、ではないよな』

何と言えばいいのだろう。まともな武器の範疇とは思えない、奇妙な姿だ。

解放前は真っすぐな刃を持った大剣だったのが、今やその刀身は曲刀のように反り返っている。それだけではなく、反りの内側にはスパイクのような鋭く大きい棘が等間隔に五本生え、さらに先端が異形とも言える変形を遂げている。

金槌にそっくりな巨大な鉄塊が、刀身の先に付いていたのだ。反り返った刀身の内側に向く部分は、ツルハシのように鋭く尖っている。逆側は平らなハンマーのような形状だ。しかも凄まじく大きい。分厚い刀身部だけでも刃渡り二メートルを超え、ハンマー部分は高さも幅も長さも、ドラム缶の倍近くはありそうだった。

個人が使う武器にはとても見えない。まだ破城槌などの攻城兵器の類と言われた方が納得できた。鑑定してみても、大地剣・ガイアという名前と、僅かな能力しか見ることができない。真の姿となったことで、俺程度では鑑定できない程にその格が上がってしまったのだろう。

名称：大地剣・ガイア
攻撃力：４７００
魔力伝導率・ＳＳ＋
スキル：――

確認できたのは残念ながらこれだけだ。しかし、これだけでも十分にその規格外さが分かる。

「うらぁぁ！」

アースラースが、真の姿と名前を取り戻した大地剣・ガイアをゼロスリードに叩きつける。先程までよりもかなり速い。目にも留まらぬ速さだったのが、もはや目に映らぬ速さだ。

そんな神速の一撃であっても、ゼロスリードには何とか見えているらしい。こちらもやはり規格外だ。

ゼロスリードは神剣を受け止めようとしたようだが、あっさりと剣を押しのけられていた。それでも体を捻ってかわそうと試みたが、無駄だ。

ガイア本体をギリギリで避けたはずなのに、見えざる力によって体の半分を叩き潰されてしまっていた。ズンという振動が俺たちの足下を揺らすと同時に、ゼロスリードの右半身が一瞬にして潰されている。右半身だけを上からそぎ落とされたような姿で、左半身だけで何とかバランスを取るゼロスリード。

普通ならばこれで死んでいるはずなのだが、そこは邪人だ。

すぐさま右半身は再生を始め、元の姿を取り戻す。

「やべー！　さすが神剣様だな！」

この状況で笑っていられるとは……。戦闘狂の中でも極め付きのイカレ野郎だな！

「があああ！」

「はははは！　こいこい！　テメーを殺して、その神剣は俺様が頂いてやる！」

ゼロスリードの動きがさらに速くなった。剣を振る度に、凶悪な邪気が撒き散らされる。掠っただけで、邪気によるダメージを受けるだろう。

アースラースがガイアを叩きつける度にダンジョンが陥没し、フランたちの足元を揺らす。時には、弾け飛んだダンジョンの床が大きな瓦礫となって、超高速で襲い掛かってくることもあった。

戦いに直接加わっていないはずなのに、フランたちの精神がドンドン消耗していくのが分かる。

「うう……うあがあぁぁぁぁ！」

激しい削り合いの中、アースラースが神剣を肩に担ぐように構えた。

神剣に魔力を注ぎこむと、今まで以上の速さで飛び出す。今日一番の速度だ。

「ちっ！」

「があああっ！」

気付いたらゼロスリードの目の前にいた。ここからでは防御できないと悟ったのだろう。ゼロスリードも慌てて障壁を張り巡らせたようだが、その障壁ごと神剣により叩き潰されていた。

爆心地にいるかのような、今日一番の轟音と爆風が部屋中を襲う。俺が張った障壁も、飛来する瓦礫によってあっさりと貫通されてしまった。咄嗟に物理無効を装備したが、その前に何発かがフランの体を抉っている。

『大丈夫か！』

（……ウルシが庇ってくれた）

「グル……」

『よくやったぞ！　ウルシ！』

障壁を破られたとはいえ、威力は大分減衰している。傷は深くないらしい。またウルシが身を挺してフランを守っていた。そのお陰で、被弾は少ない。その代わりウルシは酷い怪我を負っているが、その顔は満足げだ。フランとウルシの傷をヒールで回復してやりながら、皆の様子を確認した。

『ウルシは影に入ってろ。他の奴らは大丈夫か？』

「だいじょぶ？」

「私たちをかばったせいでグエンダルファが！」

「今行く！」

　グエンダルファがその巨体を盾にして、扉の前にいた皆を守ったらしい。慌てて彼に駆けよると、その背中には大小無数の瓦礫が突き刺さっていた。

　手足は千切れかけ、おびただしい量の血液が巨体を濡《ぬ》らしている。

　グエンダルファの命は、風前の灯火であった。

『やばい！』

「ん！」

　俺とフランでグレーター・ヒールを連続して使用し、何とか危険域を脱することには成功する。ただ、しばらくは動けないだろう。それに、もう何度もあんな攻撃を繰り返されたら、俺たち以外が危険である。

　そもそも神剣の性能からすれば、今の攻撃でもまだまだ本気ではないと思われた。今後、もっと広範囲で高威力の攻撃を放たれたら、フランの身も危険だろう。

「クイナ？」

「申し訳ありません。まだ開きません」

　キアラの問いかけに、クイナが首を振る。すると、キアラが決意の表情で、未だに暴れるアースラースを見据えた。

「ならば危険を冒してでもやるしかないか？　賭けはしたくないんだが……」

「何を？」

「アースラースの暴走は、ある程度のダメージを受けると解除される」

「ならば、我ら全員で――」

「だが！　それで元に戻せなければこちらに矛先が向く！　あの攻撃の矛先がだ！」

なるほど。確かにそれは賭けだな。失敗したら、神剣の攻撃に曝《さら》されるということになる。だったら、俺たちにはもう少しだけましな賭けがあった。

『フラン。いちかばちか、試すぞ』

（……スキルテイカー？）

『そうだ』

フランも気付いていたか。アースラースの狂鬼化を奪おうと考えているのだ。ただ、躊躇していたのにはいくつか理由がある。

まず、暴走が始まってしまった後に狂鬼化を奪って、暴走自体は止まるのか？　それと、ゼロスリードに対抗する力が無くなってしまわないか？　そういう理由だ。とは言えこのままでは無事に済まない事は確かだろう。ならば、やってみるべきだ。

「アースラースを止める」

「何？　できるのか？」

「できる、かもしれない」

フランが手早く説明する。アースラースのスキルを一時的に消し去れること、それにより暴走を止められるかもしれないこと。だが、確実ではないこと。

「つまり、何が起きるか不明だが、可能性はあるということだな？」

「ん」

「ではやってくれ。何もしないよりはましだ」

キアラの決断は一瞬だった。やはりこのままではマズいということが分かっているんだろう。今も時おり飛来する瓦礫を、メアが防いでくれているのだ。

『じゃあ、いくぞ』

「ん」

緊張しつつも、俺はアースラースをその視界に収める。

躊躇している暇はない。俺は様々な不安を押し殺しながら、暴れる狂鬼をスキルの対象に指定する。

『スキルテイカー！』

スキルの放つ見えざる力が、アースラースの内から何かを引きずり出す感覚が確かにあった。熱いナニかが、俺の中に飛び込んでくる。

「ぐがあああああああ！」

奪取成功だ！　俺がそう確信した直後、アースラースの動きが止まった。

そして、身悶《みもだ》えするように苦しみ始める。

「ぐあああ――」

「おいおい、どうした？」

ゼロスリードも攻撃の手を止めて、両膝を床について反り返るように絶叫を上げるアースラースを見つめていた。

数秒後。アースラースの動きは完全に止まり、静寂が訪れる。

「なにが……おきた……」

アースラースは何が起きたか分からないらしい。朦朧《もうろう》とした様子で、周囲を見回していた。

その姿を見れば、間違いなく理性を取り戻しているのが分かる。狂鬼化を奪ったことで、暴走を止めることに成功したのだ。

キアラが近づき、アースラースを保護しようとしている。

これで――。

（あとは、師匠が狂鬼化を外せばいい）

『……ああ』

「師匠？」

「オン！」

『……あぁ？』

「し――？　――う！」

何だ？　誰かが何かを言っている。

いや、誰かじゃない、フランだ。

俺の装備者だ。

『いいあああ――』

唐突に湧き上がってきた憤怒と破壊の衝動。目の前も思考も、真っ赤に染まる。

そもそも、俺は何をしている？　なぜ、俺はこんな場所で安穏としている？　なぜ戦っていないのだ？

目の前の鬼と邪人。こいつらだ。こいつらがフランを……！

こいつらはいらない！

戦え！　全ての敵を壊せ！

こいつらを殺せ！

『ぐがぁあぁぁ！』

戦え！

何もかもぶっ潰せ！

フランの敵を滅するんだ！

『がああああああああああああああああああああああああああぁぁ！』

Side　ネメア

それは唐突だった。

フランがアースラース殿の狂鬼化スキルを封じることができると言い出した。それで止まるかは分からないが、キアラ師匠はとりあえずやってみろと告げる。

そして、フランが剣を構えて何やら集中すると、アースラース殿の動きが止まった。本当に暴走を鎮静化することに成功したらしい。

ゼロスリードとかいう不気味な邪人は残っているものの、最悪の事態は脱した。

そう思い、フランに駆け寄ろうとしたんだが——。

「やったな」

「……」

「フランどうし——」

「師匠？」

「オン！」

『……あぁ？』

「師匠？　師匠！」

『いいあああああぁぁ！』

突然、誰かの絶叫が鳴り響いた。まるで脳内に直接聞こえているかのようだ。いや、実際そうなのだろう。念話だ。

「これは……師匠か？」

私がそう呟いた瞬間、フランの手に握られていた魔剣が、突如その手を離れて飛び出す。

宙に浮いたまま激しく振動するその剣から、獣の咆哮のような、それでいて苦痛に喘ぐ悲鳴のような、痛々しい絶叫が発せられているのが分かった。

『があああああああああぁ！』

一際大きな咆哮が鳴り響いた直後である。

剣から雷光が発せられ、ゼロスリードを襲った。

「んな！　何だこりゃ！」

ゼロスリードも驚いているようだ。

師匠の放った雷はあっさりと躱されたものの、剣は勝手に動いてゼロスリードに突進していった。

フランを見ると、その場で呆然と立ち尽くしている。どうやら、フランの指示ではないらしい。

真っ青な顔でその後を追って走り出した。

「師匠！」

「フランの意思じゃない……？　師匠が暴走しているのか？」

「おいメア！　何か知っているのか？」

いきなり剣が独りでに動き出すという事態を見て、キアラ師匠も焦った顔をしているな。フランの様子を見て、その意図通りではないと理解したのだろう。

「えーっと、師匠が……」

「私がどうした？」

「ち、違います！　キアラ師匠ではなく、フランの師匠が！」

「どういうことだ！」

まずい、インテリジェンス・ウェポンだという情報を私が口にしていいものか？　これはフランが私を信用して話してくれた情報だぞ？　それを裏切るのは……！

すると、横からクイナが口を挟んだ。

「お嬢様落ち着いてください。すみません、お嬢様も錯乱しているようです」

「そうか。クイナは何か知っているか？」

「詳しいことは分かりませんが、師匠というのはフランさんの剣のことです。師匠という銘が付いているらしいですね。そのフランさんの剣は何らかの事情で暴走しているようです。先程のアースラース殿のスキルを封じた影響ではないでしょうか？　多分、あの剣はかなり高位の魔剣であるようですし、スキル封じはあの剣の能力なのでは？」

「なるほど。そして、狂鬼化の影響を受けて暴走したと？」

「そうとしか思えないですね」

良かった、クイナが上手く説明してくれた。だが、そんな話をしている内にも師匠の暴走は続く。

『があぁ！』

再び太い雷光がゼロスリードに向かって降り注いだ。それも三発も。それぞれがダンジョンに大きなクレーターを穿つのを見て、背中に嫌な汗が流れる。

あれはどう見ても極大級の魔術だ。それを三発も同時に放つ？　インテリジェンス・ウェポンというのはそれほどの能力を秘めているというのか？

「今度は剣か！　しっかし、その赤いオーラ、さっきの神剣使いに似ているが、何がどうなってやがる？」

雷で身を焼かれながらも再生を繰り返すゼロスリードだが、その顔には戸惑いが見て取れた。剣だけが勝手に襲い掛かってくるという事態に、ついていけていないのだろう。

「師匠！　師匠！」

フランが爆風に目を細めながらも必死に呼びかけているが、師匠には全く届いていないようだった。

師匠はフランを無視して凄まじい速度で飛び出す。

停止からの急加速は、ゼロスリードを驚かせるには十分だったらしい。回避させる間もなく、その半身をぶち抜いた。

「ぐうあああぁ！　なんだ！　これはぁ！」

しかもの明確にダメージを与えた。そうだ、あの剣には破邪顕正の能力もあるのだった。苦悶の表情を浮かべるゼロスリードに対して、師匠の追撃が続く。

『潜在能力解放ぉぉぉぉ！』

師匠の叫びの直後、凄まじい魔力が師匠から溢れ出した。放たれる魔力によって空気が振動し、私の肌を叩く。

あの剣は、どれほどの力を秘めているというのだ？　この威圧感、アースラース殿の大地剣・ガイアに引けを取らん！

悔しい事に、私がリンドを振るってもあそこまでの力は発揮させてやれないだろう。

『おおおおおお！』

空中に巨大な魔法陣がいくつも描かれ、再び雷が放たれる。何と頭上から降り注ぐだけではなく、横から横へと極雷が打ち出されたではないか。先程の極大魔術よりも明らかに太い雷光が、頭上から三本、左右から二本。ゼロスリードを囲むように襲い掛かる。

「何度もやられるか！」

私だったら何度黒焦げにされるか分からない雷光を、ゼロスリードは真っ向から受け止めた。その手に持った漆黒の大剣で雷を切り裂き、弾き、散らす。

何なのだこの戦いは？　明らかに先程のアースラース殿の戦いよりも激しい。ゼロスリードによって叩き散らされた雷光の放電する音が、やけに遠くに聞こえる気がした。だが、私の胸に燻る様々な想いなど余所に、師匠の暴走は続く。

今度は師匠の刀身がいきなりバラバラになった。可視化する程の凄まじい魔力に耐えかねて自壊したのかと思ったら、そうではない。どうやら自らの形状を変形させたらしい。

今は何千本もの糸となって、ゼロスリードを包囲していた。それはまるで鋼の糸で作り上げられた繭玉のようだ。

『あああああああ！』

「ちくしょうがぁ！」

その繭玉が一気に狭まり、閉じる。このまま行けば周囲から襲い掛かる糸がゼロスリードを搦めとるだろう。

「くおぉ！　色々とやってくれるなぁぁぁ！」

だが、ゼロスリードは完全に飲み込まれる前に転移して逃れていた。右腕は失っているが、ダメージはそれ程でもないようだ。

逃げられたと瞬時に理解した師匠が、ゼロスリードを追撃する。

再びその形状が変形し、元に戻った。本体だけは、だが。飾り紐だけは未だに一〇〇本ほどの糸になったまま、ゼロスリードを追い続けている。そうやって相手の動きを誘導しつつ、師匠の本体が構えを取るかのように僅かに傾いた。

背中に氷塊でも押し付けられたのかと思う程の、凄まじい悪寒が私を襲う。

同時に、キアラ師匠が私たちを引きずり倒していた。

「ふせろ！」

『天断』

静かで悍ましい、呟き。

そして一振りされた師匠が、その延長線上にいるモノ全てを切り裂いた。

ゼロスリードも、邪気も、魔力も、空気も、ダンジョンも、全てだ。

いつの間にか私のすぐ頭上の壁が、深々と切り裂かれている。

ゾッとした。キアラ師匠に引きずり倒されていなければ、私の首は今の攻撃で斬り飛ばされていただろう。それも、自分では何も気付かぬままに。

「があああ！」

ゼロスリードの腰から下が無い。しかも再生も遅い。それだけのダメージを負ったのだろう。あの化け物のようなミューレリア。それを超えたとさえ思うほどの力を感じさせた凶悪な邪人が、いとも簡単に追い詰められている。

私は震えが止まらなかった。心底恐怖していた。

あれは単なる魔剣などではない。

もっと恐ろしい、ナニかだ。

『があおうあぁぁぁ！』

「今度は、何だぁ？　色々とやってくれんじゃねーかぁ！」

師匠が再びその姿を変える。あれは何だ？　刀身の柄の意匠が盛り上がったかと思うと、そこを先頭に、刀身が鈍い金属音を響かせながら次々と盛り上がり、形を変えていく。

「次から次へと……させるかよ！」

今度はゼロスリードから仕掛けた。邪気を大剣に集中させて、斬り掛かったのだ。だが、それも師匠の周囲に張り巡らされた障壁によって相殺されてしまった。

今の一撃だけで、私の全魔力の数十倍の力が込められていたはずなのに。

『ううぅ――――アオオオオォォォォォ！』

放たれるは、狂気と破壊の衝動を込めた遠吠え。

師匠の体が何の姿をとろうとしていたのか、ようやく分かった。

狼だ。

全身が鋼で形作られた、体高五メートル程の黒狼である。そして、その体から噴き出すのは漆黒の魔力。その黒い魔力が赤いオーラと混ざり合い、禍々しい色彩を放つ。私はそれを見た瞬間、呟いてしまった。

「フェンリル……？」

それはまるで、お伽噺に登場する魔狼フェンリルのようであった。

かつて世界を食らい尽くそうとしたという、大魔獣。しかし、今の姿はその名に決して負けていないように思えた。

そんな中、私の背後でキアラ師匠が声を上げた。

「開いた！」

私がただ恐怖に震えることしかできていなかった間、クイナとキアラ師匠はしっかりと仕事を果たしていたらしい。キアラ師匠の快哉の声に続いて、出口が開く音が聞こえた。

「おい、逃げるぞ！」

「ミアはグエンダルファを。クイナはアースラースを担げ！　フランは私が連れてくる！」

「は、はい！」

私には指示はない。当然だ。震えていることしかできなかったのだから。

アースラース殿を担ぎ上げたクイナに腕を引かれるがままに、私は部屋から出ようとした。だが、目の端で捉えてしまう。キアラ師匠がゼロスリードによって攻撃される姿を。

「おいおい、もう少し遊ぼうぜ！」

「ちっ！」

まずい。いかなキアラ師匠とて、あの男をかいくぐって、フランを連れ戻すことなどできない。フランは師匠が暴走を始めてからずっと、呆然と立ち尽くしたままだ。

「くそっ！」

「あ、お嬢様！」

クイナの制止の声が背中に当たる。だが、私の足は止まらなかった。自分でも何をやっているのか分からない。

「フラン！　何をしている！」

「メア、師匠が……」

「今は逃げるんだ！」

「ダメ！　師匠を置いていけない！」

「だがな……！」

フランの気持ちは痛いほどに分かってしまう。私とてリンドが同じように暴走すれば、ただ逃げることなどできないだろう。

それでも、今はこの場から遠ざけなければならなかった。

「今の師匠は狂鬼化状態だ！　お前のことなど分からぬまま、攻撃してくるんだぞ！」

「で、でも……！」

「さっきの攻撃でお前が巻き込まれなかったのは偶然だ！」

「……っ！」

「こい！」

フランの抵抗する力が弱まった。これ幸いにと、私はフランの腕を引っ張ろうとした。するとなぜだろうか。鋼の狼の目が、ゼロスリードではなく私を見た気がした。

それだけで、私は立ちすくんでしまう。凄まじい殺気だった。

『オオアァァ！　フラァァァン！』

今、確かにフランと叫んだか？　もしかして、フランの事は判別している？　先程からフランを巻きんでいないのは、偶然ではなかったのか？

『グルオオオォォォ！』

鋼の狼がその口を開く。その巨大な咢《あぎと》から放たれるのは、膨大な魔力を込められた何かだ。咄嗟にリンドをかざすが、これで防ぎきれるかどうかも分からない。いや、むしろその可能性は低いだろう。

だが、なす術なく私を飲み込もうとした閃光は、私の前に立ちふさがった何者かによって防がれていた。

「キアラ、師匠？」

「おう。無事か？」

「は、はい……ですが師匠は……！」

「そんなことはどうでもいい！　今は逃げるんだよ！」

「は、はい！　フラン！　いくぞ」

キアラ師匠の言葉に弾かれるように、私はフランの手を今度は離さぬように強く握ると、出口へと駆け出すのだった。

Side　キアラ

最悪の事態を避けられたと思ったら、再び最悪の事態が襲って来たようだ。

フランの持っていた剣が、勝手に暴れだした。しかもその力の強さといったら、アースラースと比べても遜色がないのではなかろうか？　もしかしたら、それ以上かもしれない。

アースラースは暴走しているとはいえ、戦闘的な判断力は持ち合わせていた。そのため、ダンジョンの崩落に巻き込まれるのを恐れて本気を出せずじまいだったのだ。その制限がなければ、私たちなどとっくに全滅していただろう。

奴の神剣は広範囲殲滅に向いているからな。逆に、狭い場所では真価を発揮できないのだ。

いや、それが無くともこの剣は異常だった。

極大魔術を同時に五つも発動し、剣王技を放つなど、まともではない。しかも飛行し、姿を変形させたうえ、アースラースのスキルを奪った能力まであるのだ。それら一つだけでも、最上位の魔剣と言っても過言ではない能力だった。

「しかも、まだまだ底が見えないからな」

神剣か、廃棄神剣に並ぶ力を持っていてもおかしくはないだろう。

鋼でできた狼のような姿に変身したフランの剣は、膨大な魔力を周囲に放っている。鋼の狼から立ち上る赤黒く凶悪な魔力は、遠くから見ているだけでこちらを不安にさせるような圧迫感があった。

メアが動けなくなってしまうのも無理はないだろう。

メアがフェンリルなどと呟いていたが、あながち間違っていないかもしれない。少なくとも、私が今まで見た狼系の魔獣の中で、最強であることは間違いないのだ。

『グルオオオオオ！』

メアを狙った攻撃を咄嗟に防いだが、凄まじい衝撃だ。剣を取り落とさないようにするのが精一杯だった。反撃などとてもできない。それどころか、たった一撃を防いだだけで、全身が悲鳴を上げている。

それでも、私が倒れる訳にはいかない。敵は狼だけではないのだ。

「おいおい、婆さん。やる気の顔だなぁ？」

「小童どもが逃げる時間を稼いでやらねばなるまい？」

こいつらが相打ちにでもなってくれればいいが、そうならなかった場合が恐ろしかった。

どちらかに追われてしまえば、逃げる術もない。誰かがここで足止めをしなくてはならないのだ。

メアたちを逃がして、私は剣を抜く。

「死んじまうぜ？」

「どうせ老い先短い命なんだ？　若者のために使うのも悪くあるまい？　――閃華迅雷！」

「くははは！　いいね！　どんだけ弱っちくても、死ぬ気の相手とやり合うのは楽しいからな！」

『ガオオオォォォォ！』

そうして、三つ巴《どもえ》の戦いが始まった。

鋼の狼は目の前の敵を――つまり私とゼロスリードを執拗《しつよう》に狙っている。

そして、ゼロスリードもまた私と狼を狙っていた。いや、狙っているというよりは、戦闘を楽しんでいるという感じだな。このまま楽しませ続けることができれば、時間を稼げるだろう。

つまり、私さえ崩れなければ、二つの脅威を足止めし続けられる。

「問題は、私がどこまでもつかだな……」

病み上がりなうえ、昨晩から激闘が続いている。悔しいが、今の私に何時間もの戦闘は不可能だろう。最も良いのは一気呵成《いっきかせい》に攻撃を加え、こいつらを瞬殺することだが……。

『ガルル……』

「さてと……」

無理だな。神剣の攻撃にさえ耐えきったゼロスリードと、倒せるかどうかも分からない無機物の狼。短期間で殲滅できる可能性は低かった。

ならばどうするか？

「……はぁ！」

「ババア！　さすがにいい動きをするな！」

『ガオオオ！』

あえて狼に背を向けつつ、ゼロスリードに攻撃を仕掛けた。剣と黒雷でゼロスリードの動きを阻害しつつ、背後からの狼の攻撃をギリギリでかわす。

冷や汗が止まらない。まさか尻尾を鞭のようにして攻撃してくるとは思わなかった。覚醒していなければ反応すらできなかっただろう。

だが、狙い通り鋼の狼の攻撃がゼロスリードに襲い掛かった。僅かに掠っただけではあるが、ゼロスリードの邪気が削れたのが分かった。つまり、あの剣の持つ破邪顕正は未だに有効であるということだ。

「これで行けそうだな」

そう、これが私の取れる唯一の道。私でも、ゼロスリードを倒すことができるただ一つの方法だ。狼は正直どうしようもない。

ならば、倒せる方を先に倒す。それだけだ。

「おいおい、今みたいな攻撃、何度も食らうと思うなよ?」

「そうか？　なら試してみよう」

速さと回避に重点を置き、駆ける。

脳をフル回転させ、狼とゼロスリードの行動を読み、誘導するのだ。

当然、両者の攻撃は私に集中する。

だが、それがどうした。

この程度で絶望していては、この年まで生きてはこられなかった。この程度の危機で、私の心は折れはしない。

狼の攻撃は激しさを増すが私には当たらず、ゼロスリードにダメージを蓄積させていた。

「ちっ」

仕切り直そうとしたのか、ゼロスリードが一旦距離を取ろうとする。

だが、逃がさない。私は黒天虎の全力を以て、ゼロスリードを追う。無論、狼を背後に引き連れて。

「このババア！」

『ガオオオ！』

「ふはははは！　そらそら！　さっきまでの威勢はどうした！　邪人よ！」

激痛に襲われる体を酷使し続け、私は踊り続ける。強者の間でクルクルと。命を削りながら。

狼の牙を紙一重でかわし、ゼロスリードの剣を受け流し、血反吐を吐き。

速さではほぼ互角――いや、狼は私よりも速いか。攻撃力では圧倒的に負け、防御力、再生力は比べる事さえおこがましい。しかし、それでも戦えているのは、いくつか要因がある。

一つはゼロスリードがまだ遊んでいること。戦闘のスリルを楽しむため、あえてこちらの思惑に乗っている。

さらに狼の動きがややぎこちない事。速さは凄まじいのだが、動きの繋ぎがやや遅い。どうやら体を完璧には扱いきれていないようだ。

さらに最大の要因として、経験の差が大きい。

ゼロスリードも狼も、非常に強いうえに天賦のものがあることは確かだろう。だが、やや直感で動きすぎるきらいがあった。そして、そういった直感に対抗するのは経験だ。

相手がどう動きたいか。どこを狙っているのか。それらを互いの動きを見ながら予測し合う。

神経をすり減らしながら、脳を酷使しながら、私は粛々と戦闘を続けた。

「どりゃああ！　いい加減、くたばりやがれ！」

『グルアア！』

「……ふん」

どちらも全く疲れた様子がない。嫌になる。こちとら、もう疲労と激痛でどうにかなりそうだというのに。しかし、一切手を抜くことはできない。僅かでも揺らげば、あっという間に命を落とすだろう。

そういう場所に、私は立っている。

「はっはっ……」

「婆さん！　息が上がってきたんじゃないか？」

「その、ババアを、捉えきれないのはどこのどいつだ？」

挑発して、フランたちへと意識を向かわせないようにしながら、最後の力を振り絞る。

動かない足を命を削りながら動かし、限界だと暴れ出す肺と心の臓を、魔力を送り込んで抑え込む。

自分の体が限界を超えているのが分かった。もう少しだ。フランたちを逃すためにも、まだ倒れる訳にはいかない。もう少し頑張ってくれ。

だが、ギリギリで保たれていた均衡は、突如思いもよらない場所から崩れる。

『ガアアアアアア――』

鋼の狼が大きな悲鳴を上げると、その場で崩れ落ちたのだ。足を滑らせただけではない。その証拠に、金属でできていたはずの体が、ボロボロと砂のように崩れ落ちていく。

何が起きたのだろうか？

私とゼロスリードは示し合わせた訳でもなく、一旦距離を取って鋼の狼を観察した。いや、もう鋼の狼ではない。その姿は完全に崩れて消え去り、いまや単なる金属の塊と化していたからだ。

その崩壊は止まらない。むしろ加速すらしている。

鋼の狼が崩れて消え去ったその後には、フランの剣が転がっていた。

全体にヒビが入った、廃棄寸前のみすぼらしい一振りの剣だ。

すでに赤いオーラも黒い魔力も消え去り、神剣と伍《ご》するかと思うほどの凶悪な存在感を放っていた剣と同じ存在なのかと、疑問に思ってしまう。

こちらは本当に動きを止めたようだな。魔力の欠片も感じられない。もう、死んでいるだろう。

残るはゼロスリード。こいつを引き付けておかねばならなかった。だが、ゼロスリードはつまらなそうな表情で、構えを解く。

「おい、なぜ剣を下ろす？」

「は？　だってつまらねえだろうが。剣はもうダメ。婆さんは放っておけばすぐに戦闘不能だ。だったらもっと生きの良い――」

「させん！」

「おお？　まだ元気だな？　だが、明らかに速さが落ちてきてるぜ？」

それは当然だ。激痛と目眩で、もはや足が動くのが不思議な程なのだ。自身の体から精気が感じられない。

だが、絶対にこの先には行かせない。

黒猫族の将来とか、獣王国の未来とか、そんなものはどうでもいい。

だが、あの娘たちを。血の繋がらない私の孫たちを、絶対にやらせはせん！

『――』

「うん？」

『――キアラ』

なんだ？　誰かの声がする。これは念話か？

(誰だ？)

『俺は師匠……会話するのは初めてだな。まあ、俺の方は一方的に知っているが』

(なぜ？　そもそも、どこにいる？)

『目の前だよ。そこに転がってる剣が俺だ。インテリジェンス・ウェポンなんだ』

(なんと！)

だが、それならば狂鬼化スキルによって暴走する可能性もあるか。死ぬ間際で伝説の存在に出会うとは、人生とは何があるか分からんな。

(念話は助かる。もう口を開くのも億劫なんだ)

『キアラ。まずは閃華迅雷を解け。さもないともう数分もしないで――』

(ダメだ。閃華迅雷を解いた時点で、斬られて終わる)

『だが……このままじゃ本当に死んじまうぞ！』

(奴を足止めするためならば、かまわん)

『あんたが死んだら、フランが悲しむ！』

私は死ぬと言われ、それが本当の事だと自覚しながらも、ホッとしてしまった。フランが一人ではなかったことに、安堵《あんど》したのだ。

メアの周囲には多くの人がいる。クイナも、ハナタレ小僧だがそれなりに娘を愛しているはずの父親もいる。

だが、フランは？　他の黒猫族たちでは、フランに付いていけないだろう。私が死んでしまったら、一人になってしまうのではないだろうか？　そう思っていたが、ちゃんと相棒がいたんだな。

ほんの十数秒会話しただけだが、この念話の主がしっかりと心を持った相手だと理解できる。こいつが居れば、フランは一人じゃない。肩の荷が下りた気分だった。

これで心置きなく命を懸けられる。

（老人がせっかく恰好つけてるんだ。最後まで恰好をつけさせてはくれないか？）

『キアラ……』

（頼む）

『……分かった。じゃあ、その命を少しばかり貸しちゃもらえないか？　ゼロスリードを倒す』

（ふはは、いいぞ。何をすればいい？　私の残りの命、好きに使え！）

『まずは――』

＊

体がボロボロに崩れ落ち、うまく動くことができない。再生も即座には機能せず、念動なども上手く発動しなかった。

だが、その代わりに、頭の中に掛かっていた靄のような物がすっきりと晴れたのが分かる。自分の置かれた状況をハッキリと自覚することができた。

暴走中のアースラースから狂鬼化を奪ったせいで、俺自身が即座に暴走してしまったのだ。暴れていた時のことは薄らと覚えている。

カンナカムイを無詠唱で連発し、形態変形を使いこなし、潜在能力解放を使用した。なるほど、狂鬼化っていうのは凄まじいものだ。あれだけ猛《たけ》り狂っていても、戦闘だけはきっちりこなすのだから。しかも限界以上の力を引き出して。

ただ、その後の事がいまいちはっきりしない。

ゼロスリードをぶった切って、それからどうした？　確か、自分の内側から、凄まじい力を持った何かが溢れ出すような感覚に襲われ――。

そうだ、その何かに引きずられるようにして、俺の体がまるで狼のような姿に変形した。だが、暴走する俺とその何かが主導権を奪い合い、上手く動くことができなかったのだ。

そして、気付いたら刀身の折れた半壊状態で地面に横たわっていた。

多分、潜在能力解放を長時間使い続けたことで耐久値が減り、そのおかげで狂鬼化が解けたんだと思うが……。耐久値も残り一〇〇以下。魔力も僅かにしか残っておらず、折れた刀身の再生も始まらない。

いや、今はそんなことどうでもいいか。未だに俺の前では、ゼロスリードとキアラが戦闘を続けていた。

しかもキアラがピンチだ。閃華迅雷を使い続けているようで、これ以上の連続使用は命の危険がある。そう思って念話で話しかけようとしたんだが……。

『ぐがっ！』

凄まじい痛みが俺を襲った。肉体的な痛みではない。今日何度目かは分からない、限界を超えた時に感じるあの謎の痛みだ。痛覚などないはずの俺が、痛みを感じてしまう。

もしかしたら、想像以上に危険な状態なのかもしれないな。

だが、ここで躊躇する訳にはいかないのだ。

俺は精神を直接削るかのような激痛を堪えて、キアラに念話を飛ばした。

戦闘中だが、キアラはきっちり応えてくれる。しかし、キアラはすでに覚悟を決めてしまっていた。

（老人がせっかく恰好つけてるんだ。最後まで恰好をつけさせてはくれないか？）

『キアラ……』

（頼む）

そう言われてしまっては、俺にはそれ以上スキルを解除しろとは言えない。覚悟を決めた相手に対して、それは失礼だろう。

『……分かった。じゃあ、その命を少しばかり貸しちゃもらえないか？　ゼロスリードを倒す』

（ふはは、いいぞ。何をすればいい？　私の残りの命、好きに使え！）

『まずは、俺を拾ってくれ。ただ、装備はするな。俺はフラン以外が装備しようとすると、災いが降りかかる』

実はさっきから激痛を堪えて念動を使おうとしているんだが、ほとんど念動を使うことができないでいた。無理すれば使うこともできるだろうが、それではゼロスリードを攻撃するまではもたない。

直感的にそう思った。きっと念動を発動して程なく、俺は壊れるだろう。

ならば、ここはキアラと協力するべきだ。キアラにゼロスリードの下に運んでもらい、止めの瞬間に残った力の全てを注ぎ込む。

『あとは隙を見て俺を奴に向かって投げてくれればいい』

（それだけか？）

『ああ』

（分かった）

すでに半死半生のキアラと、能力のほとんどが使えなくなっている俺。そんな俺たちが、ゼロスリードを倒すことができる可能性がある唯一の方法だった。

（よし！）

ナイスだ！　キアラが戦闘をしながら、上手く俺を拾い上げた。それを見たゼロスリードは、僅かに警戒の表情を浮かべる。

俺から食らう攻撃に、破邪の効果が乗っていることに気付いているのだろう。

「その剣に目を付けたか。だが、もう魔力もほとんど感じないその壊れかけの魔剣が、役に立つのか？」

壊れかけとか言われてるな。それくらい魔力も低下しているということなんだろう。

「くく……」

キアラはゼロスリードの挑発するような問いかけに対し、微かに笑うことで応える。挑発し返したというわけではなく、もうそれくらいしかできないのだ。

それほど消耗した老体に鞭打ち、命を燃やしてキアラが再び前に出た。

「はぁぁ！」

「はは！　まだそんな動きができたか！」

ゼロスリードの奴は余裕だな。高位の邪人は痛みもほとんど感じないようだし、体力も底なしだ。

そもそもまともな生物じゃないのかもしれないが。度重なる激闘で今は邪気が減っていても、人間の体力や魔力のように、間を置けば回復するのかもしれない。

だとすると、奴にとったらこの戦いは本当にお遊びなんだろう。死ぬ恐れのない、強者との遊戯だ。

だが、その油断を命取りにしてやる！

「ぜやぁっ――黒雷転動！」

「なにぃ！」

『おぉ！』

上手い！　俺も、やられたゼロスリードも、思わず唸ってしまった。

キアラは最初、少し大振りで真正面から斬り掛かった。息も絶え絶えの状態では、これが限界の攻撃に思える。だが、その斬撃はゼロスリードに対する誘いだったのだ。

ゼロスリードはキアラの攻撃を真正面から受け止めるつもりで、大剣を持つ手にほんの僅かに力を込めた。

だが、剣が打ち合わされる瞬間、キアラは黒雷転動で高速移動し、奴の背後に回り込んだのだ。

来るべき斬撃に備えて体に力を入れていたゼロスリードは、回り込んだキアラに対する反応が一瞬遅れてしまう。

その時にはすでにキアラが俺を投げつけた後だった。

(あとは、頼む!)

『あああああああああ!』

俺は残っていた全ての力を使うつもりで、形態変形を発動させる。

イメージは千本の針。だが実際は、中途半端な太さの一〇本の紐にしか変形できなかった。しかも勢いも鋭さも足りず、ゼロスリードを貫くことができない。それでも俺は諦めずに、ゼロスリードの体に自らを巻きつけた。

くそ! もっと力を捻りだせ! もっと細く、もっと鋭く、ゼロスリードを喰らい尽くせ! 俺の意思に反応して、右足に巻きついた部分が無数の針状に変化し、ゼロスリードに食らいつく。

『逃がさねぇぇ!』

「ぐが! この剣、まだ動きやがる! しかも何だ? この声は?」

『ぐぎぎ……! ぐがぁぁぁ!』

念話で叫んでいたらしい。だが、今はそんなことどうでもいい。痛みで意識が飛びそうなのだ。しかしここを逃せばもうチャンスは巡ってこない。

絶対に倒す!

俺はがむしゃらに形状変化を発動し続けた。

(師匠! 大丈夫か!)

『ぐが……へいき、だ!』

（とてもそうは思えん！）

『へいきだ！』

もう念話で話すのさえ難しくなってきたな。

「このぉおお！　ふざけた剣が！」

『がっ！』

ゼロスリードが力ずくで俺を剥がそうと手を伸ばした。

万力のような力で、絡みつく俺の体を握りつぶし、振り解こうとしている。

『ぐがあああ！』

「このやろう！　離せぇぇぇ！」

離すもんか！　絶叫を上げるゼロスリードと、全く動くことのできない俺とキアラ。

ここで逃せば、勝ち目はない。

ただ、この部屋に新たな影が駆け込んでくるのが分かった。

「師匠！　キアラ！」

『フラン……！　なんで……』

「師匠の悲鳴が聞こえた……。それにキアラも。絶対に戻らなきゃいけない気がして……！」

フランがそう叫ぶ中、キアラが決意の表情で叫んだ。

「師匠！　そのまま注意を引いていろ！」

『なに？』

（奥の手を使う。今の私だとちょいとばかり命を削る必要があるもんで使えずにいたんだが、ちょう

どいい的があるんでな）

おい、そんなことしたら、キアラの命は……！　ここまでだって、十分命を削ってきてるはずなんだぞ！

（自分のことは自分が一番分かっている。今更やめたところで、ここで死ぬのが、一週間先に延びるだけさ。だったら、ここで戦士として死にたい）

キアラがその場で足を踏ん張った。目の焦点がおかしい。すでに視界がぼやけてしまっているようだった。だが、それでも顔には覚悟の表情が浮かんでいる。

（さっきも言っただろう？　最後まで格好をつけさせろって？　人と獣の差が分かるか？　見栄えを気にするかどうかさ。人間、恰好つけてなんぼだろ？）

『……ゼロスリードはもう少し右だ』

（お前はいい男だな。ふふ、フランをよろしくな）

そして、ゼロスリードの背後でキアラが剣を振り上げた。みるみるその刀身に黒い雷が収束し、巻き付いていく。それだけではない。キアラの瞳がまるでネコ科の動物のように変化し、老いて白くなった髪が、黒く染まっていくのが見えた。

一気に増す存在感と反比例するように、急速に生命力が失われていくのも分かる。それでも、今の俺にはゼロスリードの動きを止めておくことしかできなかった。

「はぁぁぁぁ！　黒雷神爪ぉぉぉぉっ！」

キアラの手には、黒雷の剣が生み出される。だが、メアが使っていた金殲火《きんせんか》のように、単に力を収束させただけではない。その黒い剣からは、神々しささえ感じられたのだ。

魔力の質が決定的に違っている。

悍ましさと恐怖を撒き散らす邪気の正反対とでも言おうか。黒雷の剣は、見ているだけで神聖さと畏敬の念を抱かせた。

邪人であるゼロスリードは、強い危機感を抱いたらしい。その顔が引きつっている。

「ババア！　何を……」

「せやぁぁ！」

切っ先が僅かに逸れた！

もう、キアラには踏み込む力さえ残っていなかったのだ。俺は咄嗟に念動を全開にして、キアラの振るった黒雷神爪の軌道を修正しようと試みた。

怪我の功名だろうか。一度逸れるかと思った剣が急に角度を変えたことで、ゼロスリードの左腕を斬り飛ばすことに成功していた。

「ぎゃぁああああぁぁぁぁぁ！」

ゼロスリードが絶叫を上げる。破邪顕正を込めた攻撃でさえ、これほど取り乱す姿は見せなかったはずだ。だが、それも仕方ない。ゼロスリードの邪気がゴッソリと減っていた。

しかも、それだけではない。

「な、なぜ再生しねぇぇ！」

ゼロスリードが左腕を押さえて傷口の再生を試みているようだが、全く反応していなかった。そもそも、傷口周辺には邪気が集まらないようだ。

どうやら俺が感じた神聖な雰囲気は、気のせいではなかったらしい。黒雷神爪は、破邪顕正以上の破邪の力を秘めているようだった。

「ふは……」

満足げな表情で倒れ込むキアラ。今すぐにでも回復してやりたいが、俺にはもうヒールを使う力さえ残っていない。

変わり果てた俺とキアラを見て、フランが悲鳴を上げる。

「師匠！　キアラ！」

『俺よりも、キアラを……』

「ぐおおおお！」

空気を読まない奴だな！　ゼロスリードは未だに切り落とされたままの左腕の傷を押さえながら、忌々しげな表情でこちらを睨みつけている。だが、そこに先程までのような迫力は無かった。

「まさか……神属性を使うとは……。獣人が神獣の末裔だっていう話は本当かもな……。ここは退いてやる！　だが、次会った時は覚悟しておけ！　そこのババアにも、今回は負けを認めてやると言っておけ！　ぐおおぉぉ！」

逃げられた。いや、逃げてくれたか。いくらフランが戻ってきたとは言え、奴が死に物狂いで反撃し始めたら、ただでは済まなかっただろう。むしろ、助かった。

『キアラ』

(師匠……やったな……)

『だが、お前は……』

(満足、だよ。黒天虎の力を、全て発揮できた。最後にいい戦いも、できた。満足だ……)

『……恰好、よかったぞ……』

（くはは……最高の、褒め言葉……）

仰向けに横たわるキアラに、フランが駆け寄る。

「キアラ！　キアラ！」

「よぉ、フラン……」

「今治す！」

「無駄さ……」

フランがキアラの言葉を無視して、グレーター・ヒールを連発した。だが、キアラが回復する様子はない。それも仕方ないだろう。何せもう生命力が尽きている。キアラは死んでいるのだ。死者は生き返らせることはできない。

むしろ、なぜ喋れるのかが分からなかった。

「……短い間……楽しかったよ……」

「うぐ……キアラァ……」

「血は、繋がってなくても、孫のように……」

「うん」

「復讐……なんて、馬鹿なことは考え……」

「うん」

「強くなれ……、優しく、恰好よく……自由に生きて……」

そこで、キアラの言葉が止まってしまった。全身から力が抜け落ち、必死に見開いていた目は、ようやく楽になれたとでも言うようにそっと閉じられる。

「キアラ？」

「……」

「キアラー！」

フランの呼びかけに、もうキアラが応えることはない。

笑みすら浮かべた安らかな顔だ。

激動の生涯を生き抜いた偉大な黒猫族の英雄は、血の繋がらない孫の腕の中で、静かに旅立っていった。

「ぐうう……うあ……っ」

フランの目から流れ落ちた大粒の涙が、キアラの胸に染みを作る。

そして、そのままフランは年相応の顔で、キアラの胸に突っ伏して大声で泣き始めた。

「うあああああああああ――！」

キアラの遺体に縋《すが》りついて、泣きじゃくるフラン。

胸が張り裂けそうだ。これほど悲しんでいるフランの姿は、初めて見た。

それに、俺だってキアラの死は悲しい。自分に涙腺がないということが、これほど悔しいと思ったことはなかった。少し話しただけだが、俺もキアラが大好きになっていたのだ。今更そんなことに気付くなんてな……。

「クゥン……」

「うぐぅ……」

ウルシが悲し気に喉を鳴らすと、そっとフランの隣に寄り添う。涙を舐めたりするのではなく、自らの温かさをフランに伝えようとしているかのように、ただ静かに座っていた。そのウルシも、哀し気な顔である。俺達の知らないところで一緒に行動していたようだし、きっとウルシもキアラを好きになっていたんだろう。

そんな中、数人の人間が部屋に駆けこんでくるのが見えた。

メアたちだ。ただ、一人知らない女性がいる。

誰だ？　今の俺では、鑑定も上手く機能しない。

フランを追ってきたのだろう。慌てた様子で部屋に駆けこんできたメアたちは、横たわるキアラの姿を見て、血相を変える。

「キアラ師匠！」

「キアラ様！」

真っ先に駆け寄ったのがメアとミアノアだ。

メアはともかく、常に茫洋とした笑みを浮かべていたミアノアのこんなに真剣な表情は、初めて見た。クイナも、意識のないアースラースを背負ったグエンダルファも、それぞれ取り乱した様子である。

キアラとフランの様子を見て、全員が理解したらしい。フランが回復魔術を使えるのは皆が見ている。そのフランがなす術なく涙を流しているということは——。

「フラン……」

「メア……」

「キアラ師匠とは、話せたのか？」

メアが、ツーと静かに流れ落ちる涙に頬を濡らしながら、フランに話しかける。

「キアラ師匠は、お前の事を気にかけていた。多分、家族のいない師匠は、自分に似たお前を孫のように感じていたのだと思う」

「……優しく、恰好よく、自由に生きろって」

「そうか……師匠らしい言葉だ」

メアはフランの言葉を聞いて、大きく頷く。

痛みをこらえるような表情だ。きっと、大声を出して泣きだしそうになる自分を必死に抑えているのだろう。

他のみんなも同じだった。グエンダルファは真っ赤な目で何度もしゃくり上げ、クイナは口をギュッと結んで俯く。

「自由か……。キアラ師匠は、クソジジイのせいでご苦労をされたからな」

クソジジイ？　誰の事かと思ったが、多分先代獣王の事だろう。キアラを奴隷にした張本人だが、考えてみたらメアにとっては祖父に当たる人物だった。

「ですが、キアラ様は満足そうなお顔をしています」

大粒の涙を拭いながら呟くミアノア。

お付きの侍女であったミアノアは、やはりキアラとの絆《きずな》が皆よりも強かったのだろう。それを理解しているメアたちはミアノアに場所を譲る。

フランもだ。キアラの死を悼んでいるのが自分だけではないと気付いたのだろう。真っ赤に泣きはらした目を両手でこすりながら、立ち上がった。

「ありがとう、ございます」

ミアノアが膝をついて、取り出した真っ白なハンカチでキアラの顔の汚れを拭く。

「キアラ様……笑って、おられますね……」

そう、キアラは笑っている。満足げに。

多分、最後の技を放った時、キアラにはもう全身の感覚がほとんどなかったはずだ。ゼロスリードが見えていなかったどころか、自分の攻撃が直撃せず、俺の念動で補助されたことも分かっていなかったと思う。

それでも、俺に満足したと語り、フランに笑顔で別れを告げた。本当に満足げな表情で。俺は、もし今破壊されて、終わってしまったとして、あんな風に笑顔で終われるだろうか？

無理だ。きっと、見苦しく足掻くと思う。欠片も満足できず、フランの名を呼んで泣きわめき、後悔するはずだ。

キアラはきっと、良い事も悪い事も様々な事を経験してきたのだろう。

友と語らい、酒を酌み交わし、時には辛酸をなめ、泥水をすすり――いや、違うな。そんな簡単な言葉では到底表現しきれないような、三〇代の若僧には想像もつかない人生を歩んできたに違いない。

そんな人生経験があるからこそ、あんな風に笑って逝けたのだと思う。

今の俺には不可能だ。そんな姿に憧れる。俺も最後は笑って終われるような経験を積み上げたい。

フランと共にこれから先もずっと。

だから、こんなところで壊れているわけにはいかないのだ。俺は何とか自己修復を試みるが、激痛のせいでどうにもならなかった。

『ぐが……！』

一体、俺はどうなってしまったのだろうか。

皆がキアラを囲んでいる中、一人蚊帳の外にいた謎の女性が俺に近寄って来た。

銀色の長髪に、白いローブを着込んだ長身の女性だ。目が鋭い、というかメチャクチャ目つきが悪い。もしかして放っておかれて怒っているのだろうか？

細いながらも体にはしっかりと筋肉が付いているのが分かった。こんな場所にいることからも、単なる一般人女性ではないだろう。

長い前髪の間からのぞく切れ長の右目が、しっかりと俺を捉えている。どうするか。メアたちが連れてきたってことは敵じゃないだろう。だが、この女性に拾われて、装備でも試みられたら色々と厄介だ。

仕方ない。フランはもう少しキアラの側にいさせてやりたかったが、黙ったまま拾われたりするわけにもいかん。

『フラ……ぐっ……』

（……ん？）

『この、女を……』

戦闘時の高揚感が消えたからか、痛みをこらえきれん。それでも何とか念話でフランに助けを求めることができた。

フランは俺と女性を見て、言いたいことを分かってくれたんだろう。涙をぬぐいながら慌てて立ち上がると、俺に駆け寄った。そして、女性よりも先に俺を拾い上げる。

(師匠……だいじょぶ？)

『ああ……』

そうは言いつつも、強い違和感は拭えなかった。何をしようとしても痛みが走るし、自己修復も始まらない。魔力も一向に回復する様子が無かった。

鍛冶師にリペアしてもらったら治るだろうか？　いや、治らなかったら困る。今のままじゃ何もできないからな。フランにとっては目標となる人物を失った難しい時期なのだ。俺がしっかりせねばならない。

「その……」

自分の所持品とは言え、目の前で剣をかっさらうのが礼を失した行動だとは理解できているのだろう。フランが少しだけ躊躇うような感じで女性に声をかけた。相手もフランをスゲー睨んでるよな？

「お前がその剣の持ち主か？」

「ん」

女性は仏頂面のままで、フランに問いかける。やはり機嫌が悪いようだな。それでも、泣いているメアたちに文句を言わない程度の分別はあるようだが。

「そうか。その剣、ちょっと見せてみろ」

(師匠？)

うーん、どうしよう。見せるだけなら問題ない気もするが、この女性が誰か分からないしな。ただ、断ったらブチギレそうだし、そうなったらそうなったで面倒そうなんだよな。そもそも、今の俺は鑑定偽装が機能しているのか？

「見ていただくとよい」

悩んでいると、そこにメアが声をかけてきた。その口振りからすると、意外なことにメアよりも目上の人間のようだ。しかも、どこか親しさも感じられる口調である。

「アリステア様なら悪いようにはしない。リンドも、定期的にアリステア様に診てもらっているんだ」

神剣であるリンドを他人に診せるとは……。メアはこの女性を全面的に信頼しているらしい。

（師匠、いい？）

『ああ』

メアが信用している相手だし、ここで断ったら失礼になるからな。それに、神剣をメンテできるような相手だろ？　凄腕の鍛冶師に違いない。その凄腕が何でここにいるのか分からないが。

「ん」

「おう。ありがとよ」

この口調も仏頂面も、鍛冶師だと思うとあまりおかしく思えないから不思議だった。むしろ、職人っぽいとさえ思ってしまう。

フランが突き出した俺を、アリステアがしげしげと見つめる。その視線は俺の鍔《つば》や柄に向いているようだ。

「やっぱこの意匠は……。だが、柄の形は……。もう少し詳しく見ていいか？」

「ん」

「じゃあ、失礼するぜ……。解析眼！」

アリステアの目に魔力が籠るのが見えた。暗闇だったら光りそうなくらい、強い魔力が目に集中している。

そして、俺のことを見つめながら、アリステアが驚きの呟きを漏らした。

「随分と厳重な装備者登録だな……。いや、この力は神の残滓《ざんし》か……？　それに、この封印は……こんな……こ、こんなデタラメな剣、誰が作ったっていうんだ？　神級鍛冶師なのか？」

「どうしたの？」

「いや、ここで大声で言うような事じゃねーな。あとで、少し時間もらえないか？」

どうも、鑑定のような能力で、俺のステータスなどを見られてしまったようだ。しかも今の反応を見るに、インテリジェンス・ウェポンだとばれたかもしれなかった。

「それに、魔力回路がズタズタだ。このままだとまともな修復も危ういぜ」

「！　本当？　ど、どうすればいい？」

「ちょっと待ちな……。触るぞ？」

「ん」

今の確認の言葉、確実に俺に向けて言ってるな。完全にインテリジェンス・ウェポンだとバレている。

アリステアは細い指先でそっと俺の柄に触れると、そこから僅かに魔力を流し始めた。ただ、嫌な感じは全くない。むしろ温かい魔力に包まれ、気持ち良いと感じる程だった。鍛冶師にメンテナンスをしてもらっている時に近いかもしれない。

『ああ……』

傷が癒える感覚というのは、これに近いのだろうか。自分の深い部分で、何かが癒されるのが分かる。

それでも自己修復は機能しないな。そういった効果のある癒しではなかったのか、それほどまでに俺の損傷が深刻なのか。ただ、このアリステアという女性は信用できそうだ。

我ながらチョロイが、なぜかそう思えてしまった。俺って、傷ついている時にちょっと優しくされたらコロッと行ってしまうタイプだったのだろうか？

(師匠？)

『平気だ』

念話を使う時の痛みが減った気がする。いや、気がするではなく確実に減っている。アリステアのおかげだろう。いったい何者なのだろうか？

「応急手当はできた。無理をしなければ、これ以上酷くなることはないだろう。だが、直るまで絶対に戦闘はすんなよ？」

「じゃあ、ちゃんと治る？」

「勿論だ。アタシに直せない武器などないからな」

「本当？」

「ああ、任せておきな」

「そう……よかった……！」

アリステアの言葉を聞いた直後、フランは俺の柄をギュッと握り、「ほうっ」と息を吐いた。そして、突然大粒の涙を流す。

キアラを失い、俺まで調子が悪そうだったのだ。不吉な考えを否定しきれず、ずっと不安だったのだろう。

俺も自分のことで一杯一杯で気付いてやれなかった。一声かけてやるべきだったな。

『フラン、ごめんな。心配させて』

(ううん……へいき。でも、良かった……)

念動はまだ使えない。俺は。何度も何度も、フランに謝り続けた。

そうやって俺とフランがお互いの存在を確かめ合っていると、メアがアリステアに声をかける。

「アリステア様。今のお話。その剣の修復を請け負ってくださるということですか?」

「おう。その娘が許可するのであれば、だけどな」

「ぜひお願いするべきだ。このような幸運、中々ない事だぞ?」

メアとて未だに哀しみの中にあるだろうに、こうやって俺とフランのことを気にかけてくれている。

そんな面倒見の良さは、やはり獣王の子供なのだと思わせた。

(師匠? いい?)

『……ああ、頼もう』

そもそも、この女性のおかげで、凄まじく楽になった。腕も信用できるだろう。何より、メアが心の底から信頼の表情を向けている。

「ん。お願いします」

「任せておけ。それで、お前達はこの後どうするつもりだ?」

「それは……」

メアがキアラを見る。ここまで皆を引っ張ってきたキアラは亡くなり、ミアノアは憔悴《しょうすい》している。クイナはあくまでもメイドであり、グエンダルファは経験不足。アースラースは意識を失ったばかりで、フランもリーダーとしての適性は低い。

このメンバーを纏められそうなのがメアしかいなかった。

見回して、それを自覚したのだろう。軽く俯いて赤い目を軽く擦ると、すぐに顔を上げる。

「まずはこのダンジョンのマスターが本当に死んだのかを確認します。そして、コアを破壊します」

「いいのですか？　貴重な大型ダンジョンですが？」

アリステアの問いに答えたメアに、クイナがそう聞き返す。だが、メアははっきりと頷いた。

「国をまたいだダンジョンなど、災禍の芽となるだけだ。必ず所有権を求めて国家間の争いになる」

まあ、どちらかが手に入れれば、片方の国は絶対に疑心暗鬼になるだろう。

今回、戦争に使われてしまった事で、必ずそのイメージが付きまとうのだ。そして、所有権を手放すには見返りが大きすぎる。双方で共同統治するための機構をきっちり造り上げないかぎり、いつか必ず争いを呼ぶはずだ。

でも、仲の悪い獣人国とバシャール王国が手を取り合うなどありえない。今回の事でその関係はより悪化したはずだ。だったら破壊してしまった方がいいかもしれないな。メアもそう考えたらしい。

「王族としては、利用を考えねばいけないのだろうがな……」

「いえ、私も賛成です」

それに、獣王の性格を考えたら破壊に賛成する気もする。何か「色々と面倒なことになりそうだったら、先にぶっ壊しちまえ」とか言いそうだ。ともかく、メアは自分で破壊すると決めたようだ。その瞳に迷いの色はない。

「我とクイナは奥に進みます。アリステア様は、フランたちを連れて先に脱出してください」

「まあ、お前には剣を見せてもらってるしな。いいぜ。脱出までこいつらはアタシが預かろう。そのままアタシの館に向かっちまってもいいのか？」

「我らが追い付かなければ、そうしていただけると有り難いです」

「その後はどうする？」

「クイナたちを連れて、グリンゴートに戻ろうと思います。色々と知りたいこと、調べたいこともあるので。ただ、フランとその剣は、アリステア様に預けたいと思います。よろしくお願いできますか？」

「剣もじっくり調べたいし、構わないぜ」

「フランもそれでいいな？」

「……ん」

フランが不承不承頷く。

本当はメアと一緒に行きたいのだろう。しかし、今は俺の修復が先決であると考えて、その言葉を飲み込んだのだ。

『済まない』

（ううん。今は師匠が一番大事）

「それと、そっちのバカ鬼はどうする？　何ならこちらで預かるが？」

アースラースとも知り合いであるらしい。親し気という感じではないが、気安さは感じられる態度だ。メアは少し考え込んだ後、アリステアに頭を下げた。

「お願いできますか？」

「承った」

アリステアは、グエンダルファの外套の上に寝かせられているアースラースに近寄ると、ひょいと担ぎ上げた。見た目に反してメチャクチャ力持ちだな！

「ともかく、一度ここを出た方がいい。キアラもきっちり埋葬してやらなきゃいけないだろう？」

「そうですね……」

「フラン様、キアラ様を、よろしくお願いできますか？」

「わかった」

ミアノアの言葉に頷いたフランが、キアラの遺体を次元収納に仕舞った。

知人の死体を収納するのって、物扱いしているような気がしないか？　一瞬それでいいのか考えてしまったが、俺以外の奴らは感傷のようなものは感じていないらしい。

死というものが遥かに身近な世界なだけあって、死体に対する考え方もシビアな物なんだろう。放っておいたらアンデッドになったりするしね。そもそも、魂の概念があるから、死んだ後はもうそこにはいないという考え方であるようだ。

「その人物の最期を看取り、送り出すことこそが最高の手向けである」

メアの言葉にみんなが頷いている。

出発の準備を手早く整えた俺たちは、そのままフランとウルシを先頭に、ダンジョンの出口を目指した。

未だに皆が消耗しているので思ったよりも時間はかかったが、モンスターがいないので特に危険なことはなかったな。

道中でも軽く試したが、俺とフランのスキル共有は生きているらしい。それだけは不幸中の幸いだった。ただ、俺の魔力が空っぽなので、今はフランの魔力だけでやりくりをしなくてはいけない。そこは気を付けなくてはいけないだろう。

ダンジョンの迷宮部分を進んでいる最中に、ダンジョンが大きく震えるのが分かった。メアたちがダンジョン・コアの破壊に成功したのだろう。

その後ダンジョンを脱出する直前に、メアたちは追いついてきた。そこで改めてコアを破壊して、ダンジョンを殺したことを報告される。今後、ここは単なる地下の建造物でしかなくなるわけか。

「じゃあ、ここで一度お別れだな」

「ん」

浮かない顔で呟くメア。フランも残念そうに頷く。

キアラを失い、ここで友ともお別れだ。二人ともやはり寂しいのだろう。

「色々とあったが、また訪ねてくれ」

「……頑張って」

「ありがとう」

メアたちはこのまま最前線へ向かうらしい。バシャール王国とはまだ戦争の最中のはずだ。今後どうなるかは分からないが、北の脅威がなくなった今であればきっと負けることはないだろう。バシャール王国を撃退することができるはずだ。

そうでなくては、キアラが命を張った甲斐がないからな。

それをメアも分かっているのだろう。力強く頷く。

「我らも師匠がちゃんと直るように祈っている。あと、キアラ師匠は、もう少しの間預けておいていいか？　落ち着いたら、しっかりと葬儀を執り行いたい」

「まかせて」

抱き付くような距離で固い握手をしながら、互いを励まし合う。

最後に二人はじっと見つめ合うと、同時にその身を離した。

「またな」

「ん！」

キアラの弟子として、王女として、あの小さな肩に色々な重圧がのし掛かっているのだろう。それでも笑うことができるメアは、王女に相応しい資質を持っていると思う。

フランは馬車に乗り込むメアたちの背をじっと見送っていた。

『またすぐに会えるさ』

「ん」

エピローグ

メアたちの乗ったゴーレム馬車が走り去った後、寂し気な顔のフランにアリステアが話しかけてくる。

「……じゃあ、そろそろいいか？　もうアタシの正体に見当はついているかもしれねーが、名乗らせてもらうぜ？」

「ん」

「アタシの名前はアリステア。職業は神級鍛冶師だ。よろしくな、黒雷姫に、インテリジェンス・ウェポンさん？」

やはりばれていたか。それにしても神級鍛冶師だと？　神剣の手入れを任されていると言っていたからもしやと思ったが、まさか本当にそうだったとは……。

ただ、色々なことがあり過ぎて、もう驚く気力も残っていなかった。フランもそれは同じみたいだな。軽く目を見開いたくらいで、普通に自己紹介をしている。

「私はランクC冒険者。黒天虎のフラン」

『……俺は、師匠だ』

「オン！」

「あと、ウルシ」

自己紹介すると、アリステアが軽く首を捻る。

「ところで、その師匠の名前は、フランが付けたのか？」

「ん」

「ということは、ネームドではないわけか……。このレベルでネームドでないということがあり得るのか？」

ネームドっていうのは、素晴らしい装備品に対して、神様が名前を付けるっていうシステムだったよな？　それクラスのアイテムと比べられるのは光栄だが、どうなんだろうな？　自分がそれなりに優れた剣だという自覚はあるが、「俺は神様に認められた剣だぜ！　フゥー！」といえるほど自信過剰ではないのだ。

「とりあえず、アタシの館に向かう。そこまで行けば、師匠の解析もできるし、修理もできるはずだからな」

『頼む』

「おねがいします」

「こちらこそ、素晴らしい剣を触ることができるんだ、礼を言わせてもらうぜ。じゃあ、これに乗りな」

アリステアがアイテム袋から取り出したのは、クイナが所持していたのとそっくりなゴーレム馬車だった。

促されるままに馬車に乗り込む。アースラースはアリステアが馬車の床に放り投げた。

「だいじょうぶなの？」

「このバカ鬼がこの程度でどうにかなるわけがないだろう？　そのうちバカ面下げて起きてくるさ」

アースラースには辛らつだな。過去に何かあったのだろうか？　まあ、それも目が覚めたら聞いてみたらいいか。

「じゃあ、出発だ！」

そして、俺たちはゴーレム馬車に乗り込み、神級鍛冶師の館へと出発したのだった。

特別寄稿
フランとスノボ
原案／棚架ユウ
漫画／丸山朝ヲ
ひゃほー
これが「すのぼ」
たのしい
↑師匠
ズシャー
念動空中滑走《エアライド》の方が面白いんじゃないの？
ザァァ
このしゃりしゃりというまさつ感…これがよい
シャァァァァ
これぞ重力にしばられたじんるいの…
ツルッ
ゴロ
ゴロ
ふふ…師匠はあまい

ゴンッ
ドザッ
ゴゴゴゴゴ
雪崩だぁぁぁ
ドドドドド
結局飛んだ
ドドドドド
……
END

異世界ファンタジー
剣でした 7
（「転生したら剣でした」（マイクロマガジン社刊）より）
巻末には棚架ユウ先生書き下ろし小説
「フランとキノコ狩り」を収録!!
マンガ『転生したら剣でした』は
WEBマンガサイト COMIC ブースト powered by デンシバーズ にて大好評連載中!!!!!

今イチバン面白い!!!
マンガ
転生したら
シリーズ累計
（紙＋電子）
110万部
突破!!!!
作画 丸山朝ヲ
原作 棚架ユウ
キャラクター原案 るろお
転生したら剣でした 1
転生したら剣でした 2
転生したら剣でした 3
転生したら剣でした 4
転生したら剣でした 5
転生したら剣でした 6
1~6も超人気発売中!!!
発行：幻冬舎コミックス 発売：幻冬舎

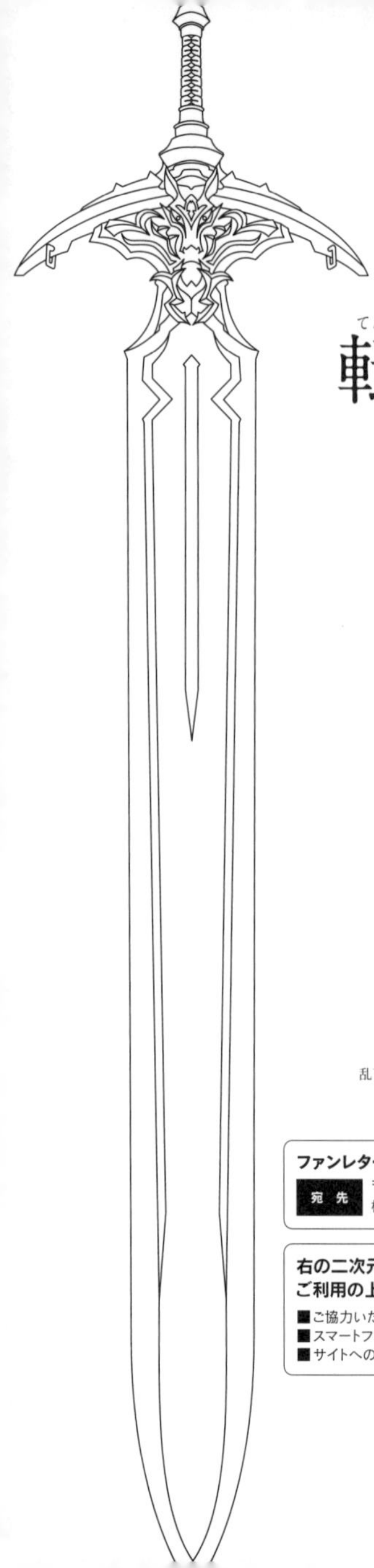

GC NOVELS

転《てん》生《せい》したら剣《けん》でした 9

2020年4月2日　初版発行

著者　棚架《たなか》ユウ

イラスト　るろお

発行人　武内静夫

編集　岩永翔太

装丁　横尾清隆

印刷所　株式会社平河工業社

発行　株式会社マイクロマガジン社
〒104-0041　東京都中央区新富1-3-7　ヨドコウビル
［販売部］TEL 03-3206-1641／FAX 03-3551-1208
［編集部］TEL 03-3551-9563／FAX 03-3297-0180
http://micromagazine.net/

ISBN978-4-89637-990-7　C0093